變身狗

나는 개입니까

變身狗

창신강 장편소설
전수정 옮김

올로올로

차례

내 머리 위의 창구 ·············· 7

가족의 이빨 ·················· 21

창구로 흘러 들어온 음악 ··· 29

눈물의 장례식 ················ 36

연분홍빛 외투 ················· 44

배반은 아름다워라 ·········· 51

치통 ························· 58

도시 입성 의식 ·············· 65

돼지갈비 식당 ··············· 72

이름이 없다 ·················· 79

두 알의 신경 안정제 ······· 85

경찰과의 한판승 ············· 95

참을 수 없는 굴욕 ·········· 103

엄마의 집 ·················· 111

규칙은 규칙 ················ 119

내부의 적 ·················· 130

이상한 야뇨증 ··············· 138

좋은 습관 들이기 ·············· 149

내 목에서 나는 이상한 소리 ··· 157

후성은 누구? ···················· 166

잊을 수 없는 소녀의 목소리 ··· 175

1학년 12반 ······················ 186

오락 사격장 ····················· 198

기다리던 개학 ····················· 207

향수 알레르기 ·············· 218   시험 결과 ······················ 237

단 한 명의 라이벌 ·············· 227   유행성 감기 ······················ 248

숲속 주점의 약속 ············· 263

똑같은 혈액형 ··················· 275

류웨의 동거녀 ················· 287

아빠, 도시에 나타나다 ··· 298

놀라운 생명 부등식 ······· 309

류웨를 찾아서 ················· 319

내 머리 위의
창구

나는 개다. 굳이 덧붙이자면 지극히 평범한 토종견이다. 이 이야기는 그런 내게 일어났던 아주 특별한 기록이다.

어느 날 새벽이었다. 아빠가 구해 온 소시지를 맛있게 먹고 있던 그때, 할아버지는 조용히 우리 곁을 떠났다. 할아버지가 누워 지내던 자리에는 늘 따뜻한 온기가 배어 있었다. 하지만 떠난 자리에는 어둡고 눅진한 상심의 기운만이 가득했다.

할아버지는 눈을 감기 전 마지막 일주일 동안 내내 누워만 있었다. 도시의 지하 배수관 속 하수가 할아버지 옆으로 조용히 흘러갔다. 평소 왕성한 식욕을 자랑하던 할아버지였건만 며칠째 물 한 방울 넘기지 못했고, 웅얼거리는 소리조차 내지 못할 정도로 나쁜 상황이었다. 엄마는 하루에도 몇 번씩 할아버지의 콧구멍 가까이에 얼굴을 들이대고 근심 어린 표정으로 호흡을 확인했다.

세상에서의 마지막 며칠을 보내는 할아버지 곁에는 늘 음식이 놓여 있었다. 철없는 나와 형제들은 그 주변을 어슬렁거렸다. 하지만 모두들 알고 있었다. 겁 없이 음식에 손을 댔다가는 끔찍한 대가를 치르게 된다는 것을. 아빠의 날카로운 이빨이 우리의 치명적인 부위를 파고들지도 모를 일이었다.

작은형이 다리를 절게 된 것도 아빠한테 물렸기 때문이다. 물론 모든 건 작은형이 자초한 일이었지만. 그의 이기적이고 무지막지한 식탐은 가히 혀를 내두를 정도다.

그날도 작은형은 여느 때와 마찬가지로 내 몫의 음식을 가로채 냉큼 먹어 버렸다. 억울한 마음에 소리를 지르려는 순간, 목 언저리에 송곳이 박히는 듯한 날카로운 고통이 파고들었다. 물론 작은형의 짓이었다. 내가 비명조차 지르지 못하도록 목을 물어뜯은 것이다. 정말 죽는 줄 알았다. 그 광경을 목격한 아빠는 작은형을 용서하지 않았다. 엄하게 벌해야 한다며, 가차 없이 뒷다리를 물어 버렸다. 그 뒤로 작은형은 걸을 때마다 절룩거리게 되었다.

그래서 우리는 음식을 코앞에 두고도 섣불리 욕심내지

못했다. 그 누구도 아빠의 엄벌을 감수할 만한 강심장을 가지고 있지 않았다. 나는 배가 고파 미칠 지경이었다. 하지만 참아야 했다. 꼬르륵 소리를 내며 요동치는 배를 가까스로 달래고, 목구멍을 타고 올라오는 신물을 필사적으로 삼켰다.

아빠가 조용히 하라는 경고의 눈빛을 보냈다. 아니, 배에서 저절로 나오는 소리를 어쩌란 말인가! 내 의지로 가능한 일도 아닌데…….

며칠간 혼수상태에 빠져 있던 할아버지가 처음으로 눈을 떴다. 할아버지는 헛기침을 몇 번 하더니 부르르 몸을 떨며 일어나 앉았다. 우리 가족은 그 주위로 모여들었다. 할아버지는 예전처럼 건강해 보였다. 할아버지에게 아무런 문제가 없다면 우리의 생활도 전과 다름없이 계속될 것이다. 그러나 그것은 우리의 간절한 바람일 뿐이었다. 그때는 몰랐지만 할아버지와의 이별은 이미 결정돼 있었던 것이다.

할아버지가 아빠에게 할 말이 있는 듯 가까이 오라는 눈짓을 보냈다. 엄마는 하염없이 눈물만 흘렸다. 훗날 엄마는 할아버지가 세상을 떠나기 전 잠시 기운을 차렸던 일을 두고, 한 생명이 숨을 거두는 마지막 순간에 정신이 맑아지는 경우가 있다고 말했다. 나는 그때가 할아버지와의 마지막 시간이 될 거라곤 꿈에도 몰랐다. 알았더라면 작별 인사라도 할 수 있었을 텐데.

할아버지와 아빠는 아주 작은 목소리로 이야기를 나누었다. 그렇지만 대화의 내용이 나와 관련 있다는 것 정도는 알 수 있었다. 아빠는 나를 돌아보더니 눈짓으로 살코기가 붙은 돼지갈비 한 토막을 가리켰다. 할아버지는 식구 중에서 가장 어린 내가 잘 먹어야 한다고 생각했던 것이다. 그것을 먹고 싶어 하는 어린 손자의 속마음도 훤히 알고 있던 분이었다.

나는 돼지갈비 한 토막을 입에 물고 작은형 옆을 유유히 지나갔다. 형의 배 속에서 나는 꼬르륵 소리와 거친 숨소리가 들렸다. 하지만 모른 척 한쪽 구석에 자리를 잡고 정신없이 갈비를 뜯었다. 그때 할아버지가 또다시 정신을 잃었다. 엄마의 울음소리가 커졌다.

모두들 할아버지 주변으로 우르르 몰려갔다. 그런데 작은형은 내 쪽으로 슬금슬금 다가왔다. 그는 원한에 찬 눈빛으로 나를 노려보다가 갑자기 달려들어 내가 뜯고 있던 돼지갈비의 한쪽을 물었다.

할아버지의 호흡이 가빠지기 시작했다. 목구멍이 무언가로 꽉 막힌 것처럼 보였다. 할아버지는 숨을 거두기 직전, 길고 고통스러운 기침 끝에 흰색의 이상한 물체를 뱉어 냈다. 그것은 인간들이 씹고 버린 껌이었다.

기능이 쇠약해진 할아버지의 위는 껌을 소화할 수 없었

던 것이다. 큰형과 누나가 호기심 가득한 눈으로 그것을 뚫어져라 보았다. 작은형은 껌 찌꺼기에 코를 들이대고는 이리저리 탐욕스럽게 냄새를 맡았다.

할아버지는 마지막 소원이 있노라며 고통스러운 표정으로 간신히 말을 이어 갔다. 할아버지의 소원은 '창구' 쪽으로 가 보고 싶다는 것이었다. 창구? 처음으로 내가 창구의 존재를 알게 된 순간이었다. 대관절 그게 무엇인지는 알 수 없었지만.

나는 누나에게 도움을 청하기로 했다.

"창구가 뭐야?"

그러자 누나가 다짜고짜 내 이마에 꿀밤을 먹였다.

"창구라는 말, 다시는 입 밖으로 꺼내지 마."

창구가 뭐기에 그러냐고 묻고 싶었지만 더 이상 조를 수가 없었다. 나를 끔찍이 아끼는 누나가 그러는 데에는 분명 이유가 있다는 생각이 들어서였다. 아무리 어려도 그 정도 눈치는 있다. 그러나 그때부터 창구라는 단어는 내 머릿속에 콕 박혀 떠나지 않았다.

아빠는 할아버지의 마지막 소원을 들어주지 못했다. 고개를 높이 쳐들고 오랫동안 구슬프게 울 뿐이었다. 처음으로 본 아빠의 무력한 모습이었다. 절망에 빠진 아빠의 울부짖음을 듣고 있으니 내 마음도 뭉클, 아파 왔다.

그때 할아버지의 숨이 멈췄다. 한 생명의 죽음이 불러온 슬픔과 그로 인한 눈물을 이해하기에 나는 너무 어렸다. 나의 눈물샘은 그즈음에 생겨나 막 싹을 틔우고 있었고, 어렴풋이 슬픔을 감지하기 시작한 때였으니까. 그 순간엔 그저 어린아이다운 호기심만이 나를 자극했다. 대체 창구가 무엇이란 말인가.

그날 밤, 나는 슬금슬금 누나 곁으로 다가가 어렵게 말을 건넸다.

"창구를 갖고 싶어."

내 말에 누나는 잔뜩 긴장한 기색을 보였다.

"창구가 뭔지나 알고 하는 소리니? 설마 돼지갈비 같은 거라고 생각하는 거야?"

작은형이 꼬리를 꽁무니 사이에 끼운 채 다가왔다. 그건 작은형의 평소 버릇이다. 그 모습은 꽤 의기소침해 보이기도 한다. 하지만 그것도 잠시, 어디선가 맛있는 냄새가 나면 언제 그랬냐는 듯 바짝 치켜든 꼬리를 살랑살랑 흔들며 소리를 질러 대는 것이다.

누나는 작은형이 가까이 다가오자 입을 꾹 다물었다. 하지만 의심 많은 작은형이 그대로 물러날 리 없었다. 혹시 먹을 만한 음식을 찾아낸 것은 아닌지 다그쳐 물었다. 그러나 우리는 대꾸하지 않았다. 형은 의심이 가시지 않자 가족끼리 지켜야 할 예의도 잊은 채 누나에게 코를 들이대고 킁킁 냄새를 맡기 시작했다. 그러고는 내 몸에 코를 박고 한참 동안 물러나지 않았다.

그때 작은형을 제대로 한 방 먹일 수 있는 묘안이 떠올랐다. 나는 바로 실행에 옮겼다. 작은형이 내 엉덩이 근처에서 쿵쿵대고 있을 때 방귀를 세게 뀌어 버린 것이다. 지독한 냄새에 적잖이 놀랐는지 형은 흠칫 뒤로 물러났다. 누나는 배꼽을 잡고 웃었다. 물론 작은형은 벌컥 화를 냈지만. 나를 물려고 큰 입을 벌리는 형을 피해 나는 재빨리 아빠가 자고 있는 곳으로 줄행랑을 쳤다. 작은형은 더 이상 쫓아오지 못했다. 그저 멀리 서서 분을 이기지 못하고 씩씩거리며 눈만 부라렸다.

아빠는 내가 장난을 치다가 도망쳐 온 줄도 모르고 내 얼굴을 핥아 주었다. 따뜻하고 부드러웠다. 마음이 편안하게 가라앉았다.

편안한 기분에 한껏 취한 나는 그만 돌이킬 수 없는 실수를 저지르고 말았다. 아빠에게 하지 말아야 할 질문을 하고 만 것이다.

"아빠, 창구는 어디에 있어요?"

아빠는 자기 귀를 의심하는 듯 되물었다.

"뭐라고?"

그때 그만두었더라면 좋았을 것을. 하지만 이미 몇 번이나 입 밖으로 내어 본 말이라 나의 발음은 또렷하고 정확했다.

"창! 구! 말이에요!"

순간 무섭게 돌변한 아빠가 내 목덜미를 물었다. 피할
새도 없었다. 무시무시한 힘이었다. 도대체 내가 무엇을
잘못했는지 알 수 없었다. 아픔보다는 억울함 때문에 나는
비명을 지르며 울기 시작했다. 내 날카로운 울음소리에 식
구들이 달려왔다. 엄마가 아빠의 이빨 밑에서 가까스로 나
를 떼어 냈다. 작은형은 멀찌감치 떨어져서 고소해 죽겠다
는 듯 얄미운 미소를 지어 보였다.

아빠가 가족들을 둘러보며 무서운 얼굴로 말했다.

"다들 잘 들어라. 이제부터는 창구라는 말을 절대 꺼내
선 안 돼!"

하지만 포기할 내가 아니었다.

"아빠, 창구가 뭔지 제발 말해 주세요! 그럼 다시는 물어
보지 않을게요."

아빠는 벼락같이 화를 내며 대답 대신 뼈다귀도 으스러
뜨릴 만한 엄청난 힘을 실은 네발을 내 몸에 올린 다음 목
을 물어뜯었다.

"입 다물라고 했지!"

식구들이 한마음으로 나를 용서해 달라고 아빠에게 애
원했다. 나는 끝내 정신을 잃고 말았다.

다시 눈을 떴을 때 엄마와 누나가 머리맡에서 나를 내려
다보고 있었다. 나는 아빠에게 혼쭐이 난 뒤라 지레 겁을

먹고는 아빠가 옆에 있는지 두리번거렸다. 다행히 아빠는 보이지 않았다. 큰형과 작은형만이 서로를 물며 장난을 치고 있었다.

엄마가 내 코의 상처를 핥아 주려고 혀를 대는 순간, 나는 비명을 질렀다. 끔찍한 통증이 밀려왔다. 상처가 생각보다 꽤 심각한 모양이었다. 아니, 창구가 뭐길래 금쪽같은 막내아들에게 이토록 무자비할 수 있을까!

그 지경이 되어 누워 있으면서도 나는 애원하듯 읊조렸다.

"엄마, 창구가 뭔지 알고 싶어요."

누나가 낮은 목소리로 속삭였다.

"창구는 그저 창구일 뿐이야, 먹을 수 있는 뼈다귀 같은 게 아니라고!"

만족스러운 대답이 아니었다. 코에 난 깊은 상처는 며칠이 지나서야 겨우 아물었다.

상처가 거의 아물어 가던 어느 날 새벽이었다. 아빠가 피를 철철 흘리며 들어왔다. 우리는 아빠의 앞발에서 흘러 나오는 피를 어떻게든 멎게 하려고 애를 썼다. 하지만 다들 처음 겪는 상황에 우왕좌왕할 뿐이었다. 날이 새도록 아빠의 신음도, 붉은 피도 멈추지 않았다.

엄마는 할아버지의 숨이 잦아들었던 그날처럼 비통한 표정으로 눈물만 흘렸다.

"큰형, 아빠한테 무슨 일이 생긴 거야?"

"아빠가 총에 맞았어!"

"총이 뭔데?"

"넌 말해 봤자 몰라. 저리 비켜, 방해되니까!"

아빠는 어린 자식들에게 자신의 상처를 보이고 싶어 하지 않았다. 그저 엄마와 함께 몸에서 흐르는 피를 필사적으로 핥기만 했다. 한참 뒤에야 피가 서서히 멈추기 시작했다. 아빠는 녹초가 되어 바닥에 드러누웠다. 상처 위로 피가 더께처럼 뭉쳐 있었다.

나는 조심스럽게 다가가 아빠의 상처에 코를 대어 보았다. 처음 맡아 보는 냄새가 났다. 화약 냄새라고 했다. 내 코는 그 이상한 냄새에 민감하게 반응했다. 자꾸 재채기가 나왔다. 내가 뒤로 한 발짝 물러서자 아빠가 말했다.

"상처를 보지도 말고, 냄새를 맡지도 마라."

아빠가 부상을 입고 누워 지내는 동안, 큰형이 밖으로 나가 먹이를 구해 왔다. 엄마와 누나 역시 가끔씩 먹을거리를 찾아 나섰다. 작은형도 나가고 싶어 했지만 아빠는 딱 잘라 말했다.

"넌 툭하면 사고를 치니까 안 돼!"

심통이 난 작은형이 앞발로 시멘트 벽을 박박 긁었다. 형의 소심한 반항에 아빠가 눈을 부릅떴다. 그러자 작은형이 변명하듯 우물거렸다.

"앞발이 좀 간지러워서요."

"지금 네가 할 일은 동생을 잘 돌보는 거야."

작은형과 있을 바에야 차라리 혼자 노는 게 낫다! 하지만 아빠에게 속마음을 얘기할 수는 없었다. 그저 작은형을 피해 혼자 다니는 수밖에.

그러나 내게도 문득 외로움이 찾아오곤 했다. 내가 살고 있는 곳은 서늘하고 딱딱한 시멘트로 둘러싸인 지하 세상이었다. 다른 세계의 존재를 확인할 수 있는 건 먹이를 구하러 밖으로 나간 가족들이 돌아와 바깥소식을 들려줄 때뿐이었다. 내가 할 수 있는 일이란 고작 악취가 진동하는 하수관 옆에 멍하니 쪼그리고 앉아 있는 것이었다. 할아버지의 죽음과 아버지의 부상을 목격한 뒤로 내 머릿속은 텅 빈 배 속처럼 뭔가를 채우지 못해 허기졌다.

그러던 어느 날, 나는 거북이 등처럼 갈라진 시멘트 틈새로 시꺼먼 흙을 보게 되었다. 그리고 그 부드러운 흙더미 속에서 연분홍빛을 띤 지렁이 한 마리를 발견했다. 그 일은 내게 너무나도 특별한 사건이라 날짜까지도 분명하게 기억하고 있다.

나는 우연히 만난 지렁이를 붙들고 다짜고짜 창구를 찾고 싶다고 말했다. 지렁이는 친절하게도 나를 이끌고 창구를 찾아 나섰다. 내 걸음으로 삼 분이면 갈 수 있는 거리였지만 우리는 오전 내내 걸어야 했다. 지렁이의 걸음이 너무 느렸기 때문이다. 느려 터졌다는 말은 이럴 때 쓰라고 있는 것 같았다.

"저기 봐, 불빛이 반짝이고 있는 곳이 보이지? 그게 바로 창구야."

그토록 찾아 헤매던 창구는 바로 내 머리 위에 있었다. 그것은 아주 딱딱한 금속 같았는데, 가운데에 작은 구멍이 나 있었다. 그 사이로 하늘이 보였다. 지렁이가 자기만 아는 비밀이라며 목소리를 낮췄다.

"우리의 창구는 인간이 사는 도시 위 도로에 있는 맨홀이야."

그랬구나, 나는 고개를 끄덕이며 창구를 올려다보았다. 그때 창구 구멍으로 날아 들어온 하얀 먼지 같은 것이 내 코 위로 떨어졌다가 금세 사라졌다. 나는 하얀 먼지의 정체가 무엇인지 확인하려고 두리번거렸다. 지렁이가 나를 의아하게 쳐다보았다.

"너 정말 아무것도 모르는구나. 그건 눈이라는 거야. 지금 이 도시는 겨울을 나고 있는 중이거든."

바로 그때, 거대한 진동이 느껴졌다. 마치 세상이 통째로 흔들리는 것 같았다. 얼마나 놀랐는지 털들이 바짝 곤두섰다. 벽을 기어오르던 지렁이도 어느 틈에 땅바닥으로 떨어져 뒹굴고 있었다. 간신히 몸을 추스린 지렁이가 말했다.

"방금 차가 지나간 거야. 넌 창구에서 멀찌감치 떨어져 있는 것이 좋겠다."

이번에는 창구를 통해 푸른 연기가 나는 이상한 물체가 떨어졌다. 나는 그것이 무엇인지 알아보기 위해 코를 들이 댔다가 너무 뜨거워 비명을 질렀다. 그런 나를 보고 지렁이가 깔깔거렸다.

"그건 인간들이 버린 담배꽁초야."

나는 지렁이한테 배운 낯선 단어들을 중얼거려 보았다. 도로, 인간, 눈, 담배꽁초……. 그 담배는 '말보로'라는 브랜드로 미국에서 생산된 것이라고 했다.

정말 '놀랄 노 자'였다. 나는 지렁이의 방대한 지식에 혀를 내둘렀다.

"우아! 너는 어쩜 그리 아는 게 많니?"

"난 이제 돌아가야 해. 많이 늦었어."

"이제 겨우 정오가 지났을 뿐이잖아."

"그렇지만 나는 오후 내내 걸어야만 겨우 집으로 돌아갈 수 있거든."

아침나절에 지렁이와 걸어 본 나로선 그 고충을 충분히 이해할 수 있었다. 그래서 더 붙잡지 못하고 지렁이와 작별했다. 잠시 뒤 다시 고개를 들어 창구를 바라보았다.

저 너머에는 무엇이 있을까. 창구의 정체를 몰랐던 예전보다 호기심은 더욱 커져 있었다. 창구를 떠나기가 쉽지 않았다. 그 순간 입 속이 아주 불편하게 느껴졌다. 전날까지 없었던 무언가가 입 속에 생긴 것 같았다. 그것은 크고 단단한 이빨이었다.

가족의
이빨

  우리 개들에게 이빨은 가족의 신분과 혈통을 상징하는 것이다. 나는 누나에게 달려가 입을 크게 벌려 보라고 칭얼거렸다. 누나의 이빨이 어떻게 생겼는지 보고 싶었다.

  누나는 싫다고 했지만 내 고집을 꺾을 수는 없었다. 나는 악착같이 달라붙어 누나의 입 속을 들여다보았다. 왼쪽과 오른쪽에 큰 윗니가 한 개씩 나 있었다. 정말 멋진 이빨이었다. 나는 오른쪽에 겨우 한 개가 생겼을 뿐인데…….

"누나, 내 왼쪽 이빨은 언제쯤 나와?"

"너도 모르게 생겨나지."

"이렇게 큰 이빨은 도대체 뭘 하는 데 쓰는 거야?"

"뼈다귀를 갉아 먹을 때! 딱딱한 음식을 씹을 때!"

"이 이빨은 이름이 있어?"

"있지, 당연히."

"뭔데?"

"개 이빨!"

갑자기 기분이 언짢아졌다. 아무래도 듣기 좋은 이름은 아니었다.

"대체 누가 그렇게 부르기 시작한 거야? 불쾌하게!"

"나도 그렇게 생각해. 정말 귀에 거슬리지. 인간들이 그렇게 지어 부르기 시작한 거래!"

인간? 나도 모르게 귀가 쫑긋 섰다. 내 진짜 관심사는 바로 그것이었으니까.

"누나, 인간은 어떻게 생겼어?"

"인간은 만나지 않는 편이 좋아."

"나도 만나 볼 생각은 없어. 하지만 어떻게 생겼는지는 알고 싶어."

"너는 네 또래의 다른 개들보다 조숙한 데가 있어. 그래서 걱정이야. 내가 너만 할 때는 큰 이빨이 나올 기미조차 없었는데……."

그때 작은형이 우리 쪽으로 느릿느릿 걸어왔다. 형은 역시나 자신의 최대 관심사에 대해 물었다.

"너희들 먹을 것 좀 있니?"

"우리는 지금 막내의 이……."

나는 누나의 옆구리를 쿡 찔렀다. 어쩐지 작은형에게만큼은 큰 이빨이 돋아난 사실을 비밀로 하고 싶었다.

내게 미래를 내다보는 능력이 생긴 것일까. 며칠 뒤, 막 돋아난 큰 이빨을 작은형에게 제대로 써먹을 일이 생겼다.

그날 나는 배수관 도로를 따라 한가로이 걷고 있었다. 그때 어디선가 가쁜 숨소리가 들려왔다. 소리가 나는 곳으로 달려가 보니, 작은형이 앞발로 시멘트 벽을 사정없이 긁고 있었다. 또 못된 버릇이 발동했구나 싶어 못 본 척 얼른 뒤돌아 가려다가 우뚝 멈춰 섰다. 작은형이 부수고 있는 것은 다름 아닌 지렁이의 집이었다. 거북이 등처럼 갈라진 시멘트 틈새로 깊은 구멍이 보였다.

"형, 여기서 뭐 하고 있는 거야?"

작은형은 구멍을 파는 데 정신이 팔려 나를 쳐다보지도 않았다.

"먹을 것을 찾고 있잖아!"

"여기에는 먹을 거 따윈 없어. 내 친구가 있을 뿐이라고!"

작은형은 귀찮다는 듯이 소리를 질렀다.

"이 자식, 저리 꺼져!"

나는 무작정 달려들어 작은형을 넘어뜨렸다. 형은 예상치 못한 나의 공격에 방어 태세를 갖출 틈도 없이 쓰러지고 말았다. 분을 못 이긴 형이 번뜩이는 큰 이빨을 드러내며 으르렁거렸다. 형의 회색 털과 가랑이 사이에 넣고 다니던 꼬리가 바짝 곤두섰다.

평소 같았으면 삼십육계 줄행랑을 쳤을 것이다. 하지만 나는 맞설 준비를 했다. 그렇다고 작은형처럼 무식하게 이빨을 드러내면서 위협하고 싶지는 않았다. 오히려 얼굴에 감정을 나타내지 않으려고 애썼다. 누구한테 배워 터득한 것은 아니었다. 그저 육감에 따라 행동했을 뿐이다. 그때 나는 입 속에서 자라고 있는 큰 이빨을 강력한 비밀 무기로 만들겠다고 마음먹었다.

작은형이 나를 덮쳤다. 형의 몸무게는 내 두 배에 가까웠다. 그래서 꼼짝할 수가 없었다. 형은 날카로운 발톱으로 위협하다가 덥썩 내 목을 물었다. 목은 내 몸 가운데 가장 약한 부위였다.

자비를 바란 내가 멍청이지! 이에는 이로 대응하는 수밖에. 작은형은 나를 제압했다는 달콤한 쾌감에 빠져 있었다. 기회였다. 형이 방심한 틈을 타 큰 이빨로 형의 윗입술을 콱 물었다. 왜 윗입술이냐고? 며칠 전 창구에서 떨어진 담배꽁초에 윗입술을 데고 나니 꽤 치명적인 부위란 생각이 들었던 것이다.

내 목을 물고 있던 작은형의 주둥이에서 슬슬 힘이 빠지기 시작했다. 하지만 나는 경계를 늦추지 않고 이빨에 더욱 힘을 실었다. 늘 나를 업신여기는 작은형에게 깊은 인상을 남겨 주고 싶었다.

내 공격은 대성공이었다. 작은형이 내지르는 비명 소리
에 고막이 터지는 줄 알았으니까.

작은형이 먼저 나를 놓아주었다. 그러고는 멀찍이 물러
나 놀란 눈으로 내 쪽을 바라보았다. 작은형은 어리둥절해
했다. 이제 막 돋아난 내 큰 이빨의 존재를 까맣게 모르고
있었으니 그럴 만도 했다.

작은형의 윗입술에서 피가 흘러나왔다. 그 모습을 보니
괜히 측은한 마음이 들었다. 나는 눈물이 그렁그렁한 눈으
로 이렇게 외쳤다.

"형, 이제 나도 다 컸다고!"

혼자서 터덜터덜 집으로 돌아오는 길, 나는 무언가를 잃
어버린 것만 같은 느낌에 사로잡혔다. 그러자 걷잡을 수
없이 슬퍼졌다.

그리고 어느 날, 끔찍한 두통이 느닷없이 나를 공격했
다. 마치 대뇌의 깊은 곳에 단단한 물건이 매복하고 있다
가 중추신경을 내리누르는 것 같은 무서운 고통이 시도 때
도 없이 찾아들었다.

그날 이후 작은형은 나와 맞닥뜨려도 눈조차 마주치지
않았으며, 외면하듯 고개를 돌리고 가 버리기 일쑤였다.
마치 실의에 빠진 것 같았다. 가족 중에서 가장 만만한 나
를 괴롭히는 즐거움이 사라지니 그럴 수밖에. 내가 형의

자존심을 짓밟아 버린 것이다. 경솔하게 작은형과 하찮은 다툼을 벌인 내 자신이 너무 싫었다.

기분 전환이 필요했다. 문득 지렁이가 보고 싶었다. 연 분홍 지렁이를 찾아가 내 심정을 털어놓으면 좀 나아질 것 같았다. 하지만 작은형이 무너뜨린 지렁이 집은 이미 폐허 가 된 지 오래였다. 무사히 이사를 갔을까? 진심으로 친구 의 안부가 궁금했다.

아빠의 상처는 차츰 회복되었지만 기력은 눈에 띄게 쇠 약해지고 있었다. 언뜻 아빠에게서 돌아가신 할아버지의 그림자가 보일 때도 있었다.

결국 작은형은 집을 나가 버렸다. 벌써 일주일이 넘었지 만 감감무소식이었다. 아빠의 얼굴이 근심으로 수척해졌 다. 전에는 한 번도 없었던 일이 일어나자 아빠는 자신을 탓했다.

"대체 내가 무엇을 그렇게 잘못한 걸까?"

모두들 할 말을 잃고 무거운 기운에 휩싸였다.

"혹시 사고라도 난 건 아닐까요?"

밖에서 봉변을 당했을지도 모를 작은형 걱정에 엄마가 한마디 했다. 도대체 작은형은 왜 이렇게 부모님의 속을 썩이는 걸까. 가만 보면 나보다도 더 철이 없는 것 같다.

다음 날 새벽, 누나가 시멘트 벽 밑에서 큰 이빨 두 개를 발견했다. 아빠는 그것을 보자마자 모든 걸 알겠다는 듯이 대성통곡했다. 아빠의 슬픔과 상실감을 짐작할 수도 없는 우리들은 위로할 방법을 찾지 못한 채 허둥거리기만 했다.

시멘트 벽 아래 버려진 이빨은 작은형의 것이었다. 내 호기심은 침통한 분위기 속에서도 여지없이 발동했다.

"작은형의 이빨이 왜 여기에 있는 거예요? 입 속에 있어야 할 것이 왜 여기 떨어져 있죠?"

작은형이 철이 없다면 나는 눈치가 없는 편이다. 내 질문에 아빠는 절망감에 빠져 울다가 까무룩 정신을 잃었다.

어느 추운 날 아침, 아빠가 가족회의를 소집했다. 아빠는 말을 꺼내기 전, 누나 옆에 바짝 붙어 있는 나를 물끄러미 바라보았다. 그러고는 굳은 표정으로 이렇게 말했다.

"너는 다른 곳에 가서 놀다 오렴. 어른들끼리 긴히 할 얘기가 있단다."

"작은형의 일이라면 나도 꼭 들어야겠어요."

나는 단호하게 말했다. 아빠의 눈빛에 또 다른 근심과 괴로움이 더해졌다.

"그래, 너도 이젠 철이 좀 들었을 테니까 여기 있어도 좋다. 모두 잘 들어라. 둘째가 우리 곁을 아주 떠났다. 그 아이는 다른 세계로 떠났어. 인정하기는 싫지만, 우리와 함께 있고 싶지 않았던 모양이다!"

도무지 무슨 말인지 이해할 수 없었다.

"그게 무슨 말이에요? 작은형이 도대체 어디로 갔다는

거예요? 어째서 형이 우리랑 같이 있길 원하지 않죠?"

"둘째는 우리 가족의 상징인 큰 이빨을 빼 버렸단다! 일부러 제 몸을 벽에 부딪쳐서 말이야."

그날 저녁, 나는 후각을 이용해 아빠가 땅에 파묻은 작은형의 이빨 두 개를 찾아냈다. 이유를 설명할 수는 없지만, 핏자국이 남아 있는 작은형의 이빨을 보자 참았던 눈물이 쏟아지기 시작했다.

창구로
흘러 들어온 음악

나는 연분홍 지렁이를 찾아 도시의 지하 배수관 도로를 미친 듯이 헤매고 다녔다. 인간 세상을 경험한 지렁이를 만나 이런저런 이야기를 털어놓고 싶었다. 그러면 심란하기 그지없는 내 마음을 조금이나마 위로받을 수 있을 것 같았다.

지하 배수로는 동서남북, 그 방향을 분간하기가 어려웠다. 배수관은 기계적으로 이어져 있어서 겉보기에도 견고하고 차갑게 느껴졌다.

나는 길을 잃어버리지 않도록 칠팔십 미터 간격으로 시멘트 벽에 오줌을 누면서 걸었다. 그런데 캄캄한 어둠 속에서 낯익은 냄새가 났다. 우리 가족한테만 나는 특이한 냄새였다. 그건 바로 아빠가 남겨 둔 오줌의 흔적이었다. 그 옆에 큰형의 것도 있었다. 큰형과 아빠도 이 길을 따라 간 모양이었다.

혹시 작은형도 이 길을 지나간 건 아닐까? 작은형은 어째서 사라져 버린 걸까?

처음에는 왜 내가 그토록 작은형을 궁금해하고 그의 자취를 찾아 헤매는지 깨닫지 못했다. 나는 작은형을 그리워하고 있었던 것이다!

쑥쑥 자라고 있는 큰 이빨과 맞은편 큰 이빨이 나올 자리의 잇몸을 혀로 더듬어 보았다. 가족들에게 나는 아직 이빨도 나지 않은 어린애에 불과했다. 그래서 그들은 내가 으르렁거릴 때마다 나무라듯 말했다.

"너, 왜 또 그래? 뭐가 먹고 싶어? 다들 뱃가죽이 푹 꺼진 게 네 눈에는 안 보이니?"

식구들은 내가 음식 말고 다른 생각도 할 줄 안다는 사실을 전혀 모르고 있었다.

나는 왔던 길을 따라 터벅터벅 걸음을 옮겼다. 문득 무언가를 잃어버렸다는 생각이 들었다. 익숙한 감정이었다. 그러자 이내 머리가 아파 왔다. 이것 역시 익숙한 통증이었다. 통증은 수시로 나를 괴롭혔다. 내가 어떤 생각에 골몰해 있을 때, 통증이 찾아오면 머릿속의 모든 영상은 사라지고 회색 시멘트 벽이 나타났다. 차가운 환영이었다.

내 생각을 방해하는 그것이 무엇인지 알 수 없었다. 통증이 시작되면 견딜 수 없어 바닥을 데굴데굴 구르기 일쑤였다. 그렇게 한바탕 몸부림을 치고 나면 온몸은 흙먼지로 엉망이 되었다.

엄마는 두통에 시달리는 나를 바닥에 눕히고, 내 배를 밑에서 위로 쓸어 올리듯 입으로 주물러 주었다. 어릴 적부터 내가 아플 때마다 해 주던 마사지였다. 그러면 온몸에 혈액 순환이 빨라지면서 금세 편안해지곤 했다.

나는 눈을 감고 마음을 안정시키려 노력했다. 머릿속 깊은 곳에 있는 견고하고 단단한 그 무언가를 떨쳐 버리고 싶었다. 내가 눈을 떴을 때, 엄마의 머리에서 뜨거운 열기가 올라오고 있었다.

"좀 괜찮아졌니?"

"더 심해진 것 같아요."

"우리 중엔 누구도 너처럼 두통을 심하게 앓은 적이 없는데…… 어쩌면 좋으니."

"엄마, 혼자 있게 해 주세요."

엄마가 곁을 떠나자 나는 다시 고통으로 몸부림치며 땅바닥을 굴렀다. 잠시 뒤 내 걱정에 마음을 놓지 못한 엄마가 아빠를 데리고 왔다.

나는 간신히 몸을 일으켰다. 나도 모르게 눈물이 흘러내렸다.

"일부러 응석을 부리는 게 아니에요. 진짜예요. 정말 머리가 너무 아파요."

엄마는 말없이 눈물을 흘렸고, 아빠는 내 어깨를 토닥였다.

"그래 안다, 다 알아."

부모님은 내 고통을 눈앞에서 지켜보면서도 손쓸 방법이 없어 가슴 아파했다. 나는 그런 두 분을 억지로 돌려보낸 뒤 시멘트 벽 쪽으로 갔다. 왜 그랬는지는 모르겠다. 나는 벽에서 풍겨 나오는 습기 가득한 곰팡이 냄새를 맡으며 있는 힘껏 머리를 들이받았다.

몇 초 동안 머릿속이 하얘졌다. 그러자 통증도 조금 사라지는 것 같았다.

그때 문득 작은형이 벽을 들이받아 가족의 상징인 이빨을 뽑아 버린 일이 떠올랐다. 작은형은 무엇 때문에 그토록 고통스러워했던 것일까?

마침내 치료 방법을 찾았다는 생각이 드는 순간, 두통은 도시에 오물이 넘쳐흐르듯 다시 내 머릿속에서 범람했다. 나는 극도의 고통을 이기지 못하고 비명을 질렀다.

엄마가 황급히 달려왔다.

"너 방금 네 작은형을 불렀니? 그 앨 본 거야? 어디 있니?"

"제가 방금 작은형을 불렀다고요?"

"그래, 네가 형을 불렀단다."

나는 왜 그 정신없는 상황에서 작은형을 불렀을까. 도통 이해가 되지 않았다.

두통에 시달리던 어느 날, 나는 혼자서 창구를 찾았다. 나는 창구 너머의 어두운 밤하늘을 바라보았다. 그날은 눈도 오지 않았고, 멀리 보이는 별들만 희미하게 반짝거렸다.

머리 위의 창구를 향해 큰 소리로 작은형을 불러 보았다. 한 열 번쯤 반복해서 형을 부르는 동안 내 목소리는 이내 슬픔으로 잦아들었다.

그때 문득 가벼운 바람을 닮은 소리가 창구로 흘러 들어왔다. 그 소리는 마치 엄마의 따뜻한 혀처럼 나를 어루만졌다. 나의 뺨과 콧구멍, 눈가를 스치고 귓가에 한참 동안 머물다가 머릿속으로 스며들었다. 그것은 음악이었다.

갑자기 두통이 씻은 듯 사라졌다. 음악의 효과였다. 나는 창구 아래에 붙박이듯 앉아 그곳을 올려다보며 아침을 맞았다.

"너 여기서 뭐 하고 있는 거야? 밤새도록 찾았잖니!"

소리가 나는 쪽으로 고개를 돌려 보니 아빠와 엄마가 서 있었다. 큰형과 누나도 보였다. 나는 그들을 향해 미소를 지어 보였다.

"음악 소리 들었어요?"

아빠가 민감한 반응을 보였다.

"음악? 음악이 뭔데?"

"잘 들어 보세요. 음악이 저 창구로 흘러 들어오고 있어요!"

모두가 귀를 쫑긋 세웠다. 그러나 눈빛에는 돼지갈비 따위를 기대하는 기색이 역력했다. 그런 가족들의 표정이 우스꽝스러워 보였다.

아빠가 고개를 갸웃거렸다.

"넌 도대체 뭘 들었다는 거냐?"

큰형이 고개를 마구 흔들며 소리쳤다.

"나는 아무것도 안 들려! 아무것도!"

그러자 엄마가 큰형을 타일렀다.

"너무 조급해 마라. 우리가 아직 못 들은 거야."

누나는 이해하겠다는 눈빛으로 나를 바라보았다.

"나 역시 아무 소리도 듣지 못했어. 아마 너만 들을 수 있는 건가 봐. 그래, 너에게만 들리는 거야."

가족 모두가 낮잠에 빠져 있던 어느 날, 나는 갑자기 벌떡 일어나 소리쳤다.

"들었어요, 저 음악? 음악 소리가 들리잖아요!"

엄마가 깜짝 놀라 잠에서 깨어났다.

"쉿! 다들 곤히 자고 있잖니."

큰형은 미간을 찌푸리며 툴툴거렸다.

"대체 그놈의 음악 타령은 언제까지 할 셈이야? 미친 녀석!"

아빠가 명령하듯 소리를 질렀다.

"빨리 누워 잠이나 자!"

누나는 눈을 비비며 일어나더니, 넋 나간 표정으로 나를 한참 동안 쳐다보았다.

"너 정말 음악을 들은 거야?"

"누나, 어두워지면 음악 듣는 걸 가르쳐 줄게."

"그럼 나도 너처럼 음악이 들어오는 것을 볼 수 있어?"

"눈으로 보는 게 아니라 귀로 듣는 거라니까."

누나는 고개를 끄덕이며 두 귀를 쫑긋 세웠다가 슬그머니 내렸다.

눈물의
장례식

나는 누나가 음악을 들을 수 있는 방법을 찾아 시도해 보았다. 그러나 여러 번의 시도에도 불구하고 누나의 얼굴에는 곤혹감만이 짙어졌다. 결국 실패를 인정해야 했다. 나도 누나도 난감하기 그지없었다.

지하 배수로 안으로 흘러 들어오는 아주 작은 음악 소리에 나만 이상할 정도로 민감한 것 같았다. 나에게 음악이란 두통 치료약일 뿐만 아니라 내가 모르는 세계가 존재하며, 음악이란 것이 바로 그 세계에서 왔다는 정보 자체였다.

예전의 나는 하루 종일 아빠나 엄마, 형과 누나 곁에 꼭 붙어 다녔다. 그런데 지금은 틈만 나면 식구들 곁을 벗어나 혼자서 창구를 찾아갔다. 그 아래에 앉아 있으면 다양

하고 좋은 음악을 감상할 수 있었다. 아빠는 늘 큰형과 누나를 창구로 보내 나를 찾았다. 나의 행동이 못마땅한지 아빠가 일부러 들으라는 듯이 말했다.

"도대체 저 녀석이 창구 아래에서 뭘 하든? 들리지도 않는 음악이라는 것을 어떻게 듣는다는 거야?"

내 귀가 저절로 축 늘어졌다. 아빠 앞에만 서면 주눅이 들었다.

"네가 듣는다는 그 괴상한 소리, 내가 가르쳐 줄 테니 어디 한번 들어 봐라!"

"그건 괴상한 소리가 아니라 음악이에요."

"그래, 내가 지금부터 하는 소리가 바로 네가 말하는…… 그 음악이다."

아빠는 말이 끝나자마자 고래고래 소리를 지르기 시작했다.

"그건 괴성일 뿐이잖아요!"

아빠가 소리를 지르다 말고 내 엉덩이를 콱 물었다. 너무 아파서 나도 아빠처럼 괴성을 질렀다.

"작은형도 아빠가 뒷다리를 물어서 절름발이가 됐잖아요!"

"그 녀석 얘기는 꺼내지도 마! 너한테 작은형 따윈 없어!"

나는 화가 난 나머지 아빠에게 더 대들어 보려고 했다.

그때 아빠의 어깨 너머로 힘주어 머리를 흔드는 누나가 보였다. 나는 누나의 마음을 더 아프게 하고 싶지 않아 입을 다물었다.

아빠는 조용해진 나를 보더니, 이내 노여움을 거두었다.

"좀 전에 물린 엉덩이, 많이 아프니?"

나는 고개를 돌렸다. 눈가에 맺힌 눈물을 아빠에게 들키고 싶지 않았다. 문득 아빠가 가엾다는 생각이 들었다.

아빠는 내가 창구에 관심을 보이는 것을 탐탁지 않게 여겼다. 그래서 내가 그쪽에 얼씬거리지 못하도록 큰형에게 창구 앞을 지키게 했다. 아빠는 창구 아래에서 보내는 시간이 실의에 빠진 나에게 활력을 주고 있다는 걸 알지 못했다.

큰형은 아빠의 명령을 필요 이상으로 착실하게 수행했다. 창구 가까이에 다가가기만 해도 으르렁거리며 나를 쫓아냈다. 큰형이 내게 소리를 지르면, 나도 질세라 내 큰 이빨을 드러내 보였다.

그럴 때마다 연분홍 지렁이가 떠올랐다. 나는 지렁이와의 만남과 그때 나누었던 대화들을 자주 떠올리곤 했다.

어느 날, 나는 가족들을 모아 놓고 말했다.

"지금 제가 하려는 얘기를 아마 믿지 못하실 거예요."

"우리가 믿지 못할 얘기인데도 굳이 하겠다는 거니?"

"누나만은 믿어 줄 거예요. 그렇지, 누나?"

누나가 긍정의 표시로 꼬리를 흔들었다.

"연분홍 지렁이 한 마리를 알게 되었어요. 그 지렁이는 제가 몰랐던 수많은 것들에 대해 얘기해 주었어요……."

내 말이 다 끝나기도 전에 아빠가 고함을 질렀다.

"입 닥치지 못하겠니? 너는 네 자신을 점점 괴물로 만들고 있어. 네가 땅바닥 속을 기어 다니는 지렁이의 말까지 전부 알아들을 수 있다는 거냐? 그 말을 대체 누가 믿겠어?"

흥분한 아빠는 침을 사방으로 튀기며 말했다.

"저는 거짓말을 하거나 허풍을 떠는 게 아니에요. 그저 사실을 얘기하고 있을 뿐이라고요."

나는 앞발을 들어 얼굴에 튄 아빠의 침을 닦아 내었다.

"그 지렁이는 저에게 많은 것을 알려 줬어요. 우리의 머리 위 세상에는 인간들이 살고 있고요, 우리가 살고 있는 이곳은 인간들이 만든 지하 배수관이에요. 인간은 두 발로 걸어 다니고, 각양각색의 신발을 신고 있어요. 그들은 자동차도 발명했고요, 다양한 음식도 만들 수도 있어요. 할아버지께서 즐겨 드시던 소시지도 바로 인간들이 만든 거예요. 그들은 먹는 것 말고도 음악을 창조했어요……."

나는 더 이상 말을 잇지 못했다. 아빠가 내 몸을 덮쳤기 때문이다. 하지만 나는 아빠의 반응을 일찌감치 예상하고 있었기에, 발버둥 치지 않았다. 오히려 이전에 경험해 보지 못한 통쾌함을 느꼈다.

아빠가 내 엉덩이를 물었다. 참혹한 징벌이었다. 예전의 나였다면 처참한 비명을 질렀을 것이다. 하지만 나는 비명을 지르지도 울지도 않았다. 단지 더 하고 싶은 이야기가 있을 뿐이었다.

"아빠, 작은형이 왜 우리를 떠났는지 이제야 알 것 같아요!"

놀란 아빠는 힘껏 물고 있던 내 엉덩이를 놓아주고는 멍하니 나를 바라보았다. 문득 아빠가 참 많이 늙었다는 생각이 들었다. 엄마가 아빠를 원망했다.

"애한테 그렇게까지 할 필요가 있어요?"

창구로 가고 싶었다. 내가 그쪽 방향으로 뛰려는데 큰형이 나를 가로막았다.

"안 돼, 갈 수 없어!"

"비켜 줘!"

큰형은 여느 때와 다름없이 으르렁거렸다. 그때 아빠의 목소리가 들렸다.

"가도록 그냥 내버려 둬라!"

큰형은 길을 비켜 주지 않으려고 했지만 나는 머리를 꼿꼿이 쳐들고 가슴을 당당히 펴고서 그 앞을 지나갔다.

꿈에서도 잊을 수 없는 날이다. 육체적인 고통을 오랫동안 참고 견딘 뒤 작지만 소중한 자유를 성취해 낸 날이니까. 그 위대한 날, 나는 처음으로 창구 너머의 도시를 보는 자유를 만끽했다.

배고픈 것도 잊고, 창구에서 불어오는 바람이 한겨울 찬 바람이라는 것마저 잊은 채로 창구 아래에 앉아 있었다. 바람의 한기가 털을 뚫고 스며드는 것도 느끼지 못했다. 누나가 부르는 소리를 듣고서야, 내 속눈썹과 입 주위 잔털 위에 하얗게 서리가 내려앉아 있다는 것을 알았다.

허둥지둥 달려온 누나는 가쁜 숨을 몰아쉬었다.

"큰일났어!"

"무슨 일이야? 천천히 얘기해 봐."

"너 빨리 가 봐. 모두 거기에 있어. 지금까지 그런 일은 본 적이 없어. 뭔가 큰일이 벌어진 것 같아!"

나는 누나를 따라 달렸다. 머리를 낮추고 필사적으로 앞을 향해 달려가는데, 누나가 갑자기 멈추어 섰다.

"왜 안 뛰어?"

"얘, 저기 봐, 왼쪽……."

내 시선은 누나의 심상치 않은 눈길을 따라갔다. 그리고 결국 그 장면을 보고야 말았다.

셀 수도 없이 많은 지렁이들이 구정물이 흐르는 방향의 반대편을 향해 기어가고 있었다. 지렁이의 행렬은 끝도 없이 이어졌다. 그들이 어디에서 온 건지 또 어디로 가는지 도무지 짐작조차 할 수 없는 신기한 광경이었다.

그중 가장 슬피 울고 있는 검은 지렁이가 눈에 띄었다.

나는 지렁이의 행렬을 따라가면서 조심스럽게 물었다.

"지금 장례 예식 중인가요? 그것도 아주 성대한……."

검은 지렁이는 대답 대신 목 놓아 울기 시작했다. 나는 죽음을 앞에 두고 비통함이 극에 달하면 어떤 말도 나오지 않는다는 것을 지난 경험을 통해 잘 알고 있었다. 그래서 그 지렁이가 마음을 추스릴 때까지 참고 기다리기로 했다.

울음소리가 어느 정도 잦아들었을 때 나는 다시 물었다.

"누가 죽었나요?"

"그 아이는 정말 똑똑한 애였어요."

그는 그렇게 말한 뒤 가늘고 긴 몸을 한껏 오므리더니 땅바닥에서 고통스럽게 몸부림쳤다.

그때 어떤 예감이 내 뒤통수를 때렸다.

"혹시…… 연분홍 지렁이가 죽은 건가요?"

내 목소리가 너무 컸는지, 앞서 가던 긴 장례 행렬이 걸음을 멈추고 일제히 나를 돌아보았다.

"말도 안 돼요! 그 애의 시체는 어디 있죠?"

내 질문에 화답을 한 것은 한 번도 들어 보지 못한 아주 특이한 소리였다. 그것은 지렁이들의 울음소리였다. 지하 배수로 안은 비통한 울음소리로 넘쳐흘렀다.

나 역시 슬픔을 주체할 수가 없었다. 장례식 대열의 맨 앞, 열 마리의 굵고 큰 지렁이들이 연분홍 지렁이의 시체를 마주 들고 있는 것이 보였다.

한달음에 그쪽으로 달려갔다. 가까이 가서 보니 그것은 연분홍 지렁이의 껍질이었다. 조금 더 정확히 표현하자면, 지렁이의 몸과 똑같은 모양의 연분홍빛 외투였다. 아름다웠다.

"이것은 외투잖아요. 그 애의 영혼은 어디에 있나요?"

　아무도 나의 질문에 대답하지 않았다. 비통한 마음을 가눌 길이 없었다. 내 삶에서 가장 의미 있는 한 생명이 나를 떠난 것이다.

　나는 바닥의 시멘트를 미친 듯이 박박 긁어 댔다. 시멘트 위에 하얀 자국이 보풀처럼 일어났다. 잠시 뒤 나의 발에서는 붉고 뜨거운 피가 흘러나왔다.

연분홍빛
외투

　나는 장례식 때 넋을 놓고 울었던 검은 지렁이를 찾아갔
다. 그는 식음을 전폐하고 있었다. 그래서 가뜩이나 가늘
고 긴 몸이 더욱 도드라져 보일 정도로 말라 있었다.

　그는 내가 연분홍 지렁이와 절친한 친구였던 것을 알고
있었다. 우리는 자연스럽게 연분홍 지렁이에 대해 이야기
를 나누었다. 하지만 기력이 많이 떨어졌는지 말을 하는
내내 많이 힘들어했다.

　나는 연분홍 지렁이의 모든 것을 알고 싶었다. 그래서
얼음같이 차가운 바닥에 엎드린 채 인내심을 가지고 검은
지렁이가 다시 기력을 찾기까지 기다려야 했다.

　겨우 기운을 차린 검은 지렁이가 길게 탄식했다.

"그 애가 죽은 것은 정말 너무 안타까운 일이야. 그 아이는 신비로운 능력을 가지고 있었거든. 비상한 예지력 같은 것 말이야. 우리에게 이주할 시기를 알려 주곤 했는데, 그 덕분에 여러 위험을 피해 갈 수 있었지. 우리는 아직도 그 아이가 우리 곁을 떠나지 않았다고 생각한단다."

"연분홍 지렁이의 가족은 어디에 있나요?"

검은 지렁이는 연분홍 지렁이의 친아버지가 살고 있는 곳을 알려 주었다.

나는 장례식 때 보았던 연분홍 지렁이의 외투를 갖고 싶었다. 그것은 단순히 무언가를 소유하고 싶다는 욕심이 아니었다. 나에게는 연분홍 지렁이를 추억할 만한 무언가가 간절히 필요했다.

인사를 하고 나오는데 검은 지렁이가 내 뒤를 계속 따라왔다. 그는 못마땅하다는 듯 소리쳤다.

"너는 그 연분홍빛 외투를 얻을 수 없을 거야!"

나는 검은 지렁이가 알려준 시멘트 담벼락을 향해 묵묵히 발걸음을 옮겼다.

그곳은 더 이상 사용하지 않는 지하 배수로의 일부 구간이었다. 나는 낡은 시멘트 담벼락 앞에 웅크리고 앉았다. 이미 푸석푸석하게 썩은 시멘트는 검은 흙과 구분이 되지 않았다. 지렁이들이 살기에는 천국이었다.

지렁이들이 드나드는 작은 구멍이 보였다. 지렁이 집의

대문은 내 콧구멍보다 작았다. 문 앞에서 소리쳐 누구를 불러낼 수도 없는 노릇이었다. 그들에게 나의 목소리는 천둥소리나 다름없을 테니까.

나는 문 앞으로 코를 들이밀며 쿵쿵 냄새를 맡았다. 소리가 나지 않도록 조심했지만 코 속으로 흙이 들어가는 바람에 재채기를 하고 말았다. 그런데 콧바람에 날린 흙이 대문을 덮어 버리고 말았다.

이런 경솔한 행동으로 주인의 기분을 상하게 하고 싶지 않았다. 낯선 손님에게 선뜻 집안의 귀한 물건을 내줄 리 없는데, 미움까지 살 수는 없었다.

잠시 뒤 늙은 지렁이 한 마리가 숨을 헐떡거리며 흙을 뚫고 나왔다. 그는 내 얼굴을 보더니 내뱉으려던 욕을 꿀꺽 삼켰다.

"너로구나!"

"저를…… 아세요?"

"너의 큰 이빨을 보고 알았지! 내 딸이 생전에 그 큰 이빨에 대해 얘기한 적이 있었어. 입을 좀 크게 벌려 봐라. 혹시 다른 큰 이빨을 숨기고 있는 것은 아닌지 좀 보자."

늙은 지렁이가 상반신을 들어 내 입 속을 들여다보려고 했다. 나는 최대한 입을 크게 벌리고 아래턱을 땅에 밀착했다. 그럼에도 그는 내 입 속을 볼 수 없어 애를 먹었다.

"내가 너의 아랫입술 위로 기어 올라가게 해 주겠니? 그러면 자세히 볼 수 있을 것 같은데!"

"내 이빨을 보는 게 그렇게 중요한가요?"

"아주 중요하지!"

"그러면 올라오세요!"

"넌 네 가족들과는 달리 참 예의가 바른 것 같구나."

그는 그렇게 말하며 내 입술 위로 기어 올라왔다. 무언
가가 꼬물거리는 느낌 때문에 참기 힘들 만큼 가려웠다.
나는 혀를 내밀어 늙은 지렁이를 내 입 속으로 집어넣었
다. 여차하면 지렁이가 내 위 속으로 들어가 버릴 수도 있
는 상황이었다. 나는 얼음처럼 혀를 굳힌 채 움직이지 않
았다. 그러고는 뻣뻣한 혀로 웅얼거렸다.

"보이세요? 잘 보세요!"

"내 딸이 잘못 본 건 아니군!"

나는 늙은 지렁이를 땅 위에다 뱉어 놓았다. 그가 상반
신을 들어 올려 나를 빤히 바라봤다.

그는 울고 있었다. 눈물을 직접 보지는 못했지만 내 입
속에서 눈물의 짠맛이 느껴졌다.

"울고 계시네요."

"내가 우는 걸 알고 있었니?"

나는 고개를 끄덕였다.

"그 아이가 떠날 때 자기의 외투를 너에게 주라고 부탁
했단다. 네가 자기의 목숨을 구해 주었다고도 말했어. 또

너같이 착한 개는 본 적이 없다고도 했지! 그 아이의 외투를 너에게 주려고 남겨 두었다."

"그 외투를 직접 보고 싶어요."

늙은 지렁이는 몸을 돌려 구멍 속으로 기어 들어갔다. 잠시 뒤 세 마리의 지렁이가 연분홍빛 외투를 들고 나왔다. 연분홍빛 외투를 보는 순간, 눈물이 왈칵 쏟아졌다.

늙은 지렁이에게 잠시 혼자 있고 싶다고 부탁했다. 우리만의 이별 의식이 필요했다. 연분홍 지렁이의 가족이 자리를 비켜 주자 나는 외투의 냄새를 맡으면서 그 위로 눈물을 뚝뚝 떨어뜨렸다. 내 입에서는 같은 말만 되풀이되어 나왔다.

"너는 나의 유일한 친구였어, 너는 나의 유일한 친구였어."

그때였다. 순식간에 연분홍빛 외투가 내 눈앞에서 사라졌다. 머릿속으로 어떤 강렬한 예감이 스쳐 지나갔다. 나는 고개를 들어 배수관을 바라보다가 이렇게 소리쳤다.

"여러분, 빨리 이사를 하세요. 구정물이 넘쳐서 이곳이 곧 침수될 거예요!"

늙은 지렁이가 깜짝 놀라서 물었다.

"구정물이 어디 있어?"

"두 시간쯤 뒤에 밀어닥칠 거예요!"

그는 내 말을 듣자마자 급히 돌아가 이사 준비를 시작했다.

두 시간 뒤 배수관 끝에서 거대한 물소리가 들려왔다. 도시의 구정물이 내 앞을 흘러갈 때, 더럽고 불결한 쓰레기들이 물 위에 둥둥 떠 있는 것이 보였다. 역겨운 냄새가 진동하는 검은 물이었다.

다음 날 아침이 되어서야 구정물의 양이 서서히 줄어들었다. 나는 피곤한 나머지 깜박 잠이 들고 말았다. 다시 눈을 떴을 때 내 머리맡 둥근 벽에는 지렁이들이 잔뜩 기어 올라가 있었다.

아빠가 나에게 물었다.

"어디에서 저렇게 많은 지렁이들이 온 거지? 대체 뭘 하려는 걸까?"

"전부 내 친구들이에요. 날 찾아온 거예요!"

내 말이 끝나기가 무섭게, 둥근 벽에 붙어 있던 지렁이들이 꽃잎처럼 내 몸 위로 떨어졌다.

"나에게 먹을 것을 주려고 왔나 봐요!"

과연, 십여 마리의 지렁이들이 갈비 한 덩어리를 끌고 내 앞으로 다가왔다. 나는 감사의 인사를 전한 뒤 지렁이들이 가져다 준 선물을 천천히 맛보았다.

나의 생활은 크게 변하기 시작했다. 큰형은 의식적으로든 무의식적으로든 나를 피했다. 엄마는 나의 눈치를 살피곤 했는데, 그 표정이 무척 복잡했다.

하지만 누나는 달랐다. 내가 자려고 누워 있는데 누나가 내게 다가와 넌지시 물었다.

"너 어제부터 하나가 더 늘었지?"

"뭐가?"

"예감 같은 거!"

"누난 정말 똑똑해!"

"사실 나는 너무 걱정된다."

"무슨 걱정?"

"네가 조만간 우리 곁을 떠날 것 같아."

그날 밤, 나는 연분홍 지렁이를 잃은 슬픔도 잊고 누나의 품속에서 깊이 잠들었다.

배반은
아름다워라

내게 예지력이 생겼다. 처음에는 그 사실이 무엇을 의미하는지 정확히 알 수 없었다.

어느 날 아침, 그러니까 우리 가족이 모두 잠들어 있던 오전 열 시쯤이었다. 배수관 옆 움푹 파인 도랑의 구정물이 우리의 보금자리로 넘쳐 들어왔다. 그때 나는 아주 멋진 꿈을 꾸고 있었다. 창구 아래에서 연분홍 지렁이와 다정하게 이야기를 주고받는 꿈이었다.

퍼뜩 잠에서 깨어난 나는 식구들에게 빨리 일어나 구정물이 흐르는 반대 방향으로 뛰라고 소리쳤다.

큰형이 물었다.

"왜 반대 방향으로 가야 되냐?"

"저 아래는 쓰레기로 막혀 있기 때문에 구정물이 배출이 안 되고 넘쳐흐를 거야!"

"지금 무슨 소리를 하는 거야? 배수구가 막혔다는 걸 네가 어떻게 알아?"

어느새 역류한 구정물이 우리 주변으로 흘러들고 있었다. 이 시급한 상황에 말다툼이나 하고 있다니!

보다 못한 누나가 소리쳤다.

"빨리 이곳을 떠나야 해. 이번엔 막내 말을 듣자!"

큰형은 벌겋게 달아오른 얼굴을 하고선 누나를 콱 물었다.

"뭘 안다고 나불거려? 말해 봐, 왜 우리가 쟤 말을 들어야 하지?"

그때 아주 특이한 소리가 들렸다. 동시에 낯선 냄새가 콧구멍으로 스며들었다.

"어서 가야 해, 조금 있으면 인간들이 올 거라고!"

"허튼소리 마! 너는 한 번도 인간을 본 적이 없는데, 어떻게 그들이 여기 온다는 것을 알 수 있겠냐?"

"막힌 배수구 쪽에서 두 사람이 내려오고 있어!"

"못 참겠어요, 아빠! 이 녀석 좀 어떻게 해 보세요. 정말 하늘 무서운 줄 모르고 설치고 있잖아요!"

아빠는 도랑을 따라 걸으며 말했다.

"작년에도 비슷한 일이 있었지. 너희 할아버지는 간발의 차로 총상을 면했어. 어쩌면 네 얘기가 맞을지도 모르겠구

나. 이번에는 우리 모두 네 말을 따르기로 하겠다!"

내가 앞장을 섰다. 가족들이 처음으로 내 생각을 믿고 따라 준 것이다. 큰형은 맨 끝으로 따라오면서 계속 투덜거렸다. 하지만 큰형의 불만에 귀 기울일 순 없었다. 오로지 가족을 안전한 곳으로 데려가야 한다는 생각뿐이었다. 물론 큰형을 포함해서.

"배수구를 뚫기 위해 오는 사람들은 바로 이 앞에 있어요. 한 삼 미터쯤 떨어진 곳이에요."

아빠 얼굴에 초조한 기색이 역력했다.

"어떻게 하면 좋겠니?"

"며칠 전에 버려진 배수관에 간 적이 있어요. 사람들이 거기까지는 가지 않을 거예요. 여기서 칠팔십 미터쯤 간 다음 왼쪽으로 돌아가면 돼요. 거기서 저를 기다리세요."

엄마가 걱정스러운 목소리로 물었다.

"너는 어디로 가려고?"

"저는 지렁이들을 좀 보고 올게요."

큰형은 여전히 툴툴댔다.

"넌 뭣 때문에 그런 쓸데없는 데까지 신경 쓰는 거냐? 구세주라도 되는 줄 아는가 보지?"

내가 정말 구세주였다면 가장 먼저 큰형의 입을 꿰매 놓았을 것이다. 형과 입씨름할 시간이 없었다. 나는 왔던 길을 따라 달렸다. 지렁이들에게 배수구 도랑의 구정물이 넘치고 있다고 알려 주는 사이, 배수 처리 작업을 하려고 온 사람들과 마주치고 말았다.

그들은 손전등을 들고 있었다. 두 개의 강렬한 빛이 번쩍이며 내 눈을 비추었다. 어둠에 익숙해진 내 양쪽 눈은 강한 빛에 쉽게 적응하지 못했다. 순간 나는 두 눈을 꼭 감았다. 긴장한 나머지 내 네발은 달려야 한다는 사실을 잊고 있었다.

도망가야 한다고 생각했을 때는 이미 커다란 장화 두 켤레가 내 눈앞에 와 있었다. 고개를 들었다. 처음으로 본 인간의 얼굴이었다. 그중 한 명이 몸을 숙이고 두 손을 뻗어 나를 안아 올렸다.

그 순간 인간들에게 핍박당했던 가족의 이야기가 하나씩 차례대로 떠올랐다. 나는 사시나무 떨듯 온몸을 부들부들 떨었다. 그때 나를 안고 있던 사람이 말했다.

"이렇게 작은 강아지가 왜 여기 있지?"

"이것 봐. 아주 귀엽게 생겼는걸."

"배가 고픈 모양인데, 뭐 먹을 것 좀 주자!"

"난 가지고 있는 게 아무것도 없는데."

"초콜릿 한 조각이 있었는데, 방금 전에 내가 먹어 버렸어."

"이 녀석을 집에 데려가 키워야겠어. 아주 똑똑해 보이는데!"

"내가 데려가면 안 될까? 내가 먼저 발견했잖아."

"먼저 발견한 사람은 나야. 넌 악어일지도 모른다고 했잖아!"

"우선 발을 묶어 놓자. 일 마친 뒤에 다시 와서 데리고 가자고!"

그가 나를 바닥에 내려놓은 뒤, 걸치고 있던 외투를 벗었다. 그 옷으로 나를 감싸 주려는 것 같았다. 내 눈은 이미 손전등 불빛에 익숙해진 상태였다. 마음만 먹으면 바로 도망칠 수도 있었지만 그러지 않았다. 그들이 나누던 대화에 정신이 팔려 있었던 것이다. 분명하게 기억하는 것은 나를 그들이 사는 세상으로 데리고 가겠다는 내용이었다. 가고 싶었다.

옷에서는 사람의 땀 냄새가 물씬 풍겼다. 그때 어디선가 익숙한 소리가 들려왔다. 누군가 으르렁거리고 있었다. 내가 옷을 비집고 나오자 큰형이 어둠 속에서 나타나 방금 옷을 벗은 사람의 팔뚝을 물었다.

그가 비명을 질렀다. 다른 한 사람은 큰형의 갑작스러운 공격을 피하느라 몸을 가누지 못하고 구정물이 가득한 도랑으로 빠졌다. 그때까지도 큰형은 그 사람의 팔뚝을 끈질기게 물고 있었다. 나는 그 혼란한 틈을 타서 큰형의 엉덩이를 물었다. 큰형이 소리를 지르며 사람들에게서 물러났다. 이때다 싶어 나는 다급하게 외쳤다.

"빨리 도망쳐야 해!"

우리는 정신없이 달리다가 뒤를 돌아보았다. 저 멀리 두 사람이 서로 부축해 주며 일어나고 있는 것이 보였다.

만나기로 약속한 배수로에서 가족들이 초조하게 우리를 기다리고 있었다. 큰형이 나를 구한 일을 두고 과장해서 떠벌리기 시작했다. 놀라움에 가족들의 입이 쩍 벌어졌다.

나는 아무 말도 하고 싶지 않았다. 그저 두 사람이 걱정될 뿐이었다. 나를 다른 세상으로 데려가 줄 사람들이었는데……. 무엇보다 피를 많이 흘렸을 것 같았다.

그때, 큰형이 갑자기 두 눈을 부릅뜨고 나를 노려보았다.

"네가 나를 물었지? 왜 사람들을 도와주려고 한 거지?"

차마 거짓말을 할 수 없어 대꾸하지 않았다. 그때 아빠가 끼어들었다.

"네 큰형이 하는 말이 사실이냐?"

나는 어쩔 수 없이 고개를 끄덕였다. 아빠의 안색이 변했다.

"왜 그랬니? 그 이유를 말해 보렴."

"그럴 수 없어요."

"그렇다면 우리들 앞에서 큰형이 네 엉덩이를 물게 해야겠다! 내가 너만 했을 때, 네 할아버지도 나에게 이런 벌을 주셨어!"

큰형이 내 엉덩이를 세게 물었다. 정말 모질고 매서운

이빨이었다. 십여 분이 지난 뒤에도 엉덩이가 벌벌 떨릴 정도였으니까.

다음 날, 나는 사람들과 마주쳤던 그 장소에 다시 가 보았다. 냄새로 사람들이 바닥에 흘린 핏자국을 찾을 수 있었다. 핏자국에서 인간들의 땀 냄새가 났다.

나는 칠흑같이 컴컴한 지하 배수로에서 잠시 울부짖었다. 그때 줄곧 내 뒤를 따라오던 누나가 어둠 속에서 모습을 드러냈다. 누나는 나의 울음소리를 잠자코 듣고만 있었다. 울다 지친 나는 누나의 가슴에 머리를 묻고 조용히 눈물을 흘렸다.

"아무 말도 하지 말고 그냥 울어. 네 마음속에 복잡한 생각이 얽혀 있다는 걸 알고 있단다. 어제 일어난 일은, 아름다운 배반에 지나지 않아."

나는 고개를 들어 눈물이 그렁한 눈으로 누나를 보았다.

"어제의 일이 뭐라고? 한 번 더 얘기해 줘."

"아름다운, 배반."

그 단어를 듣는 순간 나는 너무 고통스러워 더 이상 말을 이을 수 없었다. 누나는 나를 진심으로 이해하고 있었다.

치통

잇몸 속에 묻혀 돋아나기를 기다리는 이빨이 아프기 시작했다. 나는 극심한 고통으로 땅바닥을 데굴데굴 굴렀다. 치통을 견디느니 차라리 내 몸뚱이를 물어뜯어 피를 보는 편이 나을 것 같았다. 다리를 힘껏 물어 보았지만 치통을 잊을 만큼 아프지는 않았다. 나는 내 몸 중에서 제일 약한 부위를 물기로 하고 꼬리를 노려보았다. 치통을 줄이기 위해서는 고개를 돌려 꼬리를 무는 수밖에 없었다.

그런데 어찌된 일인지 꼬리가 말을 듣지 않았다. 입을 거의 꼬리 가까이에 댈 수 있었지만 꼬리는 내 입을 피해 쏙 숨어 버렸다. 내가 꼬리를 물려고 한 자리에서 뱅글뱅글 도는 모습을 가족들은 재미있다는 듯이 바라보았다. 큰형이 가장 신이 난 것 같았다.

"내가 말했지, 너는 아직 꼬맹이라고! 꼬리를 물려고만 했지, 그러면 아프다는 걸 모르잖아!"

큰형은 덩치만 컸지 생각하는 것은 단순하기 짝이 없었다.

"형, 저리 비켜! 형이 옆에 있으면 내 이빨이 더 아프단 말이야!"

그러나 큰형은 내가 당하는 고통이 고소하다는 듯 내 주위를 빙빙 돌면서 불난 집에 부채질 하듯 얄밉게 말했다.

"내가 도와줄게. 너 대신 네 꼬리를 꽉 깨물어 주면 되잖아!"

엄마가 그 모습을 보고는 무섭게 화를 냈다.

"너는 네 동생이 힘들어하는 게 보이지도 않니?"

나는 엄마 앞에서 입을 크게 벌리고 이빨이 왜 아직도 나오지 않는지 봐 달라고 했다. 엄마가 입 속을 들여다보더니 한숨을 쉬었다.

"정말 이상하네. 벌써 나왔어야 하는데……."

또 한바탕 치통이 시작될 조짐이 느껴졌다. 나는 혼자 숨을 만한 구석진 모퉁이로 달려갔다. 그러고는 두 눈에 눈물을 그렁그렁 매단 채 큰 이빨이 하루 빨리 돋아나 주기를 기도했다.

그때 낯익은 목소리가 들려왔다.

"너는 왜 혼자 눈물을 흘리고 있니? 어서 가서 네 작은형의 이빨을 봐."

사방을 둘러보았지만 아무도 보이지 않았다.

"너는 누구니? 많이 듣던 목소린걸. 만약 옆에 있다면, 어서 나와 줘!"

대답은 없었지만 나는 알 수 있었다. 분명 연분홍 지렁이의 목소리였다. 그러나 그것은 언젠가 연분홍 지렁이가 말한 신비한 환청이었다. 이 세상에서 인간의 두뇌만이 이런 환각을 경험할 수 있다고 말했다. 또, 인간이 창조한 세상에는 다른 어떤 동물이 만든 세상보다 수백 배의 낭만이 있다고도 했다.

연분홍 지렁이의 부재를 다시금 느낄 수 있었다. 이것은 그 애가 나에게 준 암시였다. 반드시 행동으로 옮겨야겠다는 결심이 섰다. 나는 그길로 작은형의 이빨을 찾아 나섰다.

내 후각과 기억력을 동원하면 쉽게 그곳을 찾아낼 수 있을 것 같았다. 그러나 이상하게도 작은형의 이빨을 찾을 수가 없었다.

결국 아빠를 찾아가 작은형의 이빨을 어디에다 묻었는지 물어봤다. 그러자 아빠는 경계심 가득한 눈빛으로 되물었다.

"둘째의 이빨은 찾아서 뭘 하려는 거지?"

"제가 좀 보려고요."

"그 애의 이빨을 봐서 좋을 게 없어."

"그냥 좀 보고 싶어요."

"바른대로 말해. 그 이빨을 찾는 진짜 이유가 뭐냐?"

"그냥 좀 보려는 거예요."

"안 돼, 절대 안 돼! 내가 일찌감치 내다 버렸다. 나도 이빨이 어디에 있는지 몰라. 아마, 벌써 썩어서 개미가 먹어 치워 버렸을 거야. 너, 앞으로 다시는 네 작은형에 대해 언급하지 마라. 그 이빨 얘기도 마찬가지야!"

"작은형의 이빨을 묻은 곳에 가 보았는데 없었어요."

화가 난 아빠가 크고 단단한 몸으로 나를 밀쳤다. 나는 공처럼 튕겨 나가 바닥에 널브러졌다.

"지금 나한테 책임을 추궁하는 거냐?"

마음이 아팠다. 나는 일찍부터 아빠의 난폭함을 혐오하고 있었다. 화가 치밀어 올랐다. 두 눈을 부릅뜨고 아빠를 노려봤다. 그러나 아빠의 부릅뜬 두 눈이 내 것보다 훨씬 더 크고 무서웠다.

"너 지금 뭐 하자는 거냐?"

그래도 나는 아빠를 향한 시선을 거두지 않았다. 그것은 나의 첫 번째 반항이자 계획적인 반항이었다. 물론 그것이 어떤 결과를 초래할지도 잘 알고 있었다.

아빠는 나를 쓰러뜨린 뒤 닥치는 대로 물어뜯었다. 내 유일한 무기인 큰 이빨로 있는 힘을 다해 아빠의 공격을 막아 냈다. 엄마와 누나가 내 비명 소리를 듣고 달려왔다. 이성을 잃은 아빠의 행동에 놀란 엄마는 어쩔 줄 몰라 하다가 큰형에게 빨리 말려 달라고 애원했다. 그러나 큰형은 오히려 날카로운 목소리로 이렇게 외쳤다.

"물어요! 물어 버려요!"

나는 더 이상의 방어를 포기했다. 아빠도 점점 지쳐 가고 있었다. 아빠는 한쪽에 쪼그리고 앉아 거칠게 숨을 몰아쉬었다. 상처투성이가 된 나는 가까스로 일어나 헐떡거리는 아빠에게 다가갔다. 그러고는 침착하고 비장한 어조로 물었다.

"작은형의 이빨 두 개를, 대체 어디에 숨기신 거예요?"

이 정도면 틀림없이 길들여졌을 거라고 생각한 가족들은 꺾이지 않는 내 고집에 고개를 절레절레 흔들었다.

아빠의 눈빛은 절망으로 가득 차 있었다.

"이제 너는 우리를 떠나도 좋다. 너에게는 우리가 필요 없는 것 같구나. 우리도 네가 필요 없다."

엄마가 울기 시작했다.

"안 돼요! 이 아이는 아직 너무 어리다고요!"

하지만 아빠는 개의치 않았다.

"네 작은형의 이빨은 배수구 구덩이에 버렸다. 이미 구정물에 휩쓸려 내려갔을 테니 절대 찾지 못할 거야!"

아직 돋아나지 않은 이빨이 다시 아파 왔다. 나는 온몸을 타고 전해지는 고통을 잊기 위해 죽을힘을 다해 뛰기 시작했다. 누나가 내 뒤를 쫓아왔지만, 얼마 못 가 뒤처졌다. 나를 부르는 누나의 슬픈 목소리도 멀어졌다.

얼마나 달렸을까. 힘이 빠져 땅바닥에 철퍼덕 쓰러지고 말았다. 고개를 들어 보니 내 머리 위로 창구가 보였다. 바람이 불어왔다. 말할 수 없이 시원하고 상쾌한 바람이었다.

문득 작은형의 모습이 머릿속에 떠올랐다. 자기의 큰 이빨을 벽에 부딪혀 부러뜨리는 모습이……. 이빨을 부러뜨리고 난 뒤의 고통은 상상만으로도 끔찍했다.

음악이 들려왔다. 여전히 창구에서 음악이 흘러 들어오고 있었다. 욱신거리던 통증이 좀 나아지는 것 같았다.

그때 어디선가 연분홍 지렁이의 부드럽고 나지막한 목소리가 들려왔다.

"너 무슨 생각하니? 아직도 망설이고 있는 거야?"

"너 어디에 있니? 어디서 내게 말을 거는 거야?"

"나는 단지 환청일 뿐이야."

"내가 뭘 어떻게 하기를 바라니?"

"넌 이미 알고 있잖아!"

순식간에 환청이 사라졌다. 다시 무슨 소리라도 들릴까 싶어 한참을 기다렸지만 소용없었다. 그러나 내가 무엇을 해야 할지는 알 수 있었다.

나는 입가에 미소를 머금은 채 벽을 향해 걷기 시작했다. 태어나서 지금까지 한 번도 떠난 적이 없는 지하 배수로에서 다른 세계를 향해 떠나려고 마음을 먹은 것이다.

멀리서 나를 찾는 누나의 목소리가 들렸다. 엄마와 누나의 곁을 떠난다는 것은 가슴 아팠지만, 다른 길이 없었다. 이미 그 어떤 것도 내 마음을 돌려놓을 수는 없었다. 지금에 와서 생각하면 운명 같은 이끌림이 아니었을까 싶다. 머리 위의 창구가 거대한 흡인력으로 나를 빨아들이는 듯 다른 생각 따위는 전혀 할 수 없었으니까. 다시는 되돌아오지 않겠다고 마음을 다잡았다. 그 염원은 내 마음속 깊은 곳에 박힌 이름 없는 별이었다. 깊고 어두운 가슴속에서 그 별이 반짝거렸다.

나는 튀어나온 벽의 모서리를 향해 전속력으로 돌진했다. 그건 다른 세계로 가기 전에 반드시 치러야 할 통과의례 같은 것이었다. 피할 수 없다면 용감하게 부딪히는 것만이 방법이었다. 순간, 내 생을 뒤흔드는 것 같은 어마어마한 고통에 정신을 잃었다.

도시 입성 의식

축축한 느낌에 잠에서 깨어났다. 강아지가 내 몸을 핥고 있었다. 젖먹이 강아지의 입에서 풍기는 동족의 냄새가 아주 익숙했다. 나는 입가를 핥았다. 뭔가가 이상했다. 돼지갈비를 갉아먹을 때면 혀로 콧구멍을 가볍게 핥아, 그 맛있는 냄새를 콧구멍 주변에 남겨 놓을 수 있었다. 그런데 내 혀가 콧구멍까지 닿지 않았다. 혀가 짧아진 것이다!

게다가 내가 누워 있는 곳이 어딘지도 알 수 없었다. 나는 강아지에게 물었다.

"여기가 어디니?"

그런데 이게 웬일인가. 내가 말을 걸자, 친밀하게 굴던 강아지가 깜짝 놀라며 달아났다. 내 발음 또한 전과 같지 않았던 것이다.

사방을 둘러보았다. 도시 외곽에 방치된 낡은 빌딩 같았다. 먼 곳까지 내다보고 싶어 꼭대기 층으로 올라가 보기로 했다. 내 생에 그렇게 높은 곳까지 올라가기는 처음이었다.

곧 봄이 오려는지 도로 위의 얼음과 눈이 녹고 있었다. 누런 안개 속의 도시가 허황하게 흔들리고 있었다. 그러나 자세히 보니 실제로 도시가 흔들린 것은 아니었다. 지금껏 먼 곳을 보거나, 많은 물체를 시야에 담아 본 적이 없는 내 시선이 흔들린 탓이었다.

드디어 창구 밖 도시에 입성한 것이다.

"저 도시로 가야겠다."

나는 혼잣말로 중얼거렸다.

도로로 나가기에 앞서, 나는 내가 걸친 옷을 살펴보았다. 방한 내의 위에 청바지와 니트, 두꺼운 목폴라를 껴입고, 그 위로 큰 구리 단추가 달린 가죽 재킷을 걸치고 있었다. 바닥이 두꺼운 방한 신발은 폭신하고 따뜻했다.

도로 위에 두 발을 내딛는 순간, 나는 흥분에 휩싸였다. 더구나 차량들이 내 앞을 빠르게 지나가며 눈보라를 일으키는 모습은 그야말로 장관이었다.

달리는 자동차에서 신문 한 장이 날아와 내 발밑에 떨어졌다. 나는 그것을 땅에 깔고 앉아 마음을 진정시켰다. 잠시 뒤 어느 정도 마음이 가라앉자 엉덩이에 깔려 구겨진 신문에 박힌 큰 글자가 눈에 들어왔다.

오늘 아침 기온은 급격히 상승하여 영상 10도 전후가 되겠으며, 우리 시에 내린 눈은 이미 녹기 시작했습니다. 기상 전문가에 의하면, 근래 보기 드문 현상이라고 합니다.

신문을 읽는데 후텁지근한 느낌이 들었다. 나는 가죽 재킷을 벗어 버리고, 목폴라 차림으로 눈앞에 펼쳐진 도시를 향해 걸어갔다.

내가 남자아이로 변한 것에 대해서는 조금도 이상하게 생각되지 않았다. 예감 때문이었다. 내 신상에 일어난 변화는 모두 머릿속에 떠오른 적이 있었다.

과거의 일도 다 기억해 낼 수 있었다. 지난 경험이 머릿속에 그대로 남아 있기 때문이었다. 어째서 이토록 또렷하게 지하 세계를 기억할 수가 있는 걸까?

나는 그 세계에 속한 내 종족의 상징인 큰 이빨을 부러뜨려 버렸다. 다른 하나는 아직 나오지 않았고, 앞으로도 자라지 않을 것이다. 그것은 영원히 내 잇몸 속에 묻혀 있어야 한다. 그 이빨이 내 몸속에 존재하는 한, 내 종족의 신경이 살아 있는 것 같은 기분을 느낄 수 있을 것이다.

길을 걸으며 미친 사람처럼 울다가 웃다가를 반복했다.

분명한 것은 내 머릿속에 두 개의 세상이 존재한다는 사실이었다. 지금 이 현실에 안착하고 싶으면서도, 내 과거를 잊고 싶지도 잊을 수도 없었다.

나는 빠른 속도로 달리기 시작했다. 달리기는 내 종족의 유전적인 우월함을 보여 주는 증표였다. 내가 버스 한 대를 가뿐히 앞지르자 버스에 타고 있던 승객들이 웅성거렸다.

"저기 좀 봐, 저 남자애 무지 빠르게 뛴다!"

사람들이 이상하게 여길까 봐 속도를 늦추어 걷는데, 택시 한 대가 달려와 내 옆에 멈춰 섰다. 챙이 달린 모자를 쓴 기사가 차창 밖으로 머리를 내밀고 소리쳤다.

"어이, 너 국가대표 육상 선수지? 네 뒤를 쫓아 한참을 달려왔는데 도저히 따라잡을 수가 없었어! 올림픽에서 금메달이라도 딴 거냐? 어때, 내 말이 맞지?"

겨우 이 정도 속도에 사람들이 놀라다니! 만약 큰형이나 작은형과 살점이 붙은 돼지갈비를 놓고 벌이는 시합에서 이런 속도로 달린다면, 나는 형들이 배불리 먹고 난 뒤 뀌어 대는 방귀 냄새나 맡을 수 있을 것이다.

나는 운전사가 내게 보이는 남다른 호기심이 당황스러웠다. 그래서 그 상황에서 벗어나고자 다시 뛰기 시작했다.

몇 분 만에 그 택시를 삼백 미터쯤 따돌리고 한숨을 돌리는데 어쩐지 느낌이 좋지 않았다. 돌아보니 한산했던 도시 진입로에 각종 차량들이 길게 늘어서 있었다. 눈이 녹기 시작한 도로를 꽉 메운 차들이 멈춰 서서 흰 연기를 자욱하게 뿜어냈다. 여기저기서 들려오는 경적 소리로 귀가 떨어져 나갈 것 같았다. 저 차들이 모두 나를 따라온 건가? 대체 왜?

전속력으로 달리던 오토바이가 내 옆에서 멈췄다. 급하게 브레이크를 밟은 탓에 바퀴 아래에서 눈가루가 튀었다. 그는 헬멧을 벗고 장갑 낀 손으로 줄줄이 늘어선 차량 행렬을 가리켰다.

"저 차들 말이야, 너를 쫓아서 달리다가 연쇄 충돌 사고를 일으킨 거야!"

"저를 왜 따라오는데요?"

"왜 따라오냐니? 왜냐하면…… 네가 너무 빨리 달리고 있으니까!"

"저는 아직 힘껏 달린 것도 아닌데요."

"너…… 너…… 설마 날아갈 수도 있다는 말이냐?"

나는 다시 한 번 이 성가신 남자를 떼어 내기 위해 속력을 냈다. 뒤에서 오토바이 시동을 거는 소리가 들리는가 싶더니 곧이어 아무 소리도 들리지 않았다. 돌아보니, 오토바이의 두 바퀴가 하늘로 향한 채 뱅뱅 헛돌고 있었다. 그 남자가 온몸에 눈을 뒤집어쓴 채 소리를 질렀다.

"너 정말 대단하구나! 네가 어디 있건 난 너를 알아볼 거다!"

도시에 들어서자 특유의 부산스러운 분위기가 느껴졌다. 그리고 자극적인 냄새가 코를 찔렀다. 살아 있는 돼지를 한가득 실은 트럭이 내 앞을 지나가고 있었다. 실제로 돼지를 본 적은 없지만, 냄새로 알 수 있었다. 나도 모르게 그 차를 따라 달리기 시작했다. 트럭이 어디로 가는지 꼭 알고 싶었다.

갑자기 트럭이 끼익 하고 멈춰 섰다. 운전석에서 우람한 체격의 남자가 뛰어내리더니 내 목덜미를 잡아채며 고함쳤다.

"너, 돼지를 훔치려는 거냐? 아니면 바퀴 밑에 깔려 죽고 싶어 환장을 한 거냐?"

트럭 기사는 한참 동안 나를 훈계한 뒤 차를 몰고 가 버렸다. 나는 그 자리에 남아, 눈을 지그시 감고 공기 중에 떠다니는 돼지의 냄새를 맡았다.

한 노인이 다가와 내 주위를 두 바퀴 돌더니 조심스럽게 물었다.

"애야, 너 지금 뭐 하고 있는 거냐?"

"냄새를 맡아 보세요. 너무 좋아요."

"나는 이곳에서 생활한 지 수십 년이 넘었단다. 공기 중에는 고약한 냄새들만이 떠다니지. 여름에는 회색 먼지, 겨울에는 석탄 연기……, 대체 여기에 무슨 향기가 난다는 거냐?"

그때 내 몸속에 강렬한 반응이 일어났다. 허기였다. 먹을 것을 달라고 배에서 끊임없이 신호를 보내고 있었다.

나는 먹을 것이 있을 만한 곳을 찾아 거리를 헤맸다. 어느 모퉁이를 도는데 커다란 강철 상자가 눈에 띄었다. 그 안에는 지저분한 잡동사니가 가득 담겨 있었다. 쓰레기통이었다. 그 잡동사니 속에 쑥 올라온 머리 하나가 보였다. 내가 이 세계에 처음 도착했을 때 얼굴을 핥아 주던 그 강아지였다. 강아지는 살코기가 붙은 뼈다귀를 입에 문 채 놀란 눈으로 나를 뚫어지게 바라보았다.

강아지의 놀란 표정 속에서 바로 하루 전 내 모습이 보였다. 나는 달래듯 부드러운 어투로 말했다.

"계속 먹어."

여전히 배는 고팠지만 어쩐지 흐뭇한 기분이 들었다. 나는 더 이상 먹을 것을 찾아 쓰레기통을 뒤지는 개가 아니었다.

돼지갈비 식당

고소한 냄새는 멀리서 풍겨 왔다. 역방향에서 나는 냄새였다. 식당이 가까워질수록 강해지는 고기 냄새에 내 위가 요동을 쳤다.

식당 문 앞에는 두꺼운 무명 커튼이 드리워져 있었다. 커튼에 코를 대고 킁킁거렸다. 돼지갈비 냄새가 났다. 커튼을 젖히고 식당 안으로 들어서니 뜨거운 김이 훅 하고 나를 감쌌다. 손님이 북적거리는 식당에는 빈자리가 거의 없었다. 사람들이 땀을 뻘뻘 흘리며 열심히 음식을 먹고 있었다.

내가 정말 좋아하는 분위기의 식당이었다. 게다가 식당 안에 가득 찬 고기 냄새라니! 나는 넋을 잃고 분위기와 냄

새에 취해 있다가 분주하게 움직이던 종업원과 부딪히고
말았다.

종업원이 다짜고짜 화를 냈다.

"애야! 밥 먹으려면 얼른 자리에 앉고, 먹기 싫으면 밖으
로 나가!"

서비스 정신이 영 부족한 종업원이었다. 창가 구석 자리
에 뚱뚱한 남자가 혼자 큰 식탁을 차지하고 앉아 있었다.
나는 그쪽으로 가서 뚱뚱이 맞은편 의자에 앉았다.

뚱뚱이 앞에 놓인 네 개의 접시에는 각각 돼지머리 고
기, 족발, 순대, 돼지 꼬리 요리가 담겨 있었다. 뚱뚱이는
쌀쌀한 바깥 날씨에도 달랑 반팔 러닝셔츠 하나만 걸친 채
였다. 돼지의 여러 부위를 앞에 놓고 앉은 모습이 마치 돼
지 한 마리를 신중하게 수술하는 의사처럼 보였다. 그는
먹는 데 열중한 나머지 내가 건너편에 앉아 있는지조차 몰
랐다.

뚱뚱이가 입을 크게 벌리고 높이 집어 든 순대의 끝부
분을 덥석 물었다. 그러고는 울대뼈가 오르락내리락하도
록 꼭꼭 씹은 뒤 꿀떡 삼켰다. 순대를 다 먹고 난 다음 두
손에 묻은 기름을 노란 러닝셔츠에 쓱쓱 문질러 닦았다.
자세히 보니 뚱뚱이가 입은 러닝셔츠의 원래 색은 흰색인
것 같았다.

뚱뚱이는 포만감에 배를 두드리며 길게 트림을 하고 나

서야 고개를 들고 나를 쳐다보았다.

"너, 혹시 중풍에라도 걸렸니?"

"중풍이 뭐예요?"

뚱뚱이가 기름기로 번들거리는 손을 뻗어 나를 가리켰다.

"중풍이 뭐냐고? 네가 걸린 병이 바로 중풍이야!"

도무지 무슨 말을 하는지 알아들을 수 없었지만, 나를 향해 뻗은 기름기 흐르는 손만은 친근하게 느껴졌다.

"중풍의 가장 큰 특징은 침을 질질 흘리는 것이지. 그리고 자신은 그런 사실을 몰라! 지금 너는 침을 질질 흘리고 있고, 그 침이 식탁 위로 떨어졌어! 네가 딱 그 짝이지."

그제야 나는 입가에 흐르는 침을 닦았다.

서비스 정신이 부족한 종업원이 내게 다가왔다. 나는 침을 흘리지 않으려고 노력했지만 쉽지 않았다. 그 상황을 모면하려고 고개를 창밖으로 돌렸다. 그러나 뚱뚱이가 음식을 먹으면서 내는 요란한 소리 때문에 견디기가 어려웠다.

그때 뚱뚱이의 입에서 기름 한 방울이 튀어 내 콧구멍 아래에 묻었다. 그것을 낼름 핥으려고 했지만 혀가 닿지 않았다. 나는 더 이상 참을 수 없어 소리를 질렀다.

"고기, 고기 주세요!"

그러자 종업원이 달려와 나를 흘긋 보며 물었다.

"족발 한 개면 되겠니?"

나는 뚱뚱이의 음식을 가리켰다.

"이렇게 네 접시, 똑같이 주세요."

"다 못 먹을 텐데."

"똑같이 주세요."

내가 음식을 기다리는 동안 뚱뚱이는 접시를 깨끗이 비웠다. 그러나 그는 가지 않고 실눈을 뜬 채로 씨익 미소를 지으며 나를 바라보고 있었다.

"아직 다 안 드셨어요?"

"난 배부르게 먹었지. 이제부터는 네가 음식 네 접시를 어떻게 먹어 치우는지 구경 좀 해야겠다."

"고기 네 접시 먹는 게 무슨 대수라고 그러세요?"

드디어 돼지고기 요리가 한 접시씩 나오기 시작했다. 두 번째 접시가 나오기 전에 나는 첫 번째 접시의 음식을 다 먹어 치웠다. 그리고 잔뼈들을 식탁 위에 뱉었다. 사실 그 정도의 연한 뼈는 내 이빨로 충분히 씹어 삼킬 수 있었지만, 나도 모르게 그럴 수 없는 것처럼 행동하게 되었다.

세 번째 접시는 나오는 데 시간이 좀 걸렸다. 나는 참지 못하고 빈 접시를 핥았다. 그걸 보던 뚱뚱이가 못 볼 걸 봤다는 듯이 자리에서 벌떡 일어나 나가 버렸다.

느릿느릿 음식을 가져오던 종업원은 접시를 핥고 있는 나를 보고 적잖이 당황스러워했다.

"좀 천천히 먹어. 요리사에게 네 요리는 특별히 빨리 만들라고 할 테니까!"

고개를 드니 식당 안의 모든 손님들이 나를 쳐다보고 있었다. 나는 사람들을 향해 말했다.

"너무 맛있어요. 이렇게 맛있는 음식은 생전 처음 먹어봐요. 너무 맛있어서 기분까지 좋아요."

줄곧 나를 지켜보던 옆 식탁의 손님이 이쑤시개를 건네주었다. 나는 그것을 들고 이리저리 살피다가 물었다.

"이것도 먹는 건가요?"

"이를 쑤시는 거야."

"저는 한 번도 이를 쑤셔 본 적이 없어요."

"이가 아주 튼튼한가 보구나!"

그때 종업원이 미소를 지으며 다가왔다. 아까와는 전혀 다른 태도였다.

"손님, 오늘 음식이 마음에 드셨나요?"

"정말 맛있었어요. 단지 조금……."

종업원이 내 말을 중간에 끊었다.

"말해, 아니, 의견을 말씀해 보세요."

"고기를 너무 푹 익혔어요. 죽처럼 너무 물러요."

종업원은 말을 더듬기 시작했다.

"우리 식당의 요리는 주로 돼, 돼지의…… 각 부위로 만드는데, 많은 고객들이 우리 식당의 고기에 만족스러워하시지. 우리 식당의 요리…… 특징은, 그래, 바로 고기를 푹익히는 거야. 그래서 한 살 아이부터 아흔 살 노인까지 모두 우리 식당의 요리를 좋아하는데…… 한 번도 이런 문제를 제기한 손님은 없었어. 한 번도 없었…… 다고. 정말 이상하구나…….”

“그럼 생고기는 먹어 본 적이 없단 말이에요?”

“아니, 사람이 어떻게 생 돼지고기를 먹니?”

“난 먹을 수 있는데.”

안색이 창백해진 종업원이 허둥지둥 식당 안쪽의 방으로 들어갔다. 내가 식당을 나가려고 하는데 종업원이 말쑥하게 차려입은 중년의 남자와 함께 나왔다. 종업원이 나에게 남자를 소개했다.

“우리 사장님이셔.”

사장의 머리 모양이 눈에 띄었다. 왼쪽에 난 가늘고 긴 머리카락 몇 가닥을 반짝이는 머리 정중앙으로 끌어다 붙여 놓은 꼴이 우스웠다. 머리에 그 몇 가닥마저 없다면 정말 귀여운 대머리였을 것이다.

사장이 물었다.

“음식이 마음에 안 드셨나요?”

식사에 대해 자꾸만 물어 대는 사람들이 귀찮아서라도 얼른 자리를 떠야겠다는 생각이 들었다. 대꾸하지 않고 식당 출입구 쪽으로 걸어가는데 종업원이 나를 가로막았다.

“잊은 게 있을 텐데.”

“제가 주문해 놓고 두고 가는 음식이라도 있다는 건가

요?"

사장이 답답하다는 듯이 종업원을 한쪽으로 밀치며 내 쪽으로 다가왔다.

"돈을 내야지!"

"무슨 돈을 내요?"

그러자 대머리 사장이 웃었다.

"이 녀석, 유머 감각이 있네."

"유머가 뭔데요?"

"식당에서 밥을 먹었으면 당연히 돈을 내야지. 그걸 정말 모른다는 거야?"

"저는 그런 얘기, 아저씨한테 처음 들어요."

얼굴이 붉으락푸르락해진 대머리 사장이 종업원을 향해 소리쳤다.

"야! 경찰 불러!"

"경찰이란 돼지의 어느 부위를 말하는 건가요?"

그러자 식당 안에 있던 손님들이 모두 벌떡 일어나 나를 뚫어지게 쳐다보았다. 그중 누군가는 문 쪽으로 달려가 문을 잠갔다.

이름이
없다

나는 어디론가 끌려갔다. 파출소라고 했다. 그리고 그곳에서 일하는 사람들을 경찰이라고 불렀다. 그들은 우선 나를 의자에 앉혔다. 키가 나보다 조금 클까 말까 한 경찰이 말했다.

"뭘 봐?"

"여기가 뭐 하는 곳일까 생각하고 있었어요."

"너 일부러 바보처럼 구는 거지?"

경찰이 결코 좋은 뜻으로 하는 말이 아니라는 건 내 예지력으로 알 수 있었다.

"아저씨, 지금 저를 욕하는 거죠?"

"거봐, 넌 바보가 아니야."

많은 사람들이 끊임없이 파출소를 들락거렸다. 그런데 그들이 무슨 일로 그렇게 바쁜지는 알 수 없었다. 잠시 뒤 무척 엄격해 보이는 나이 지긋한 경찰이 내 맞은편 의자에 앉았다. 그는 나를 잠시 동안 물끄러미 쳐다보더니 입을 열었다.

"이름은?"

고개를 저었다. 나는 이름이 없으니까.

"말 안 할 거니?"

그는 내 얼굴에 자기 얼굴을 바짝 들이대고 얼마간 눈을 맞추더니 활짝 웃었다. 웃는 얼굴이 우는 얼굴보다 보기 흉했다.

"아저씨, 왜 울려고 하세요?"

내 말에 경찰이 표정을 바꾸었다. 아까보다 더 복잡한 표정이었다. 그때 나는 그것이 쓴웃음이라는 것을 몰랐다.

엄격한 경찰이 물었다.

"나이는?"

또 고개를 저었다. 나는 내 나이도 몰랐다. 급기야 경찰이 화를 냈다.

"대체 네 부모는 어디 있어?"

나는 이번에도 고개를 저었다. 처음 만난 경찰에게 복잡하기 짝이 없는 내 가족사를 모조리 얘기할 수는 없는 노릇이었다. 더군다나 나도 지금 그분들이 어디 계신지 모르고 있는 형편이 아닌가.

"너 어느 학교에 다니니?"

고개를 저었다. 세상에, 개한테 학교라니.

엄격한 경찰이 손을 뻗어 내 이마를 덮고 있는 머리카락을 쓸어 올렸다. 내 눈을 제대로 들여다보려는 것이었다. 그런데 그 순간 그가 외마디 비명을 지르는 바람에 나도 깜짝 놀랐다.

"네 이마에 있는 게 뭐니?"

다시 고개를 저었다. 대체 내 이마에 뭐가 있기에 괴물 보듯 하는 거지?

경찰이 내 멱살을 잡고서 이상한 물건 앞으로 끌고 갔다. 그 앞에 서자 내 모습이 보였다.

"거울에 비친 네 모습을 한번 봐!"

잘생긴 남자아이가 거울 속에서 나를 바라보고 있었다. 짙은 눈썹이 생동감 넘치는 눈을 감싸듯 단정하게 나 있었고, 반듯한 코가 많은 이야기를 담고 있는 입술 위에 오똑 솟아 있었다. 청춘의 욕망이 가득 넘치는 입술을 찬찬히 살피면서 그 입술로 무엇을 할 수 있을지, 뭘 하고 싶은지 생각해 보았다.

나는 나지막이 중얼거렸다.

"이 얼굴, 맘에 든다."

그러자 경찰이 어이없다는 표정으로 핀잔을 주었다.

"네 이마 위에 나 있는 게 뭔지 보라니까."

아무 생각 없이 이마 위의 머리카락을 들어 올리던 나는 깜짝 놀랐다. 내 이마 위에는 큰 흉터가 볼록하게 도드라져 있었다. 거울에 조금 더 가까이 다가갔다. 그 흉터는 연분홍 지령이의 외투 모양과 아주 흡사했다. 아니, 바로 그것이었다. 내 눈에서 눈물이 주르륵 흘러내렸다.

"네 이마의 흉터가 어쩌다 생겼는지 얘기해 보렴! 혹시 내가 너의 아픈 곳을 건드린 건 아니겠지?"

나는 눈물을 닦으며 말했다.

"저 역시 아저씨가 말씀하시기 전까지만 해도 이마에 이런 게 있는 줄 몰랐어요."

"허 참, 내가 십수 년 동안 경찰 노릇을 해 왔지만, 너처럼 눈도 깜짝 않고 거짓말을 하는 아이는 본 적이 없다."

"전 거짓말할 줄 몰라요."

그때 파출소 안으로 여러 명의 경찰들이 들이닥쳤다. 하나같이 피곤해 보였다. 아마도 까다로운 사건을 처리하고 오는 길인 모양이었다. 그중에서 목소리가 걸걸한 경찰이 나를 심문하고 있던 경찰에게 물었다.

"이 조그만 애가 무슨 죄를 지은 거야?"

"첫째, 식당에서 밥을 먹고 돈을 내지 않았어. 둘째, 이름이 없대. 셋째, 부모도 없다는군. 넷째……."

도로 교통 지도를 보던 그가 여기까지 말하고 나서 나를 향해 고개를 돌리더니 두려움에 찬 표정으로 말을 이었다.

"넷째, 저 녀석 이마에 괴…… 괴상한 뭔가가 있어!"

"뭐가 있다고?"

피곤에 지쳐 보이던 경찰들이 갑자기 활기를 되찾고, 나를 중심으로 빙 둘러섰다.

걸걸한 목소리의 경찰이 재빠른 손놀림으로 내 이마 위의 머리카락을 들어 올렸다. 그러고는 비명을 지르며 뒤로 몇 발자국 물러섰다. 구경을 하던 경찰들도 얼른 뒤로 비켜섰다.

"저게 뭐야?"

경찰들에게 흉터를 확실히 보여 주기 위해 나는 스스로 머리카락을 들어 올렸다.

"이렇게 하면 잘 보이겠죠?"

몇몇 경찰들이 나를 향해 손사래를 쳤다.

"움직이지 마! 나한테 가까이 오지 마!"

엄격한 경찰이 나를 다독였다.

"어서 그 의자에 앉으렴."

잠시 뒤 경찰들끼리 서로 눈짓을 보내는가 싶더니 똑똑해 보이는 경찰이 다가왔다.

"너 어디서 왔냐?"

고개를 저었다. 달리 할 수 있는 게 없었다.

"글씨를 읽을 줄은 알아?"

경찰이 글씨를 휘갈겨 쓴 종이를 나에게 건넸다. 인쇄된 글자를 알아볼 수는 있었지만 흘려 쓴 필기체는 처음 보는 것이었다.

"이거 한자를 쓰신 거예요?"

똑똑한 경찰의 표정이 일그러졌다.

"너 문맹이니? 여기 쓰여 있는 글자가 무슨 뜻인지 봐."

나도 모르게 이마의 흉터를 만졌다. 그러자 그 글자들이 술술 읽히기 시작했다. 그다음은 아주 순조로웠다. 그런 나를 지켜보던 똑똑한 경찰이 갑자기 목청을 높였다.

"대체 너 이름이 뭐야?!"

"전 정말로 이름이 없어요!"

그때 엄격한 경찰이 말했다.

"오늘 우리가 꽤나 어려운 문제에 맞닥뜨린 것 같군."

나는 입구 쪽을 바라보았다. 문은 굳게 잠겨 있었다. 다시 경찰들을 바라보았다. 그들 역시 철통처럼 나를 둘러싸고 있었다. 내가 몸을 조금만 움직여도 움찔거릴 정도로 바짝 긴장한 그들을 위해서라도 내 이름을 말해 주고 싶었다.

두 알의
신경 안정제

나는 의자에 앉은 채로 깜박 잠이 들고 말았다. 식당에서 과식을 한 탓이었다. 내가 눈을 떴을 때 경찰들은 모두 잠들어 있었다. 엄격한 경찰은 책상에 엎드린 채 자고 있었는데 언제라도 버럭 화를 낼 듯한 표정이었다. 똑똑해 보이지만 글씨를 볼품없이 쓰던 경찰은 의자에 앉아 머리를 뒤로 젖히고는 잠꼬대까지 해 댔다. 그러나 무슨 소리를 하는지는 알아들을 수 없었다. 탁자 위 재떨이에는 담배꽁초가 수북했고, 바닥에도 담배꽁초와 빈 담뱃갑이 여기저기 떨어져 있었다.

창밖은 어두웠다. 의자에 앉아 자고 있던 경찰은 근사한 꿈이 제대로 이어지지 않는지 몸을 뒤척이는가 싶더니 의자와 함께 뒤로 벌렁 넘어졌다. 그 바람에 놀란 다른 경찰들도 퍼뜩 눈을 떴다. 그들은 주위를 두리번거리다가 의자에 앉은 채 기지개를 켜는 나를 보고 정신이 번쩍 들었는지 두 시간 전과 마찬가지로 또다시 나를 빙 둘러쌌다.

똑똑한 경찰이 이미 했던 질문을 반복했다.

"정말 말 안 할래? 도대체 네 이름이 뭐냐고!"

"생각 안 나요."

그때 엄격한 경찰이 말했다.

"잘 들어라. 너도 가고 싶지? 하지만 너에 대해 우리가 원하는 걸 모두 알아내기 전에는 이 방에서 한 발자국도 나가지 못할 줄 알아."

이렇게 바보처럼 의자에만 앉아 있으려고 이 도시에 온 건 아닌데.

"얼마나 있어야 하는데요?"

"우리도 모르지. 그건 네가 어떻게 하느냐에 달렸으니까."

그가 바닥에서 담배꽁초를 주워 입에 물고 불을 붙였다.

"담배가 돼지갈비보다 맛있나요?"

똑똑한 경찰이 나를 향해 버럭 소리를 질렀다.

"동문서답하지 마!"

그러고는 엄격한 경찰에게 말했다.

"그냥 저 녀석을 가둬 버리자고요!"

"미성년자를 가두는 건 옳지 않아. 이렇게 하지. 우리가 두 사람씩 조를 짜서 교대로 저 아이를 심문하자고. 되도록 빨리 실마리를 찾아내서 가족들에게 알려 줘야 해. 나는 방송국으로 가서 부탁해 볼게. 자, 우선 저 애의 얼굴 사진부터 찍는 게 좋겠군."

똑똑한 경찰이 나를 노려보며 말했다.

"너 도대체 뭐 하는 놈이야? 이렇게 우리 모두를 야근하게 만들어야 속이 시원하겠냐?"

내가 사진을 찍지 않으려고 하자 엄격한 경찰이 살살 달래기 시작했다.

"우리에게 협조하면 네가 원하는 저녁을 사 주마!"

그가 내건 조건은 꽤 합리적이었다. 나는 그들이 원하는 사진을 순순히 찍어 주고, 그들은 내가 원하는 돼지갈비를 사 주는 것.

그들은 내 이마에 있는 연분홍빛 외투 모양의 흉터가 잘 보여야 한다고 수선을 떨었다. 그러더니 내 머리카락에 물을 발라 뒤로 쓸어 넘겨서 흉터가 확실히 드러나게 했다. 그들은 십여 분 동안 분주하게 움직이더니 즉석 사진을 한 장 만들어 냈다. 한 경찰이 엉겁결에 입을 열었다.

"아주 훤칠하게 생겼네."

사진을 받아 든 엄격한 경찰이 자신감 넘치는 어투로 말했다.

"이 사진을 TV 방송에 내보내면 저 아이의 부모가 아들을 찾으러 쏜살같이 달려올 거야."

내가 말했다.

"이제 돼지갈비 먹을래요."

"난 정말 네 식성이 의심스럽다. 인간이 어쩌면 그럴 수가 있냐? 개도 아니고! 점심때 한 푼도 내지 않고 돼지고기를 사 인분이나 먹어 치워 놓고, 또 돼지갈비를 먹겠다고?"

똑똑한 경찰이 조롱하는 듯한 어투로 '개'라는 단어를 들먹이는 순간 너무 화가 났다. 나는 생각할 것도 없이 그의 손에 들린 내 사진을 낚아챈 뒤 입 속에 넣고 씹어 삼켜 버렸다. 엄격한 경찰이 나를 타일렀다.

"그건 먹을 수 없는 거야. 어떻게 사진을 먹을 수가 있니?"

나는 똑똑한 경찰을 가리켰다.

"저 아저씨가 너무 싫어요!"

"너, 저리 비켜. 네가 일을 다 망쳐 놨잖아."

엄격한 경찰이 똑똑한 경찰에게 면박을 줬다. 똑똑한 경찰은 투덜거리며 방을 나가 버렸다.

엄격한 경찰이 나를 보며 미소를 지었다.

"우선 너에게 돼지고기볶음을 사 주마. 그러고 나서 다시 한 번 사진 찍자, 어때?"

"돼지고기볶음 이 인분요."

"좋아, 우리 이제 합의한 거다."

그들은 내게 돼지고기볶음을 사 준 다음, 방금 전과 같이 내 머리카락에 물을 발라 빗어 넘기고 이마의 흉터를 노출시키느라고 정신이 없었다. 내가 돼지고기볶음을 먹는 중에도 엄격한 경찰은 쉴 새 없이 소리쳤다.

"얘, 머리를 좀 들어 보렴. 그래, 옳지. 자, 다시 한 번만 들어 보자, 좋아, 좋아."

그는 내 사진을 들고 TV 방송국으로 갔다. 파출소 안에는 젊은 경찰 두 사람만 남아 나를 지켰다. 그중 개미처럼 작은 눈을 가진 경찰이 내게 물었다.

"지금은 밤 열 시야. 넌…… 졸리지도 않니?"

"전혀요. 저는 밤에 혼자 여기저기 돌아다니는 습관이 있거든요."

"한밤중에 뭘 하면서 돌아다니는데?"

"먹을 걸 찾아요."

"뭘 찾는다고?"

"먹을 거요."

"대체 넌 먹을 것 말고 생각할 수 있는 게 없니?"

"아뇨, 저는 이 도시의 모든 게 다 좋아요."

옆에 있던 얼굴이 흰 경찰이 동료를 만류했다.

"그만둬. 저 녀석과 무슨 대화가 된다고!"

"그럼 네가 저 애를 잘 지켜보고 있어. 나는 우선 한숨 잘 테니까. 우리 둘 다 잠들었다가는 큰일이잖아."

"그건 안 돼. 눈꺼풀을 성냥개비로 받치고서라도 깨어 있어야 된다고."

내가 참견했다.

"아무래도 아저씨들 오늘 편히 자긴 틀린 것 같네요."

"그럼 넌 뭐 뾰족한 수라도 있다는 거니?"

"지금 아저씨들이 제일 두려워하는 게 뭐예요?"

"네가 여길 뛰쳐나가는 거지!"

"그렇다면 제가 지켜보고 있다가 아저씨들이 졸면 문을 두드릴게요. 어때요?"

"말도 안 되는 소리! 허튼수작하지 말고 얌전하게 의자에 앉아 있어!"

그러나 밤 열한 시가 되자, 나를 감시하던 두 경찰은 꾸벅꾸벅 졸기 시작했다. 파출소 안의 세 사람이 침묵을 지키고 있으니 벽시계의 초침 소리까지 또렷하게 들렸다. 그때 갑자기 눈을 뜬 흰 얼굴 경찰이 작은 눈 경찰의 따귀를 때렸다. 작은 눈 경찰이 놀라서 펄쩍 뛰었다.

"왜 때리는 거야?"

"너 지금 잤잖아."

"누가 잤다고 그래? 내 눈은 날 때부터 이렇게 작았어. 눈을 감지 않아도 감은 것처럼 보이고, 뜨고 있어도 뜬 것 같지 않단 말이야, 알겠어?"

새벽 두 시경, 두 경찰은 졸음과 싸우다 장렬히 전사했다. 처음에는 팔꿈치를 책상 위에 괴고, 두 손으로 턱을 받치고, 눈을 부릅뜬 채로 나를 지켜봤다. 물론 두 사람 모두 끝까지 그 자세를 유지했다. 다른 건 두 눈이 감겨 있다는 정도.

나는 문을 두드리지 않았다. 가련한 두 경찰을 놀라게 하고 싶지 않아서였다. 그래서 좀 더 부드러운 방법을 쓰기로 했다. 커튼 뒤에 숨어서 생쥐 소리를 내 보았다. 지하 배수로에서 살 때 수도 없이 들었던 소리라서 흉내 내기 그리 어렵지 않았다. 그런데도 두 경찰은 꼼짝도 하지 않았다. 불편한 자세로 그렇게 깊이 잠들 수 있다니, 어지간히 피곤한 모양이었다.

이번에는 큰 쥐 소리를 냈다. 그러자 두 사람이 퍼뜩 잠에서 깨어났다. 그런데 내가 보이지 않자 그들은 어쩌다 잠들었냐며 목소리 높여 서로를 비난하기 시작했다. 상대에게 책임을 떠넘기느라 여념이 없는 그들을 보고 있자니 어이가 없었다. 숨바꼭질 놀이를 하면 길고 지루한 밤을 재미있게 보낼 수 있지 않을까 했던 건데, 재밌기는커녕 볼썽사나운 두 사람 때문에 심란해지기만 했다. 그들의 싸움을 더 이상 두고 볼 수 없어 나는 커튼을 젖히고 모습을 드러냈다. 예상치 못한 나의 출현에 놀란 그들이 물었다.

"너 커튼 뒤에 있었냐? 대체 거기서 뭘 하고 있었던 거야? 정말 너한테 두 손 다 들었다."

나는 그들과 말을 섞고 싶지 않아 의자로 되돌아가 앉았다. 두 손을 들어? 나야말로 당신들한테 네발 다 들었다고! 그렇게 외치고 싶은 걸 꾹 참았다.

내가 물을 마시고 싶다고 하자 흰 얼굴 경찰이 작은 눈 경찰에게 은밀한 눈빛을 보냈다. 두 사람은 순식간에 잠이 싹 달아난 듯 보였다.

작은 눈 경찰이 내게 물 한 컵을 건넸다. 뒤에 선 흰 얼굴 경찰의 손바닥 위에는 하얀 물체가 놓여 있었다.

"그건 뭐예요?"

"잠이 오지 않을 때 이거 두 알만 먹으면 금세 안정이 되거든. 그리고 아주 푹 잘 수 있지."

"저는 지금 자고 싶지 않은데요?"

"우린 자고 싶어!"

"좀 작게 얘기하세요. 제 귀는 아주 밝거든요. 그리고 저는요, 언제나 잘 자요. 이런 건 먹을 필요가 없어요. 또 이걸 먹는다 해도 꼭 잠든다는 보장도 없고요."

두 경찰이 눈길을 주고받다가 동시에 나를 덮쳤다. 그들은 억지로 내 입을 벌렸다. 그리고 알약 두 알을 혓바닥 위에 올려놓고 물을 몇 모금 먹인 뒤 내 머리를 세차게 흔들었다.

작은 눈 경찰이 내 머리를 한참 흔들어 대고 나서 다시 내 입을 벌려 속을 살폈다.

"삼킨 것 같아."

"같다가 뭐야? 어디 봐!"

흰 얼굴 경찰이 내 입을 다시 벌리려고 했다.

"삼켰어요, 삼켰어."

"거짓말 아니지?"

"저는 거짓말 못 해요."

그들은 만족한 미소를 지은 뒤 각자의 의자에 앉아 나를 관찰하기 시작했다. 삼십 분이 지나도 내게 아무런 반응이 없자 초조한 듯 물었다.

"안 졸리니?"

"네."

두 사람은 고개를 갸웃거렸다.

"두 알이면 충분한데."

"충분하고말고. 저 녀석은 도대체 어떻게 생겨 먹은 거야?"

얼마 뒤, 그들의 눈꺼풀이 또다시 내려앉기 시작했다. 두 사람은 아까처럼 의자에 앉아 팔꿈치를 탁자에 괴고, 두 손으로 졸음이 쏟아지는 머리를 받쳤다. 그러다가 결국 깊은 잠에 빠지고 말았다.

날이 희미하게 밝아 올 즈음, 나는 문득 '가정'이란 것이 그립다는 생각이 들었다. 그게 어떤 모습인지 구체적으로 떠오르지는 않았지만 굉장히 따스할 것 같았다. 내가 좋아하는 음악이 늘 흐르고 있는 곳, 무엇보다 그곳에 사는 누구도 나에게 억지로 신경 안정제를 먹이지 않을 것이다. 그건 분명 좋은 마음으로 하는 일이 아닐 테니까.

경찰과의
한판승

　날이 밝기 전, 나는 재미있는 일을 벌였다. 뜯어낸 커튼을 찢어 길게 이은 뒤 작은 눈 경찰과 흰 얼굴 경찰을 의자에 꽁꽁 묶어 놓은 것이다. 단단히 고정시키기 위해 경찰의 다리와 의자 다리 그리고 탁자 다리까지 한데 묶었다. 경찰이 일어나면 의자와 탁자도 같이 들리게 될 테지. 내가 그 복잡한 일을 모두 마칠 때까지도 경찰들은 쿨쿨 잠만 잤다.

　잠꾸러기 경찰들은 꽁꽁 묶인 채 여전히 꿈속을 헤매고 있었다. 그들이 아무리 꿈꾸기를 좋아한다 해도 이런 상태로 달콤한 꿈만 꿀 것 같지는 않았다.

　흰 얼굴 경찰이 먼저 악몽에서 깨어났다.

"큰일 났어. 방금 전 무서운 꿈을 꿨는데, 우리 둘이 이름도 모르는 저 녀석에게 묶였지 뭐야!"

현실과 꿈을 구분하지 못하고 있었다. 흰 얼굴 경찰은 웃음을 참지 못하고 킥킥거리는 나를 의아한 표정으로 바라보다가 자기와 작은 눈 경찰의 상태를 확인하고는 소리를 질러 댔다. 그 소리에 작은 눈 경찰도 눈을 떴다.

흰 얼굴 경찰이 발버둥 치기 시작했다.

"거봐, 내가 뭐랬어? 꿈꿀 때 벌써 알아봤다니까! 큰일 난 거 맞지?"

작은 눈 경찰도 몸을 이리저리 움직여 보다가 자신이 꼼짝도 할 수 없는 상황인 것을 알고 화를 냈다.

"허풍 치지 마! 꿈에서 알았다면 녀석을 막았어야지!"

흰 얼굴 경찰은 가까스로 냉정을 유지하면서 내게 명령을 내렸다.

"당장 풀지 못해!"

"그건 공평하지 않아요."

"뭐가 공평하지 않다는 거야?"

"저는 신경 안정제를 먹기 싫다고 했는데, 아저씨가 억지로 먹였잖아요. 그래 놓고 저더러 풀어 달라는 게 말이 돼요? 풀어 주지 않을 거예요. 아직 게임이 끝나지 않았거든요."

두 경찰은 절망적으로 고개를 떨어뜨렸다.

바로 그때, 전화벨이 울렸다. 두 사람은 마치 눈으로 전화를 받을 것처럼 전화기를 노려보았다. 금방이라도 눈알이 빠질 것 같았다. 그러나 경찰서 안에서 손이 자유로운 건 나뿐이었다. 전화를 걸어 온 사람은 엄격한 경찰이었다.

"어째서 네가 전화를 받는 거냐? 경찰들은 뭐 하고? 얼른 전화 받으라고 해!"

"아저씨들은 전화를 받을 수 없어요."

"어째서?"

"제가 아저씨들을 묶어 놓았거든요."

전화기 저편에서는 대꾸가 없었다.

흰 얼굴 경찰이 계속 나를 노려보다가 내가 수화기를 내려놓자 다그쳐 물었다.

"누구야? 뭐라고 하던? 전화는 왜 끊었어? 어째서 다시 걸지 않는 거지?"

"지금은 새벽 여섯 시예요. 아마도 제 아침 식사를 보내 주시려는 것 같은데요."

작은 눈 경찰이 울상을 지었다.

"……아침을 준다고?"

"배가 고파요. 아침을 좀 먹어야겠어요. 돼지갈비를 먹었으면 좋겠는데."

잠시 뒤 엄격한 경찰이 경찰 여럿을 데리고 들어왔다. 그들은 방에서 벌어진 일들을 보고는 배꼽을 잡고 웃어 댔다. 너무 창피해서 얼굴빛이 하얗게 된 두 경찰들을 풀어 줄 생각은 하지 않고 한참 동안 구경만 했다. 그리고 호기심 가득한 얼굴로 나를 심문했다.

"어떻게 저 사람들을 묶은 거지? 네가 묶는 동안 저 경찰들이 가만히 앉아서 나 죽여 줍쇼, 하고 기다린 건 아닐 테고?"

"저 아저씨들은 제게 신경 안정제를 억지로 먹인 다음, 그대로 잠들었어요."

흰 얼굴 경찰이 빨리 풀어 달라고 애원했다. 작은 눈 경찰은 고개를 푹 숙인 채 아무 말도 하지 못했다. 작은 눈 경찰에게 미안한 마음이 들었다. 엄격한 경찰이 말했다.

"어서 풀어 줘."

결박에서 풀려난 흰 얼굴 경찰이 내 멱살을 틀어쥐었다. 엄격한 경찰이 그를 제지했다.

"뭘 잘했다고 그래? 그럴 힘이 있으면 저 아이의 이름이나 알아내 보라고!"

흰 얼굴 경찰은 슬그머니 손에 힘을 풀고 한 발 물러났다. 그렇지만 분노에 찬 눈길만은 거두지 않았다. 엄격한 경찰이 다시 명령을 내렸다.

"그렇게 바보같이 서 있지만 말고, 어서 가서 저 아이의 아침밥이나 사 와."

"뭘 사 올까요?"

"그런 걸 뭘 물어? 돼지갈비지!"

내가 얼른 덧붙였다.

"이 인분요."

흰 얼굴 경찰이 서둘러 나가다가 문틀에 머리를 세게 부딪쳤다. 하지만 울지 않았다. 꿋꿋한 성격을 가진 게 분명했다.

엄격한 경찰이 텔레비전을 켜자 마침 나에 관한 광고가 나오고 있었다. 아이를 잃어버린 가장은 하루빨리 파출소로 와서 이름조차 모르는 나를 데려가라는 내용이었다. 내 사진도 공개되었다. 하지만 나는 알고 있었다. 아무도 나를 데리러 오지 않을 거라는 걸.

다른 광고가 이어지다가 잠시 뒤 다시 내 광고가 나왔다. 두 번째였다. 엄격한 경찰이 말했다.

"연속해서 열 번 정도는 방송해야 효과가 있을 거야."

세 번째 광고가 채 끝나기도 전에 파출소의 전화가 울리기 시작했다. 그때 흰 얼굴 경찰이 돼지갈비를 들고 돌아왔다.

여러 경찰의 감독 아래서 나는 눈 깜짝할 사이에 돼지갈비를 깨끗이 먹어 치웠다. 흰 얼굴 경찰은 복잡한 표정으로 말을 걸었다.

"다 먹었니?"

"아침은 이 정도로 할게요. 그렇지만 점심밥은 배부르게 먹을 거예요."

흰 얼굴 경찰은 내 코앞까지 바짝 얼굴을 들이대고는 성난 목소리를 억누르면서 말했다.

"웃기는 녀석, 김칫국 그만 마셔!"

"이 도시에서 제일 밥맛없는 사람이 바로 아저씨예요!"

흰 얼굴 경찰이 화를 내려고 하자 나는 엄격한 경찰을 향해 크게 소리쳤다.

"배가 하나도 안 불러요!"

내 말을 들은 엄격한 경찰이 흰 얼굴 경찰에게 명령했다.

"뭐 하는 거야, 배는 부르게 해 줘야지! 다시 사 와."

흰 얼굴 경찰이 볼멘소리로 대꾸했다.

"저는 아직 밥도 못 먹었다고요."

"여기서 아침을 먹은 사람이 어디 있어? 밥 먹을 시간 없어! 점심도 먹을 수 있을지 알 수 없는 마당에! 자네는 어쩌면 그렇게 생각이 없고 무능한가? 어제부터 지금까지 이 아이의 이름조차 알아내지 못하고 있잖아. 의자에 묶이기까지 하고 말이야. 이 얘기가 밖으로 새어 나가기라도 하면 이 도시에서 유명한 웃음거리가 되는 건 시간문제라고!"

나의 승리였다. 흰 얼굴 경찰은 금세 울 것 같은 표정을 짓고 있었다. 조금 불쌍하기도 했다. 그가 두 번째로 돼지갈비를 사 올 때 보니 눈이 벌게져 있었다.

"울었어요?"

"내가 왜 울어? 눈에 바람이 들어간 거야!"

그때 작은 눈 경찰이 조심스럽게 내 소매를 잡아끌며 부탁했다.

"저기, 나도 그거…… 하나 먹어도 될…… 까?"

"네, 그러세요. 큰 걸로 드세요!"

작은 눈 경찰은 내 허락이 떨어지자마자 갈비를 낚아채듯 집어 들고는 얼른 입 속에 넣었다.

흰 얼굴 경찰도 끼어들 태세였다. 그러나 그가 입을 채 열기도 전에 내가 먼저 말했다.

"아저씨는 안 돼요!"

그러고는 고기를 삼킨 작은 눈 경찰에게 물었다.

"맛이 어때요?"

"맛있어, 정말 맛있다!"

나는 고기 접시를 그의 앞으로 밀어 주었다.

"가져가서 드세요!"

쿠당탕 하는 소리와 함께 너덧 명의 경찰이 고기 접시로 우르르 몰려들었다.

잠시 뒤 그들이 떠난 자리에는 빈 접시만 남아 있었다. 한 점도 먹지 못한 흰 얼굴 경찰은 군침을 흘리면서 안절부절못하고 있었다. 그때 엄격한 경찰이 그를 향해 말했다.

"너는 얼른 빈 접시나 돌려주고 와!"

어깨가 축 늘어진 흰 얼굴 경찰이 빈 접시를 들고 나갔다. 그때 갑자기 어떤 예감이 머릿속을 스쳐 갔다.

"아저씨가 접시를 깰 거예요!"

내 말이 끝나기도 전에 문밖에서 쨍그랑 하는 소리가 들렸다. 경찰들이 존경스럽다는 표정으로 일제히 나를 바라보았다.

참을 수 없는
굴욕

예상대로 나를 데려갈 사람은 나타나지 않았다. 자신의
아이가 분명하다고 기세 좋게 찾아왔던 사람들이 모두 돌
아간 뒤, 썰렁해진 파출소 안에는 경찰들만 남아 있었다.
엄격한 경찰은 낙담한 얼굴로 한숨을 내쉬었다.

"정말로 부모가 없단 말이야?"

바로 그때 뚱뚱한 중년 부인이 들어왔다. 그녀가 파출소
한 가운데 서자 갑자기 실내가 작아진 것 같았다. 뚱뚱한
여자에게서 풍기는 진한 향수 냄새에 질식할 지경이었다.
나는 열댓 번이나 재채기를 하고 나서야 겨우 진정할 수 있
었다. 뚱뚱한 여자가 나를 보더니 소리쳤다.

"아이고, 내 아들! 아들아!"

그녀는 나를 안고 눈물 콧물을 흘리기 시작했다.

"아줌마 콧물 때문에 내 옷이 더러워졌어요."

"이렇게 우는 것도 얼마 만인지 모르겠다. 이 엄마는 실컷 울고만 싶구나!"

엄격한 경찰이 한참 동안 지켜보더니 내게 물었다.

"이 사람이 네 엄마니?"

"몰라요."

"넌 엄마도 못 알아보니?"

"저는 거짓말 못 해요."

엄격한 경찰은 나를 꼭 끌어안고 있는 뚱뚱한 여자를 향해 말했다.

"자, 우선 울음을 그치시고 아들이 맞는지 다시 한 번 잘 보시죠."

"내가 아들도 못 알아볼 줄 아세요? 더 보고 자시고 할 것도 없어요. 얘가 바로 내 아들이에요!"

그는 뚱뚱한 여자의 눈물 따위는 별로 믿지 않는 듯 보였다.

"아들의 이마에 어떤 특징이 있습니까?"

"내 아들의 이마는 거울처럼 매끈해요! 내 이마랑 똑같거든요!"

나는 손으로 이마를 가리고 다시 한 번 확인했다.

"내 이마에 아무것도 없다고요?"

"네 이마에는 지혜만 가득 들어 있단다."

"아무래도 네 이마를 부인에게 보이는 게 좋겠다."

엄격한 경찰의 제안에 나는 이마 위의 머리카락을 옆으로 넘겼다. 뚱뚱한 여자는 연분홍 외투 모양의 흉터를 보자마자 놀라 몸의 중심을 잃었다. 다행히 옆에 서 있던 엄격한 경찰이 쓰러지려는 여자를 재빨리 부축했다. 그녀는 핸드백을 열어 작은 병에 담긴 알약을 꺼내 입 속으로 털어 넣은 뒤 물도 마시지 않고 삼켰다.

뚱뚱한 여자가 떠난 뒤 파출소 안은 또다시 썰렁해졌다. 탁자 위의 전화도 더 이상 울리지 않았다. 엄격한 경찰이 길게 한숨을 쉬었다.

"이 사건을 기록하고 '엄마의 집'에 연락을 취해 봐. 그리로 보내는 수밖에 없겠어!"

"왜 저를 엄마의 집으로 보내요? 엄마의 집이 뭐예요?"

"너는 부모가 없기 때문에 그리로 가야 한단다."

"이 도시를 떠나게 되는 건 아니죠?"

"당연하지."

그 말에 안심이 되었다. 다만 한 가지가 걱정스러웠다.

"그곳에도 경찰이 있나요?"

"그건 왜 묻니?"

"저는 경찰이 싫어요."

그러자 다른 경찰들이 이구동성으로 말했다.

"저 애를 얼른 데려다 주자고!"

경찰들이 여기저기 전화를 하기 시작했다. 그리고 마침내 내가 갈 곳이 정해졌다. 나는 경찰들의 배웅을 받으며 경찰차에 올랐다. 차가 출발하자 갑자기 토할 것 같았다. 배 속의 돼지갈비가 요동을 쳤다.

"토할 것 같아요!"

엄격한 경찰이 인상을 찌푸렸다.

"아니, 왜 또 그래?"

"기름 냄새가 너무 역겨워요!"

"차 세워!"

엄격한 경찰이 소리쳤다. 나는 차에서 뛰어내려 신선한 공기를 깊이 들이마셨다.

"이제 차에 탈 수 있겠니?"

"아니요, 안 탈래요."

흰 얼굴 경찰이 화를 냈다.

"차에 타지 않겠다면, 차를 따라 뛰기라도 할 참이니?"

"네, 뛰고 싶어요!"

그러자 엄격한 경찰이 흰 얼굴 경찰에게 말했다.

"너도 내려."

"왜 제가 차에서 내려야 합니까?"

"쟤랑 같이 뛰란 말이야!"

나는 배꼽을 잡고 웃기 시작했다.

"괜찮은 생각 같은데요."

흰 얼굴 경찰이 차에서 내리면서 말했다.

"너, 잘 들어 둬. 나는 경찰대학에서 백 미터를 11초 97에 달린 사람이야. 오늘 단단히 각오해야 할걸!"

"엄마의 집은 어느 쪽이에요?"

"이 차만 따라 뛰면 돼."

경찰차가 시동을 걸자마자 나는 달리기 시작했다. 차를 앞지르는 것은 식은 죽 먹기였다. 뒤에서 경찰차의 사이렌 소리가 들려왔다. 흰 얼굴 경찰은 내 뒤를 따라오다가 뭔가에 걸려 넘어지는가 싶더니 바닥에 주저앉아 아예 일어설 생각을 하지 않았다.

다시 뒤돌아보았을 때는 경찰차마저도 보이지 않았다. 할 수 없이 그들을 기다리기로 했다. 그들만이 나를 엄마의 집에 데려다줄 수 있으니까. 나는 이름만 들어도 따뜻하게 느껴지는 '엄마의 집'에 꼭 가고 싶었다.

경찰차가 내 앞으로 와 멈췄다. 그 안에 타고 있던 엄격한 경찰이 다른 경찰들에게 말했다.

"모두 내려서 저 아이를 따라가도록 해. 다시 놓치면 안 되니까!"

그러고는 나를 머리부터 발끝까지 훑어보았다.

"너, 아예 네발로 뛰더구나."

나는 깜짝 놀라 식은땀을 흘렸다. 내 복잡한 과거를 들켜서 좋을 게 없었다. 엄격한 경찰의 의심에 찬 눈초리를 피하려고 안간힘을 쓰고 있는 사이, 흰 얼굴 경찰이 숨을 헐떡거리며 뛰어왔다. 그는 나를 보자 길길이 날뛰었다.

"너 대체 어디까지 뛰어간 거야? 그렇게 빨리 뛰어서 뭘 하겠다는 거냐고? 개똥이라도 밟은 거냐, 응?"

'개똥'이라는 말에 화가 치밀었다. 처음부터 그의 허여멀건 얼굴이 맘에 들지 않았는데 그런 말까지 들으니 도저히 참을 수가 없었다. 그래서 그의 손을 힘껏 물어 버렸다.

흰 얼굴 경찰은 돼지 멱따는 소리를 질러 댔다. 그러고는 고통을 이기지 못하고 울기 시작했다. 말없이 우리를 지켜보던 엄격한 경찰이 내게 관심을 보였다.

"너, 왜 사람을 물었니?"

"저에게 굴욕감을 주었어요."

흰 얼굴 경찰의 표정이 잔뜩 일그러졌다.

"우리 경찰들은 늘 그런 말을 한다고! 그게 어쨌다는 거야?"

"다른 사람한테 그런 말 하는 건 괜찮지만, 나한테는 절대로 안 돼요!"

"오늘은 도저히 경찰 노릇을 할 수가 없다. 나도 널 물어야겠어!"

흰 얼굴 경찰이 나를 향해 덤벼들자 엄격한 경찰이 그의 팔을 붙들었다.

"내가 보기에도 넌 도무지 경찰 같지가 않아! 네가 상대하는 사람이 누구냐? 애잖아, 어린 소년이라고!"

흰 얼굴 경찰은 벌겋게 부푼 손을 내밀면서 따졌다.

"뭐가 어리다는 거예요? 재가 나를 물 때는 사람이 아니라 한 마리……."

그가 무슨 말을 하려는지 나는 금방 눈치챘다. 내겐 뛰어난 예지력이 있으니까. 그래서 그가 말을 마치기도 전에 덤벼들어 그의 나머지 한쪽 손도 물어 버렸다. 끔찍하게 싫어하는 사람에게 두 번씩이나 굴욕을 당하면서 가만있을 수는 없었다.

두 번째 물어서 생긴 상처는 중상에 가까웠다. 흰 얼굴 경찰은 상처 입은 손으로 다른 쪽 손의 상처를 어루만지며 울음소리조차 크게 내지 못했다. 엄격한 경찰은 나의 돌발적인 공격에 크게 놀란 듯 보였다.

"방금 전 너의 행동에 대해 설명해 줄 수 있겠니?"

"저 아저씨가 욕을 할 때 도저히 참을 수가 없었어요."

"하지만 두 번째에는 네게 아무 욕도 하지 않았잖니?"

"욕을 하려는 순간 멈추게 한 거예요."

흰 얼굴 경찰은 울상을 지었다.

"재를 이제 어떻게 하실 거예요?"

엄격한 경찰은 마치 도를 닦는 사람처럼 지그시 눈을 감았다. 그러더니 갑자기 눈을 뜨고 나를 노려보았다.

"너는 정말 괴팍하구나!"

"제가 어디가 괴팍한데요?"

"넌 특정한 것에 대해서 굉장히 민감해."

"무슨 말인지 모르겠어요. 구체적으로 얘기해 주세요."

"예를 들자면, 동물…… 즉 개에 대한 얘기를 꺼내면 너는 이상하리만큼 격해지고, 불안, 초조, 분노 같은 감정을 드러내는 것 같아."

한겨울에 찬물을 뒤집어쓴 것처럼 정신이 번쩍 들었다. 나에 대한 엄격한 경찰의 논리적인 분석은 엄격하고도 정확했다. 그래서 두려웠다.

"대체 무슨 말씀을 하시는지 저는 하나도 모르겠네요."

흰 얼굴 경찰이 묶인 양손을 번갈아 바라보며 말했다.

"내 두 손은 어떻게 하면 좋죠?"

"교훈으로 삼도록 해. 경찰로서 공무를 집행할 때, 교양 있는 말을 써야 한다는 것 정도는 알아야지."

흰 얼굴 경찰은 분노로 부들부들 떨기 시작했다. 나는 일부러 천진난만한 표정으로 물었다.

"아저씨, 추워요?"

그가 이를 악물었다.

"지금 열이 나서 죽을 것 같거든!"

엄마의
집

나는 간단한 절차를 거친 뒤 '엄마의 집'에 들어가게 되었다. 정확히 스물네 시간 만에 지하 배수로에서 지상의 도시로, 그리고 한 가정에서 또 다른 가정으로 옮겨 오게 된 것이다.

엄격한 경찰이 나를 데리고 간 곳은 아담하고 예쁜 집이었다. 다른 경찰들은 밖에 서서 피곤한 얼굴로 담배를 피웠다. 그들을 피곤에 지치게 만든 장본인은 바로 나였다. 경찰들은 나를 엄마의 집에 넘긴 뒤에야 비로소 안심하고 깊은 잠을 자게 될 것이다. 두 손을 다친 흰 얼굴 경찰은 나를 잊지 못하겠지.

거실에는 아무도 없었다. 거실 한쪽 구석에는 위층으로

올라가는 나무 계단이 있었다. 나를 태운 차가 이 집의 정원으로 들어올 때 보니 엄마의 집과 똑같이 생긴 건물 십여 채가 나란히 늘어서 있었다. 엄마의 집과 주변의 집들은 모두 고아들을 위해 지어진 건물이라고 경찰이 설명했다.

"왜 아빠의 집이 아니라 엄마의 집이라고 하는 거죠?"

"엄마만 있고 아빠는 없기 때문이지. 여기에 있는 엄마들은 결혼하지 않고 이곳의 고아들에게 모든 정성을 기울인단다."

엄격한 경찰의 자상한 설명에 기분이 좋아졌다. 문 앞에는 네 켤레의 크고 작은 슬리퍼가 놓여 있었다. 곧 다섯 켤레로 늘어날 테지만.

집안 식구들은 보이지 않았다. 엄격한 경찰이 부산스러운 나를 보고 말했다.

"지금은 겨울방학이야. 아마도 네 엄마가 아이들을 데리고 스케이트장에 간 모양이다."

'네 엄마'라는 말이 너무 어색하게 느껴졌다.

"저 또 배가 고파요."

"지금 한창 클 때라서 그렇지. 많이 먹어도 금방 배고파지는 게 당연해. 걱정 마라. 네 엄마가 돌아오시면 밥을 먹을 수 있을 거야."

그때 어디선가 고소한 냄새가 났다. 사실 이 집에 들어왔을 때부터 나던 냄새였다. 나는 본능적으로 코를 벌름거리며 고소한 냄새가 나는 주방 쪽으로 갔다. 엄격한 경찰이 나를 불러 세웠다.

"엄마와 정식으로 얘기가 되지 않은 상황인데 함부로 휘젓고 다녀서는 안 돼."

그때 벽에 붙은 포스터가 눈에 띄었다. 오렌지색 셔츠를 입고 축구공 위에 발을 얹어 놓은 서양 사람의 사진이었다.

"누구예요?"

"호나우두라는 축구 스타잖니!"

"스타가 뭐죠? 좋은 거예요?"

"당연하지. 원하는 건 뭐든 다 가질 수 있으니까."

나는 호나우두의 사진을 벽에서 떼어 냈다.

"제자리에 붙여 놓지 못해!"

엄격한 경찰의 호통에 할 수 없이 사진 뒷면에 침을 묻혀 다시 벽에 붙였다.

"다시 한 번 얘기하마. 넌 아직 수속을 밟지 않았어. 따라서 이 집의 어떤 물건에도 손을 대선 안 돼!"

나는 불편한 심정으로 주위를 두리번거렸다. 엄격한 경찰은 소파에 앉아 담배를 피웠는데 재떨이가 보이지 않자 신문지 위에 재를 털었다. 아주 부자연스럽고 성가셔 보였다.

"담배 피우는 건 기분 좋은 일인가요?"

"이건 나쁜 습관이야. 담배 속에는 몸에 해로운 물질이 아주 많이 들어 있단다. 예를 들면 니코틴 같은 것들 말이야. 그런 것들은 사람의 폐를 병들게 하지. 한번 병이 들면 낫기도 힘들고 결국 죽게 돼."

그렇게 말하면서 담배 연기를 길게 뿜어냈다.

"저도 하나 주세요."

"방금 내가 한 말을 알아듣긴 한 거냐?"

"아저씨는 담배가 해롭다고 말하면서도 열심히 피우잖아요! 제가 보기엔요, 어른들은 좋은 것을 자기만 즐기려고 우리에게 거짓말을 하는 것 같아요!"

엄격한 경찰은 한참 어물거리다가 변명하듯 말했다.

"내가 담배를 피우는 이유는 직업상 자주 밤을 새우기 때문이야. 담배를 피우면서 정신을 차리려는 거라고!"

"그래도 이상해요. 하필 이렇게 냄새가 고약한 것을 이용해서 정신을 차리려고 하다니."

"자, 내가 안 피우면 되겠지? 더 묻고 싶은 게 있니?"

담배에 관한 언쟁이 막 끝났을 때 문이 열렸다. 문을 연 사람은 남자아이였다. 나이는 나보다 한 살 정도 많아 보였고, 키도 조금 더 큰 것 같았다.

"우리 집에서 뭐 하세요?"

나와 엄격한 경찰이 대답을 하기도 전에 그 아이가 비명을 질렀다.

"아니, 누가 내 포스터에 손을 댄 거야!"

포스터의 윗부분이 떨어져 아래로 축 늘어져 있었다. 내

침이 효과가 없었던 모양이다. 내가 그랬다고 나설 수가 없었다. 사진을 떼어 내기라도 했다면 당장 내 껍질을 벗기려고 달려들 기세였다. 그 아이는 의심이 가득한 눈초리로 나를 노려보았다.

"네가 내 포스터에 손을 댔지?"

"그래."

내 말이 떨어지자마자 그 아이가 나를 향해 달려들었다. 땀 냄새가 훅 코를 찔렀다. 엄격한 경찰이 그 아이를 저지했다.

"네가 후성(胡生)이지?"

"네, 맞아요. 왜요?"

"후성, 얘는 너의 동생이란다."

"난 이런 동생 없어요."

"이제 정식으로 네 동생이 될 거야."

"제겐 이미 남동생과 여동생이 있어요. 남동생이 부족하진 않아요. 더군다나 내 물건에 함부로 손대는 동생 따윈 필요 없다고요!"

후성은 경찰과 말씨름을 하면서도 나를 공격할 기회만 호시탐탐 엿보고 있었다. 엄격한 경찰이 더욱 더 엄격한 표정을 지었다.

"한 걸음 뒤로 물러서!"

신기하게도 그 아이는 경찰의 명령에 순순히 따랐다. 그러자 나와 그 아이의 사이에 안전 거리가 확보되었다. 그러나 그 아이의 원한이 서린 듯한 눈빛만은 여전했다.

잠시 뒤 남자아이와 여자아이가 들어왔다. 후성이나 나보다 두세 살 정도 어려 보였다. 내 동생이 될 아이들이었다. 그 아이들도 내가 형이 될 거라는 것을 금세 알아봤다.

남자아이가 대뜸 나에게 이렇게 물었다.

"우리 형이지?"

내가 대답을 하기도 전에 후성이 소리를 꽥 질렀다.

"누가 형이야? 아직 아니야!"

"오빠, 난 샤오샤오(小小)라고 해."

여동생인 샤오샤오의 인사를 받자 어쩐지 기분이 좋아졌다. 샤오샤오는 이름처럼 작은 눈에 작은 코, 그리고 앙증맞은 입을 가진 귀여운 아이였다.

"네 이름은 누가 지었니?"

"엄마가."

"엄마는 아직 안 돌아오셨어?"

내 물음에 후성이 으르렁거렸다.

"누가 네 엄마라는 거야? 함부로 부르지 마! 우리 집에서 널 받을지 말지 아직 모르잖아!"

남자아이는 후성의 강경한 태도에도 아랑곳하지 않고 내게 말을 걸었다.

"난 또즈(豆子)라고 해."

후성이 포악한 말투로 끼어들었다.

"넌 샤탸오(蝦條)잖아, 누가 또즈라고 하랬어?"

또즈는 겁을 먹은 듯 후성의 눈치를 보았다.

"우리 엄마가 살아 계실 때 나를 또즈라고 불렀는데, 후성이 내 이름을 샤탸오로 바꿨어."

"그럼 나는 널 또즈라고 부를게. 난 또즈라는 이름이 더 좋아!"

후성이 또즈를 향해 손가락질을 해 댔다.

"다시 한 번 말하지만 넌 또즈가 아니야! 네 이름은 샤탸오라고!"

또즈는 아무 말도 하지 못했다. 후성에게 불만이 많지만 참고 있는 것 같았다. 샤오샤오가 작은 눈을 반짝거리며 나를 바라보다가 물었다.

"오빠 이름은 뭐야?"

"이름이 꼭 필요한 거니?"

"그럼, 이름은 꼭 있어야지."

나는 후성을 약 올리듯 말했다.

"내 이름은 큰 또즈야!"

또즈가 내 말에 흥분했다.

"그게 정말이야? 그 이름은 누가 지어 준 건데?"

"그건 당연히 너지!"

후성의 얼굴이 벌개졌다. 화가 치미는 모양이었다.

"너, 그 이름 쓰지 마!"

그때 엄격한 경찰이 끼어들었다.

"됐다, 됐어. 이제부터 너희들은 한 가족이 된 거야."

"아직 아니에요!"

엄격한 경찰은 후성을 본 척도 하지 않고 내 쪽으로 고개를 돌렸다.

"경찰서에서는 아무리 물어도 이름이 없다고 하더니! 드디어 네게도 이름이 생겼구나. 큰 또즈, 듣기 좋은 이름이다."

그때 문 앞에 서 있는 한 여자의 모습이 눈에 들어왔다. 서른 살 정도 되어 보이는 여자였다. 그녀가 언제부터 거기에 서 있었는지 알 수 없었다. 어떻게 아무런 기척도 없이 그곳에 나타날 수 있었는지도.

규칙은
규칙

　확인해 볼 것도 없었다. 그녀는 내 엄마가 될 사람이었다. 나에 관한 소식을 이미 들어 알고 있는 것 같았다. 그녀는 묵묵히 나를 관찰했다. 엄격한 경찰은 수속에 필요한 서류들을 탁자 위에 펼쳐 놓았다. 엄마는 서류들을 살펴보면서도 수시로 고개를 들어 나를 바라보았다.

　늙은 경찰은 수속을 마친 뒤 내게 간단한 작별 인사를 건넸다.

　"큰 또즈, 네가 어디서 왔건 또 진짜 이름이 무엇이건 간에 이제 마음이 놓인다. 네게 집이 생겼으니까 말이야."

　나는 창밖을 내다보았다. 정원에서 기다리고 있는 흰 얼굴 경찰이 보였다. 그는 상처 입은 두 손에 호호 입김을 불고 있었다. 엄격한 경찰에게 말했다.

"저를 대신해서 흰 얼굴 경찰 아저씨에게 미안하다고 전해 주세요. 제가 너무 세게 물었어요."

"그래, 네 이빨은 정말 대단하더구나."

엄마는 엄격한 경찰을 배웅한 뒤 문을 꼭 닫았다. 그리고 신발장에서 플라스틱 슬리퍼 하나를 꺼내 내 발 앞으로 던졌다.

"이제부터 집 안으로 들어올 때는 꼭 이 슬리퍼로 갈아 신어야 한다."

"귀찮은 일이네요."

"그건 우리 집의 규칙이야."

배가 고팠다. 배고프다는 말을 하기도 전에 내 위장이 꼬르륵 요란한 소리를 냈다. 샤오샤오가 고개를 갸웃하며 물었다.

"무슨 소리지?"

또즈가 맞장구를 쳤다.

"그러게, 나도 들었어."

나는 체면을 차리려고 애를 썼다. 처음 만난 사람들에게 먹을 것만 밝히는 아이로 보이고 싶지 않았다. 엄마가 의심스러운 눈빛을 내게 보냈다.

"너하고 후성, 그리고 또즈가 한방을 쓰고, 샤오샤오는 잠시 혼자 방을 쓰도록 하렴. 아무래도 여자아이가 하나 더 올 것 같으니까."

"큰 또즈 오빠와 같이 자게 해 주세요."

"큰 또즈는 남자잖니. 악몽을 꿀 때는 내가 같이 있어 줄게."

엄마가 샤오샤오를 달랬다. 또즈가 여동생에게 소곤거렸다.

"넌 원래 네 방에 아무도 못 들어오게 했잖아? 어째서 큰 또즈 형과 한방을 쓰려는 거야?"

"큰 또즈 오빠는 내가 어렸을 때 키웠던 개하고 똑같이 생겼어. 아주 착한 개였거든. 또즈 오빠의 코를 자세히 봐. 곧고 반듯하면서도 멋지잖아."

샤오샤오의 대답에 나는 깜짝 놀랐다. 이마에서 땀이 흘러내렸다. 후성이 샤오샤오에게 따져 물었다.

"너 방금 뭐라고 했니? 큰 또즈가 뭘 닮았다고?"

"귀여운 개."

"그래? 샤오샤오 말이 딱이네. 그러고 보니 정말로 개를 꼭 닮았어!"

후성이 나를 보며 비웃듯 말했다. 그러자 샤오샤오가 후성의 말을 바로 잡았다.

"나는 큰 또즈 오빠가 착한 개를 닮았다고 한 거야. 그건 좋은 뜻이라고!"

엄마가 우리의 대화를 가로막았다.

"다들 그만두지 못하겠니! 너희들은 큰 또즈를 데리고 자러 가도록 해."

후성이 제일 먼저 위층으로 뛰어 올라갔다. 따라가려는 나를 엄마가 붙들었다.

"큰 또즈, 슬리퍼로 갈아 신어야지!"

귀찮았지만 엄마의 말에 순순히 따랐다. 그리고 위층으로 올라가 내가 사용할 방을 살펴보았다. 방 안에는 침대가 세 개 놓여 있었다. 그중 물건이 가득 쌓여 있고, 머리맡에 그림이 잔뜩 붙어 있는 침대가 눈에 띄었다. 후성의 침대였다. 그 옆에 또즈의 소박한 침대가 나란히 붙어 있었다. 나머지 침대가 내 것이었다.

후성의 침대 주변 바닥에는 지저분한 분필 선이 그려져 있었다. 후성이 그려 놓은 것이 분명했다. 후성은 선으로 표시해 놓은 자기의 영역에서 경계심 가득한 눈으로 나를 노려봤다. 나는 후성의 널찍한 공간 안으로 발을 들여놓았다.

후성이 길길이 날뛰었다.

"당장 나가!"

"너야말로 이 유치한 선 같은 건 지워!"

또즈가 나를 잡아끌었다.

"내가 여기에 왔을 때 후성이 그린 거야. 난 벌써 익숙해 졌는걸."

또즈가 나를 말릴 때 후성은 그것 보라는 듯 웃고 있었다. 또즈는 이런 식으로 후성에게 무시당하면서 길들여진 것 같았다. 또즈가 나에게 눈짓을 보냈다. 포악한 호랑이의 엉덩이에 경솔하게 손을 대지 말라는 뜻이었다.

"난 그럴 수 없어!"

내가 선 안으로 들어가자 후성이 나를 세게 밀었다. 후성은 내가 시비를 걸어오길 기다리고 있었다. 후성의 거친 힘에 떠밀려 나는 그 자리에서 엉덩방아를 찧었다. 그때 샤오샤오가 엄마가 온다고 소리쳤다. 내가 넘어지는 소리에 뛰어 올라온 엄마가 뭘 하고 있었느냐고 물었다. 후성이 나섰다.

"큰 또즈가 슬리퍼를 신을 줄 모르더라고요. 제가 어떻게 신어야 넘어지지 않는지 가르쳐 주고 있었어요."

후성은 타고난 거짓말쟁이였다. 엄마가 넘어져 있는 나를 보았다.

"너는 왜 그러고 있니?"

"엄마, 저 배고파요!"

또즈는 내 엉뚱한 대답에 어리둥절한 표정을 지었다. 내가 후성의 못된 짓을 엄마에게 고자질할 것이라고 생각했던 것이다. 엄마가 벽시계를 보았다.

"겨우 네 시밖에 안 됐잖니? 방학 중의 식사 시간은 여섯 시야. 학교 다닐 때는 다섯 시 반이고."

내 얼굴에 어린 실망의 빛을 읽었는지 엄마가 방을 나가기 전에 한마디 덧붙였다.

"오늘은 네가 우리 집에 온 첫날이니까 특별히 십오 분 일찍 밥을 먹기로 하자. 이번 한 번만이야."

엄마가 방을 나가자 후성이 문을 닫으며 내게 말했다.

"너 말 한번 잘 듣는구나."

나는 후성을 선 안으로 밀어 넣었다.

"지금부터 너는 네 영역 밖으로 나와선 안 돼. 우리 쪽으로 넘어오지 말라고!"

후성이 괴성을 지르며 나를 덮쳤다. 또즈가 소리쳤다.

"조심해, 쟤 사람을 물어!"

후성은 내 어깨를 물고, 연이어 내 목을 물려고 했다. 나는 바닥에 있는 슬리퍼를 집어서 후성의 입 속으로 쑤셔 넣었다. 다시 생각해도 참 민첩한 대응이었다. 후성은 슬리퍼를 삼키지도 뱉지도 못한 채 끙끙거렸다.

"내 슬리퍼는 부드러운 플라스틱이니까 어디 한번 먹어 봐."

후성은 머리를 흔들며 내 신발을 뺄어 내리려고 애썼다. 그러면서 이글거리는 두 눈으로 계속 나를 노려보았다.

"이가 많이 빠졌구나. 어쩌다 그런 거야? 혹시 또즈와 샤오샤오를 물 때 빠진 거냐? 그러고도 또 사람을 물려고 해!"

그때 후성이 내 얼굴에 박치기를 했다. 어찌나 아픈지 나는 정신을 잃고 말았다. 그때 뭔가가 입 속으로 들어왔다. 슬리퍼였다. 더 이상 우리의 싸움을 지켜볼 수 없었던 또즈가 엄마를 부르러 주방으로 내려가려고 했다.

"꼼짝 마!"

후성의 고함 소리에 놀란 또즈가 얼어붙은 듯 그 자리에서 꼼짝도 하지 못했다. 나는 시큰거리는 코를 만져 보았다. 후성의 박치기 공격에 산산조각이 나지 않은 게 다행이었다. 후성은 아직도 슬리퍼를 내 입에 틀어넣으려고 안간힘을 쓰고 있었다.

"어때? 이제 항복이지? 안 그래?"

후성이 우쭐거렸다. 나는 그 틈을 타 녀석의 얼굴을 향해 박치기 공격을 가했다. 녀석에게서 배운 그대로.

그날로부터 한참 뒤에야 나는 축구 경기를 보게 되었다. 인간들이 헤딩으로 골대에 공을 넣는 것을 말이다. 헤딩은 골인의 기회를 늘리는 매우 효과적인 기술이었다. 그런 의미에서 내가 후성에게 배운 기술은 아주 쓸모가 있었다. 후성은 코를 부여잡았다. 녀석의 손가락 사이로 피가 흘러내렸다.

또즈가 급히 서랍에서 솜을 꺼내 후성에게 건넸다. 나는 또즈를 야단쳤다.

"왜 솜까지 갖다 주며 녀석을 돕는 거야?"

"코피를 흘릴 때마다 후성이 나보고 깨끗이 닦으라고 했어. 그러지 않으면 엄마한테 들킨다고."

그 순간 나는 깨달았다. 내가 후성과 다를 바 없이 나쁜 짓을 했다는 것을.

아래층에서 샤오샤오의 목소리가 들렸다.

"밥 먹어!"

후성은 코피를 닦기는커녕 얼굴 전체에 고루 바른 뒤 아래층으로 내려갔다. 후성의 행동이 이해가 되지 않았다.

"쟤 왜 저래?"

"정말 몰라서 묻는 거야? 엄마에게 형을 이르러 간 거라고! 형은 이제 혼났다."

"겁날 게 뭐 있어? 쟤가 먼저 나에게 박치기를 했고, 그래서 나도 한 건데, 뭘. 내가 슬리퍼를 먹였더니 녀석도 내게 슬리퍼를 먹였잖아."

"그건 달라. 형은 코피가 나지 않았지만, 후성은 코피를 흘리고 있잖아."

"난 한 번도 코피를 흘린 적이 없는걸."

"지금 문제는 후성이 코피를 흘린다는 거야."

"큰 또즈! 어서 내려와!"

엄마의 화난 목소리가 들렸다.

"내가 형한테 빨간약을 발라 줄게. 형도 코피 흘리는 것처럼 보이면 형하고 후성은 비긴 것이 되잖아."

"무슨 빨간약을 발라? 난 밥 먹어야 돼."

"아마도 형에겐 오늘 저녁 없을 거야."

식탁 위에는 모락모락 김이 나는 밥과 반찬이 차려져 있었다. 세어 보니 반찬은 네 가지, 국도 있었다. 그러나 고기는 한 접시뿐이었다.

"엄마, 어째서 고기가 이렇게 조금밖에 없는 거죠?"

잔뜩 화가 난 엄마가 나를 부엌 밖으로 세게 밀었다.

"지금 고기 타령이나 하고 있을 때니? 내가 묻는 말에 바른대로 대답해. 어째서 후성이 코피를 흘리는 거지?"

"제가 박치기해서 난 거예요."

"솔직하게 말해 주니 다행이구나. 그 벌로 오늘 저녁은 굶어야겠다. 네가 이 집에 와서 먹는 첫 번째 식사라도 말이야."

"엄마, 저는 배가 너무 고파요."

"이건 규칙이야."

그때 또즈가 나를 거들었다.

"엄마, 후성이 먼저 큰 또즈 형에게 박치기를 했어요. 그래서 큰 또즈 형도 똑같이 한 거예요."

"그래도 마찬가지야. 큰 또즈는 밥을 먹을 수 없어."

모두들 식탁에 둘러앉아 식사를 하기 시작했다. 나는 식당 한쪽에 서서 그들이 먹는 모습을 지켜봐야 했다. 후성이 입 속에 음식을 한가득 집어넣으며 나를 약 올렸다. 나는 더 이상 참을 수 없었다. 소리라도 질러야 했다.

"배고파요!"

가족들은 내 말을 듣고는 깜짝 놀라 식사를 멈추고 나를 봤다. 내 의사를 분명하게 전하는 것이 그렇게 놀라운 일인가. 엄마가 물었다.

"너 방금 전에 뭐라고 했니?"

"배고프다고요!"

"뭐라고 했다고?"

"저 배고파요!"

"그 말이 아니었는데…….."

후성이 끼어들었다.

"엄마, 쟤 개처럼 짖었어요."

내가 개처럼? 그래서 모두들 그렇게 놀랐던 거구나. 엄마는 조금 누그러진 태도로 말했다.

"좋아, 규칙을 기억하라는 의미에서 오늘은 국을 조금 먹게 해 주지."

"남은 국."

후성이 깐죽거렸지만 상관없었다. 얼른 식탁에 앉아 국그릇 안에 입을 담그고 핥기 시작했다.

"큰 또즈, 너 어쩜 그렇게 국을 먹니? 개처럼 먹고 있잖아!"

엄마가 다가와 국그릇을 들고 있는 내 손을 때렸다.

"먹지 마!"

나는 고개를 들고 입 주변에 묻은 국물을 혀로 핥았다.

"거울 앞에 가서 널 좀 비추어 봐라! 뭐 같다는 생각이
드니?"

"엄마, 국 더 있어요?"

"도저히 안 되겠구나. 당장 내 방으로 와!"

엄마는 내게 반드시 지켜야 할 세 가지 규칙을 알려 주
었다.

"싸우지 말 것. 입을 국그릇에 박고 먹지 말 것. 혀로 입
주위를 핥아 대지 말 것."

"제가 그렇게 하겠다고 하면, 음식을 좀 더 주시겠어
요?"

"규칙은 규칙이야, 바꿀 수 없어!"

나는 뒤돌아서서 혀로 입 주위를 핥았다.

"너 지금 뭐 했니?"

"아무 짓도 안 했어요."

그렇게 말하자마자 나도 모르게 또 입을 혀로 핥고 싶었
지만 가까스로 참았다. 엄마의 집에 온 첫날이 그렇게 저
물고 있었다.

내부의
적

샤오샤오는 내가 함께 살게 된 것을 기뻐하는 눈치였다.
샤오샤오가 잠들기 전에 몰래 나를 자기 방으로 불렀다.
그러더니 문을 잠그고 침대 아래에 있는 크고 작은 상자들
을 꺼내 왔다. 상자를 열었을 때 밖에서 후성의 목소리가
들려왔다.

"샤오샤오, 너 어디 있냐? 지우개 좀 빌리자!"

샤오샤오가 긴장한 얼굴로 내게 물었다.

"큰 또즈 오빠는 후성 오빠가 무섭지 않아?"

"무섭긴? 전혀."

"나는 후성 오빠가 너무 무서워. 후성 오빠는 물건을 빌
려 가면 절대로 돌려주지 않아. 내 방에 몰래 들어와서 물

건을 가져가기도 하고. 그래서 나는 화장실 갈 때도 문을 꼭 잠그고 가."

"이제 걱정할 필요 없어. 내가 막아 줄게."

후성이 부서져라 문을 두드렸다.

"샤오샤오, 방 안에 있는 거 다 알고 있어. 어서 문 열어. 그냥 지우개 좀 빌리자는 거야."

샤오샤오가 작은 손으로 내 입을 막으며 소곤거렸다.

"우리가 숨죽이고 있으면 방에 아무도 없는 줄 알 거야."

후성이 소리쳤다.

"네가 일부러 아무 말도 하지 않는 거 다 알고 있어. 네가 이런 식으로 나오면 문 앞에 의자를 놓고 앉아서 기다릴 거야. 네가 문을 여나 안 여나 어디 두고 보자고!"

"그냥 문 열자. 쟤가 어쩔 거야?"

샤오샤오가 세차게 도리질을 했다.

"안 돼, 후성 오빠가 날 놀리려고 허풍 치는 거야. 지금쯤이면 갔을걸."

"넌 후성을 아주 잘 아는구나."

"같이 산 지 오래되었으니까."

샤오샤오가 문에 귀를 대고 밖의 기척을 살폈다.

"이제 갔어. 오빠, 이리 와 봐. 내가 모은 걸 같이 보자."

그 애가 첫 번째 상자 속에 들어 있는 물건들을 쏟아 놓았다. 그리고 수건을 내게 건네며 말했다.

"오빠, 우선 손을 깨끗이 닦아."

"굉장히 소중한 물건인가 보구나."

"엄마가 준 용돈을 아껴서 하나씩 사 모았거든. 내가 아주 좋아하는 것들이야."

샤오샤오의 첫 번째 상자에는 알록달록한 지우개가 가득했다. 나는 그중에서 하나를 집어 들고 냄새를 맡았다.

"이거 먹을 수 있는 거니?"

"지우개 속에는 화학물질이 들어 있어서 몸에 해로워."

"참 이상하다. 먹을 수도 없는 걸 왜 이렇게 향기롭게 만든 거지?"

"글쎄, 어쨌든 향기가 아무리 좋아도 절대 먹으면 안 돼."

두 번째 상자 안에는 각양각색의 연필이 들어 있었다.

"개학하면 오빠에게 두 자루를 선물할게."

"괜찮아. 연필은 필요 없어."

"학교에 가면 연필을 써야 해. 연필이 없으면 뭘로 글씨를 쓸 거야?"

"난 학교 안 갈 거야. 그러니 연필도 필요 없지."

"오빠는 학교에 간 적이 없어?"

"꼭 학교 가야 하는 거니?"

"그럼 글자를 읽을 줄은 알아? 영어는?"

"읽을 수 있을 것 같은데."

샤오샤오가 입을 삐쭉거리며 눈을 흘겼다.

"그럼 오빠가 천재라는 거야?"

"천재가 뭔데?"

"천재는 아무것도 배울 필요가 없어. 그런데도 뭐든 다 아는 그런 사람이야."

"아마도 그런 것 같아."

"잘난 체하기는."

샤오샤오가 다시 눈을 흘겼다. 나는 정색했다.

"난 거짓말 안 해."

"그게 바로 거짓말이야!"

"난 절대로 거짓말 하지 않아!"

"그러면 내가 문제를 낼 테니 맞혀 봐. 맞히면 반은 천재로 봐 줄게. 하지만 못 맞히면 오빠는 바보 똥개야."

샤오샤오가 '개'라고 하자 나도 모르게 부르르 몸이 떨렸다.

"어때, 겁나지?"

"시작해 봐."

"한 사냥꾼이 아들을 데리고 산으로 사냥을 갔는데 사냥감이 전혀 보이지 않는 거야. 그들은 겨우 발견한 초가 움막에서 잠을 자기로 했지. 그런데 사냥꾼이 잠들기 전에 밤하늘을 향해 총을 한 방 쏘았어. 다음 날 아침 일찍 사냥꾼과 아들이 일어나 보니까 어제 쏘았던 그 총알이 움막을 빙빙 돌고 있었대. 자, 문제야. 그 총알이 왜 움막을 돌고 있었을까?"

그걸 내가 어떻게 알겠는가. 하지만 알려고만 하면 알 수도 있었다. 나에게는 연분홍빛 외투가 있으니까. 머리카락으로 가려진 이마 위의 연분홍빛 외투를 만졌다.

"오빠, 모르겠지? 머리카락을 다 쥐어뜯어도 소용없을 걸. 내가 이 문제를 열 사람에게 냈는데 열 사람 다 모른다고 했어."

"내가 한 번에 맞혀 주지."

"또 허풍은! 세 번 만에 맞혀도 인정해 줄게!"

"넌 그 총알이 왜 움막을 돌고 있었냐고 물었지?"

"그래, 어서 답을 말해 봐."

"그 총알이 집으로 가는 길을 찾지 못해서 그래."

"우아, 정답이야. 오빠는 정말 천재구나!"

샤오샤오가 놀라 소리치자 후성이 다시 문이 부서져라 두드리기 시작했다.

"샤오샤오, 방 안에 있는 거 다 알아. 내가 문 앞에 계속 있었거든. 빨리 문 열어!"

내가 문을 열면서 몸으로 후성을 막아섰다.

"비켜! 들어가게!"

"샤오샤오는 네가 이 방에 들어오는 걸 싫어해!"

"샤오샤오, 네가 날 못 들어오게 한 거야?"

"물어볼 필요도 없어."

"너랑 얘기하는 거 아니야. 샤오샤오에게 묻고 있잖아!"

샤오샤오는 당황한 나머지 우리의 시선을 피한 채 안절부절못하고 있었다.

"샤오샤오, 후성을 들어오라고 할까?"

"들어…… 오라고 해."

후성은 한쪽 어깨로 나를 밀쳤다.

"비켜!"

나는 후성이 지우개 상자를 덮치는 모습을 지켜봤다. 후성이 지우개를 만지작거리자 샤오샤오가 애원했다.

"살살 만져. 다 부서지겠어."

"지우개가 만진다고 부서지냐! 짠순이 같으니라고!"

후성은 지우개를 빌리려는 것이 아니었다. 녀석은 판다 모양의 지우개를 옷깃 속으로 슬쩍 넣었다. 나는 아무 말도 하지 않고 후성이 무슨 짓을 하는지 지켜보기만 했다. 그때 샤오샤오가 소리쳤다.

"내 판다 지우개가 없어졌어! 오빠가 가져갔지? 내놔!"

"판다 지우개라니? 난 그런 거 본 적 없어! 못 믿겠으면 내 주머니라도 뒤져 봐! 얼른! 왜 가만히 있는 거야!"

샤오샤오가 울기 시작했다. 이런 일이 자주 있었던 것 같았고 그때마다 자기 물건을 찾지 못한 모양이었다. 후성이 옷에 달린 주머니를 모두 까뒤집어 보였다.

"자, 봐. 없잖아? 다 봤지? 네 지우개 안 빌릴 테니 걱정 마. 나, 간다."

나는 나가려고 하는 후성을 가로막았다. 그가 무섭게 눈을 부라렸다.

"왜 또 이래?"

"너, 그 지우개 꺼내 봐!"

"지우개가 어디 있는데?! 근거도 없이 나를 의심하는데 어디 한번 찾아봐! 대신 찾지 못하면 어쩔래? 바닥을 기면서 개 짖는 소리 좀 내 볼래?"

'개'라는 말에 나는 발끈했다.

"그렇다면 어디 한번 볼까!"

후성과 쓸데없는 말다툼을 하고 싶지 않았다. 대신 후성의 배 위의 옷자락을 잡아당겼다. 방금 전에 옷깃 안으로 넣은 지우개는 배 쪽에 있을 게 분명했다.

"이 손 놔!"

후성이 필사적으로 내 손을 뿌리치려고 했다.

"네가 지우개를 내놓으면 손을 놓아주지."

결국 후성은 허리띠 근처에 숨겨 놓았던 지우개를 꺼냈다. 판다 지우개가 바닥으로 떨어졌다. 후성에게 부끄러운 기색 따위는 없었다. 오히려 나를 노려보았다.

"너 끝까지 나랑 맞서 보겠다 이거지. 어디 두고 보자!"

샤오샤오가 나를 걱정해 주었다.

"후성 오빠가 복수하려고 할 거야. 조심해야 돼."

"너희들 지금껏 이렇게 당하면서 살았니?"

"나와 또즈는 참는 데 익숙한걸, 뭐."

"난 그럴 수 없어."

"참지 않으면 어쩔 거야? 나도 후성 오빠가 판다 지우개를 숨기는 걸 봤지만 얘기할 수 없었어. 그걸 밝혔다가는 어떤 식의 복수를 당하게 될지 모르니까."

"내가 얼마나 힘들게 여기에 왔는데…… 이렇게 살려고 온 게 아니야."

"오빠는 이상한 데가 있어. 처음 볼 때부터 그런 생각이 들었어."

나는 무슨 말인지 모르겠다는 듯 어깨를 으쓱해 보이고는 저녁 인사를 했다.

"문 잠가라. 편하게 자야지. 좋은 꿈꾸고."

"큰 또즈 오빠, 오빠는 정말로 멋진 한 마리 개 같아."

샤오샤오의 마지막 말에 나는 도망치듯 방을 빠져나왔다.

이상한
야뇨증

잠을 자다가 오줌을 싸고 말았다. 이 집에 온 첫날, 침대에 실례를 한 것이다. 속옷은 물론이고 침대와 이불마저 오줌에 푹 젖어 있었다. 아무리 깊이 잠이 들었다 해도 내가 오줌을 싸는 줄 전혀 몰랐다는 것이 이상했다.

후성과 또즈가 커다랗게 얼룩이 진 내 이불을 보고 깜짝 놀랐다.

"내가 큰 사고를 친 거니?"

"어휴, 창피해!"

후성의 목소리는 온 가족에게 들리고도 남을 정도로 컸다. 젖은 이불을 어떻게 처리해야 할지 난감했다. 잠시 망설이다가 축축한 팬티부터 벗었다. 벌거벗은 채로 침대에서 일어나려는데 엄마와 샤오샤오가 방으로 들어왔다. 나는 얼른 다시 젖은 이불 속으로 파고들었다. 그새 후성이 엄마에게 고자질을 한 것이다. 엄마는 내가 덮고 있는 이불을 젖혀 침대의 상태를 확인한 뒤 다시 덮어 주었다.

"얼른 팬티를 입고 일어나 보렴. 너 야뇨증이 있니?"

"오늘이 처음이에요."

후성이 콧방귀를 뀌었다.

"오줌을 싸 놓고도 그렇게 우기고 싶냐?"

"네가 솔직하게 말해 주면 좋겠구나. 네가 자주 이런다면 그건 야뇨증이 심각하다는 뜻이거든. 그럼 병원에 가서 진찰받고 치료도 받아야 해."

"엄마, 전 거짓말은 안 해요. 자다가 오줌을 싼 건 정말 처음이에요."

"그렇다면 어젯밤에 국을 너무 많이 먹어서 그랬을 수도 있지. 전에는 국을 잘 먹지 않았니?"

"네, 찬물 마시는 거 말고는 고기만 좋아했으니까요!"

"찬물을 마셨다고? 찬물을 마시고도 배탈이 나지 않았어? 설사를 한다든지……."

"설사가 뭐예요?"

후성이 입술을 삐죽거렸다.

"넌 설사도 모르냐?"

샤오샤오가 부드러운 목소리로 설명했다.

"왜 그런 거…… 있잖아. 배가 살살 아프고."

"난 태어나서 한 번도 배가 아파 본 적이 없어. 고기나 돼지 뼈다귀를 먹지 못할 때 빼고 내 배는 항상 편안했는걸."

엄마가 주의를 주었다.

"설령 병이 나지 않는다 해도 앞으로는 찬물을 마시면 안 돼. 알았니?"

"찬물도 먹지 말라고요?"

"절대로!"

엄마가 젖은 이불을 둘둘 말아 한 아름 안고 나갔다. 나는 혼잣말로 중얼거렸다.

"내가 어쩌다 야뇨증을 배운 거지?"

후성이 빈정거렸다.

"말하는 투로 봐서는 네가 무슨 대단한 기술이라도 배운 것 같구나?"

엄마가 나를 불렀다.

"큰 또즈야! 내가 이불보와 침대보를 세탁기로 빨 테니, 너는 네 속옷을 손으로 빨아서 널어라!"

"정말 사람 노릇하기 쉽지 않네."

나도 모르게 튀어나온 말이었다. 후성이 내 말에 꼬투리를 잡았다.

"그럼 넌 과거에는 개였냐?"

나는 후성의 발을 세게 밟았다. 후성이 괴성을 지르며

펄쩍 뛰었다. 엄마가 아래층에서 물었다.

"너희들 또 왜 그러니?"

"큰 또즈가 일부러 내 발을 밟았어요!"

엄마가 쿵쿵거리며 위층으로 올라왔다.

"도대체 무슨 일이야?"

또즈와 샤오샤오는 고개를 저었다.

"저희는 아무것도 못 봤어요."

후성이 자기의 발을 끌어안으며 말했다.

"저 자식이 내 발을 밟았다고요."

"발을 내려놓는데 내 발 아래 후성의 발이 있었나 봐요."

엄마가 후성을 엄한 얼굴로 바라보았다.

"그런 일로 소란을 피우면 되겠니?"

아직 바깥 공기가 차가웠기 때문에 엄마는 세탁한 내 이불을 스팀기 위에 올려놓았다. 그렇게 해야 자기 전에 이불이 보송보송하게 마를 것이다.

오전에 나는 샤오샤오와 또즈를 데리고 나가 눈사람을 만들었다. 날씨가 따뜻해서 눈사람의 모자가 금세 녹아 버렸다. 샤오샤오는 눈사람에게 멋진 머플러를 만들어 주었지만 그것 역시 금방 사라졌다. 우리는 눈 녹은 물을 밟고 서 있었다.

샤오샤오가 말했다.

"신발이 많이 젖었다. 엄마한테 혼날 거야."

또즈가 대수롭지 않다는 듯이 말했다.

"그럼 물을 빼지, 뭐."

우리들은 눈 녹은 물이 근처의 맨홀 쪽으로 흘러가도록 도랑을 팠다. 나는 금속으로 만들어진 맨홀 뚜껑을 유심히 바라보면서 샤오샤오에게 물었다.

"이 맨홀 뚜껑을 열면 아래에 뭐가 있니?"

"이 아래에는 지하 배수로가 있어. 도시의 온갖 더러운 물이 여기로 흘러가는 거야."

갑자기 가슴에 엄청난 통증이 느껴졌다. 사랑하는 나의 가족이 떠올랐기 때문이다. 아빠와 엄마, 큰형, 작은형, 누나. 모두가 보고 싶었다. 그러나 두 번 다시 그들에게 돌아갈 수 없다. 나는 외모만 변한 것이 아니었다. 사용하는 언어도 달라졌다. 그들은 나를 알아보지 못할 게 분명했다. 이 세계에 대한 나의 왕성한 호기심은 여전하고, 그래서 나는 점점 더 달라질 것이다.

샤오샤오가 걱정스럽게 물었다.

"오빠, 왜 울어?"

나도 모르게 눈물을 흘린 모양이었다.

"이 지하 배수로에도 생명이 살고 있을까?"

"지금 맨홀 뚜껑 아래에서 동물이 살고 있는지 묻는 거야?"

"그래, 동물 말이야."

"글쎄, 아마 있지 않을까?"

"그래, 분명히 있어."

"오빠가 어떻게 알아? 배수로에 내려가 본 적이 있어?"

아차 싶어 다급히 화제를 돌렸다.

"샤오샤오, 저기 봐. 눈사람이 사라졌어."

눈사람의 머리는 이미 다 녹아 버린 뒤였다. 그나마 남아 있던 몸도 점점 작아지고 있었다. 그때 옆집 아이들이 우리 집 대문을 나서고 있었다. 그들은 내 옆을 지나가면서 크게 웃었다. 그중 한 남자아이가 내게 말했다.

"너 한밤중에 그림을 그린다며? 대단하다!"

내가 그림을 그린다고? 무슨 말인지 도통 이해할 수 없었다. 그런데 샤오샤오의 볼이 붉게 달아올랐다. 예쁘게 생긴 여자아이 하나가 나를 훑어보더니 한마디 했다.

"이렇게 큰 애가 이불에 오줌을 싸다니! 정말 믿을 수가 없는걸."

또즈가 확신에 차서 말했다.

"후성이 소문낸 게 분명해."

"후성이 무슨 소문을 냈다는 거야?"

"그걸 몰라서 물어? 형이 이불에 오줌 싼 일을 여기저기에 얘기하고 있다고!"

나는 곧바로 집을 향해 뛰었다. 후성이 손짓으로 내 이불에 오줌 자국을 그려 가며 이웃 아이들과 깔깔대고 있었다. 이야기에 정신이 팔린 후성은 내가 들어와 있는 줄도 몰랐다. 그 아이들은 후성이 데리고 온 두 번째 관중이었다.

후성은 내가 알고 있는 사람 중에서 가장 못된 아이가 틀림없다. 작은형보다 더 질이 안 좋은 녀석이다. 나는 소란스러운 틈을 타 다시 밖으로 나왔다. 또즈가 다가왔다.

"형, 왜 그냥 나왔어? 후성이 아이들한테 계속 떠들어 대도록 놔둘 거야?"

"못 참을 것 같아서 그래. 엄마를 화나게 하고 싶지 않아."

"형은 정말 착하구나."

그렇게 말하는 또즈의 눈에 순수한 동경의 빛이 스쳐 갔다. 그 아이의 진심 어린 눈빛이 감동적으로 느껴졌다. 그 눈빛에는 나 자신이 인간 세계로 온 것을 영원히 후회하지 않게 만드는 무엇이 있었다.

한편, 나는 또 잠자리에 오줌을 쌀까 걱정이 되었다. 자고 싶지 않았고, 잘 수도 없었다.

그래서 나는 저녁을 먹지 않기로 했다. 지하 배수로에 살던 시절에는 언제나 배가 고팠고, 허기가 지면 잠을 이루지 못했다. 날이 샐 때까지 두 눈을 동그랗게 뜨고 캄캄한 어둠을 뚫어지게 바라보는 일이 허다했다. 그때처럼 밥을 먹지 않으면 잠이 오지 않겠지. 나는 무조건 참아 보기로 했다.

밤 열 시가 넘자 나의 뱃가죽이 요동을 쳤다. 그래도 잠 들지 않는 것이 우선이었다.

또즈는 잠들자마자 잠꼬대를 시작했다. 그 아이의 잠꼬 대는 조금 특이했다. 한마디 한마디가 정확하게 들렸다. 그러나 그 단어들을 이어 봐도 무슨 말인지 당최 알 수가 없었다.

그런데 건너편에 누워 있는 후성이 좀 이상했다. 침대에 눕자마자 꼼짝도 하지 않았다. 또즈에게 후성의 잠버릇이 아주 고약하다고 들었는데 말이다. 온몸을 비틀며 굴러다 니다가 바닥에 떨어지는 일이 빈번해서 엄마가 후성의 침 대에 가리개를 만들어 줬을 정도라고 했다.

자정 즈음이 되자, 후성이 꼼지락거리기 시작했다. 침대 를 몇 번 움직여 소리를 내더니 일어나 앉았다. 그러고는 주변의 동정을 살폈다. 나의 텅 빈 위는 경련을 일으킬 것 같았다. 또즈는 여전히 잠꼬대를 하고 있었다.

후성은 침대에서 내려와 까치발을 하고 살금살금 화장 실로 향했다. 나는 정신을 바짝 차렸다. 긴장을 하자 요동 치던 배도 잠시나마 조용해졌다.

화장실에서 물소리가 들렸다. 후성이 무슨 일을 꾸미고 있는 게 분명했다. 잠시 뒤 물소리가 멈추더니 후성이 발 소리를 죽여 가며 나타났다. 후성의 손에는 화장실까지 이 어지는 길고 가는 끈이 들려 있었다. 녀석이 그것을 내 이불 속으로 밀어 넣었다. 뭔가 싶어 더듬더듬 만져 보니 세상에, 화장실에서 쓰는 고무호스였다. 갑자기 호스에서 물이 흘러나왔다. 잠깐 사이에 내 이불이 흠뻑 젖었다.

그 모든 게 후성의 장난이었던 것이다. 나는 아무 소리도 내지 않고 잠에 곯아떨어진 척했다.

다음 날 나는 고개를 떨구며 또즈에게 말했다.

"나 또 오줌 쌌어."

"형, 어쩌려고 그래?"

샤오샤오는 눈물까지 글썽이며 말했다.

"오빠, 엄마랑 같이 병원에 가 보는 게 좋지 않을까?"

"이건 병이 아니야. 누구나 다 오줌을 쌀 수 있어. 그렇게 수선 떨 것 없잖아?"

"정말 완벽한 사람은 없나 봐."

그때, 후성이 끼어들었다.

"샤오샤오, 완벽한 사람을 찾고 싶어? 그건 바로 나야."

엄마가 인상을 찌푸리며 말했다.

"지금은 바쁜 일이 있으니 며칠 뒤에 병원에 가 보자."

"엄마, 전 야뇨증 같은 건 없어요."

후성이 엄마에게 따져 물었다.

"엄마가 그랬잖아요, 잘못을 한두 번은 할 수 있지만 세 번은 안 되는 거라고. 큰 또즈가 또 오줌 싸면 어떻게 하실 거예요?"

그날 밤, 나는 후성과 똑같은 수법으로 그의 침대를 적셔 놓았다. 후성은 한밤중이 되어서야 축축한 느낌에 잠에서 깨어났다. 이틀 밤을 계속해서 나쁜 짓을 하느라 깊은 잠에 빠진 것이었다. 놀란 녀석은 비명을 질러 댔다.

집 안의 전등이 일제히 환하게 켜졌다. 엄마와 샤오샤오가 우리 방으로 달려왔다. 모두들 후성이 젖은 팬티를 입고 푹 젖은 이불 위에 서 있는 것을 보게 되었다. 후성은 자신의 상황을 어떻게 설명해야 할지 모른 채, 그저 나를 쳐다보았다. 그의 얼굴에는 자신의 장난이 들통났다는 실망감이 그대로 씌어 있었다.

엄마가 말했다.

"세상에, 이게 어떻게 된 일이니?"

또즈가 신이 난 목소리로 떠들었다.

"이제 보니 후성 형도 오줌싸개잖아?"

샤오샤오가 나를 향해 미소를 지었다. 모든 걸 알고 있다는 투였다. 어떻게 된 일인지 눈치를 챈 모양이었다.

그날 이후로 우리 집에서 아무도 야뇨증 증세를 보이지 않았다.

"야뇨증이 있는 것 같더니 둘 다 하루아침에 고쳐졌구나. 정말 모를 일이다. 어쨌든 제발 부탁이니 다시는 야뇨증에 걸리지 마라!"

샤오샤오가 결국 웃음을 터뜨리자 엄마가 주의를 주었다.

"왜 웃는 거니? 오늘 밤에 너도 야뇨증 대열에 끼고 싶은 거야?"

엄마의 농담에 샤오샤오의 얼굴이 새빨갛게 달아올랐다.

좋은 습관
들이기

엄마는 매일 저녁 여덟 시만 되면 어서 씻으라고 잔소리를 했다. 그래서 우리는 목욕은 하지 않더라도 반드시 세수를 하고 손발을 씻었다. 엄마는 이 시간만큼은 꼭 지켜야 한다고 했다. 이 시간에 자는 버릇을 들여야 개학한 뒤에 늦잠을 자지 않는다는 것이었다.

위층에는 화장실이 하나뿐이었다. 그런데 후성은 씻을 시간만 되면 화장실에 들어가 문을 잠그고 나오지 않았다. 우리를 골탕 먹이려고 일부러 시간을 끄는 것이었다.

샤오샤오는 엄마의 말씀을 잘 듣고, 시간을 잘 지키는 아이였다. 그래서 일찍부터 화장실 앞에서 후성이 나오기를 기다리다가 다정하게 말을 걸었다.

"후성 오빠, 다 씻었어?"

그러면 후성이 화장실 안에서 소리쳤다.

"왜 문밖에서 떠들고 그래? 오줌이 안 나오면 다 너 때문인 줄 알아!"

내가 끼어들었다.

"대체 누가 떠든다고 그러는 거야? 소리를 지르는 건 너잖아!"

또즈는 입술에 대고 검지를 세웠다.

"쉿! 우리가 하는 말이 후성에게 들리면 안 돼. 두 시간 동안은 안 나올걸!"

후성은 정말로 우리 얘기를 다 듣고 태연히 말했다.

"두 시간? 내가 오늘 밤에 오줌을 못 누는 건 다 너희들 탓이야! 한번 기다려 보서! 내일 아침 밥 먹을 때까지!"

엄마는 매일 저녁 아홉 시가 되면 우리가 별 탈 없이 잘 자고 있는지 둘러보았다. 그날은 우리 셋이 화장실 앞에 서 있는 걸 보고는 왜 이 시간까지 자지 않고 있느냐고 물었다.

후성이 화장실 안에서 누가 일러바치나 귀를 쫑긋 세우고 있다는 것을 아는 샤오샤오와 또즈는 아무 말도 못하고 내 눈치만 보았다.

"엄마, 후성이 화장실에 들어간 지 한 시간이 넘었어요. 우리는 계속 기다리는 중이에요."

엄마가 화장실 문을 두드렸다.

"후성! 후성! 어서 나와 봐!"

후성은 안에서 고통스럽다는 듯이 말했다.

"배가 너무 아파서 그러니까, 조금만 기다려 주세요."

엄마는 후성의 말을 무시하고 쿵쾅거리며 아래층으로 내려갔다. 화장실 열쇠를 가져올 참이었다. 그 틈을 타 후성이 화장실을 나와 방으로 뛰어 들어갔다.

엄마가 후성을 찾으러 방으로 들어갔다. 후성이 혼나는 소리가 들렸다.

"너는 일부러 가족들의 휴식을 방해했어. 배가 아프다고? 내가 볼 땐 맞고 싶어서 네 엉덩이가 가려운 모양이다. 벌로 내일 온 집 안의 바닥을 구석구석 깨끗하게 닦아 놓도록 해!"

"내일은 제가 바닥 청소하는 날이 아니에요! 큰 또즈가 닦는 날이라고요!"

"아니, 네가 닦는 날이야! 못된 짓을 했으면 벌을 받는 게 당연하지!"

"이불에 오줌을 싼 큰 또즈도 벌을 받아야 해요!"

"너도 쌌잖아!"

궁지에 몰린 후성의 모습이 재미있어 웃음을 터뜨렸다. 또즈와 샤오샤오도 나를 따라 웃었다. 우리의 웃음소리를 듣고 후성이 벌컥 화를 냈다.

"너희들 뭐가 웃기다고 웃는 거야!"

"그냥 웃는 거야!"

샤오샤오는 웃음소리가 후성에게 들리지 않도록 수건으로 입을 틀어막았다. 나는 샤오샤오의 수건을 잡아 내렸다.

"웃는 것도 맘대로 웃지 못하면 뭘 할 수 있겠니?"

내가 그렇게 말하자 옆에 있던 또즈가 크게 웃어 보였다.

"또즈, 네가 웃는 소리 들었어! 두고 봐! 울게 될 날이 있을 테니까!"

또즈의 얼굴이 순식간에 굳었다. 내가 또즈의 어깨를 토닥였다.

"괜찮다니까, 맘 놓고 웃으라고!"

"이제 웃음이 안 나와."

"샤오샤오, 웃어 봐."

"나도 웃음이 안 나오는걸."

"그럼 내가 웃는 걸 잘 봐."

또즈가 고개를 가로저으며 말렸다.

"형, 그러지 마. 웃지 마."

하지만 나는 웃고 싶은 만큼 웃었다. 후성을 약 올리기 위해 일부러 더 큰 소리로. 내 웃음소리가 화장실에서 메아리쳤다.

엄마는 내 웃음소리가 잦아들기를 기다렸다가 말했다.

"네가 왜 그렇게 이상한 소리로 웃는지 상관하지 않으

마. 하지만 네 웃음소리는 정말 특이하구나. 마치 동물 소리 같아."

나는 그 상황을 무마하려고 치약을 입 속에 짜 넣었다. 그러자 엄마가 또 잔소리를 늘어놓았다.

"치약을 칫솔에 묻혀야지, 그대로 입 속에 넣으면 어쩌니?"

"치약을 칫솔 위에 짜는 거예요? 아니면 이빨 위에다 짜는 거예요?"

"첫째, 밤에 소리 지르지 않는다. 둘째, 이를 닦을 때 먼저 칫솔에 치약을 묻힌다. 셋째…… 우선 잠을 자러 가거라."

다음 날 아침 메뉴는 유탸오와 또우장이었다. 나는 입을 그릇에 푹 담그고 또우장을 먹었다. 엄마가 주의를 주었다.

"또 그런다! 그릇에 입술을 대고 마셔야지, 어째서 입을 넣고 먹는 거니?"

나는 또우장을 단숨에 마셔 버리고 유탸오를 먹기 시작했다. 유탸오를 한 입 삼키려는데 엄마가 말했다.

"또 입술을 핥았잖아!"

"엄마, 그럼 어떻게 먹어야 돼요?"

"우선 그렇게 급하게 먹지 마. 자, 나를 보렴."

엄마가 유탸오를 잘게 찢어서 입에 넣은 뒤 입술을 다물고 꼭꼭 씹어 삼켰다.

"봤니?"

"네, 봤어요."

"이제 네가 먹어 봐."

엄마가 접시에 담긴 유탸오를 가리켰다. 나는 유탸오를
집어 잠시 망설이다가 한 입 베어 물었다.

"손으로 찢어서 입 속에 넣는 것이 제일 좋아. 이로 뜯어
먹지 말고. 그건 보기 좋지 않아, 우아하지 않다고!"

내 입 속의 유탸오는 어느새 배 속으로 들어가 버린 뒤
였다.

엄마가 다시 시범을 보였다. 음식이 아니라 마치 약을
먹는 것처럼 조심스러웠다.

샤오샤오가 내게 눈짓을 보냈다. 엄마가 가르쳐 주는 대
로 먹으라는 뜻이었다.

하지만 샤오샤오는 내 고충을 이해하지 못하고 있었다.
음식을 급하게 삼키는 데 익숙한 나는 품위 있게 천천히 씹
어서 넘기는 것이 너무 힘들었다. 뼈다귀도 씹어 삼킬 수
있는데 유탸오 정도는 식은 죽 먹기였다. 솔직히 말하면
유탸오가 내 입 속에 들어왔을 때 씹을 필요도 느끼지 못했
다. 내가 삼키는 게 아니었다. 유탸오가 알아서 내 식도를
향해 달려갔다. 입 속에 머물게 하고 싶어도 맘대로 되지
않았다.

그때 후성은 평소와 달리 너무도 고상한 자세로 유탸오

154

를 먹고 있었다. 엄마에게 보여 주기 위한 행동이었다. 엄마가 그런 후성을 보고 내게 말했다.

"후성이 먹는 모습을 보렴. 후성처럼 해 봐."

"후성도 평소에는 저렇게 먹지 않아요!"

"평소에 어떻게 먹었는지 신경 쓰지 말고, 지금 먹는 모습을 따라하라고!"

"전 그게 잘 안 돼요."

엄마는 물러서지 않았다.

"이 집에서 살려면 이곳의 규칙을 따라야 해!"

유탸오를 손으로 찢어 입 속에 넣었다. 천천히 씹으려는데 유탸오가 어느새 식도를 따라 내려가 버렸다.

"이렇게는 못 먹겠어요, 너무 힘들어요!"

"그럼 너의 아침 식사를 뺏을 수밖에!"

"제가 우아하게 먹지 못해서 그러시는 거예요?"

"너의 고집 때문이기도 하지!"

후성은 득의양양한 얼굴로 우아하게 먹는 연기를 계속하고 있었다.

후성은 하루 종일 내 앞에서 우쭐거렸다. 또즈가 후성의 그런 모습을 보고 한마디 했다.

"침대에 오줌 싼 일을 다 잊은 모양이야!"

"너 왜 후성을 겁주는 거니?"

"잘난 척을 하니까."

저녁 아홉 시가 되자 엄마는 어서 잠자리에 들라며 우리를 방으로 올려 보냈다. 우리는 순한 양처럼 이불 속으로 들어갔다. 차가운 달빛이 창문을 은은하게 비추고 있었다. 나는 쉽게 잠들지 못하고 뒤척였다. 후성의 침대에서도 삐걱거리는 소리가 났다. 후성도 잠을 못 이루는 것일까? 창문 틈으로 스며든 달빛에 후성이 눈을 뜨고 있는 것이 보였다. 후성은 마치 들으라는 듯이 중얼거렸다.

"오늘 밤에는 잠이 오지 않을 것 같네."

그러고는 긴장한 표정으로 침대에서 일어나 앉았다. 내가 자신의 침대에 물을 뿌릴까 봐 두려워하는 것 같았다.

후성은 걱정을 떨치지 못하고 뒤척거렸지만 나는 이내 단잠에 빠졌다.

다음 날 후성은 이불에 오줌을 쌌다. 나의 장난이 아니었다. 이번엔 정말로 오줌을 싼 것이다. 잠을 못 이루다가 새벽녘이 돼서야 깊은 잠에 빠진 탓이었다. 후성은 얼굴이 새빨개져서 변명했다.

"엄마, 화장실에 가고 싶었지만 찾을 수가 없었어요. 겨우 찾았는데 사람이 너무 많아서……. 그렇지만, 난…… 난…… 너무 마려워서 참을 수가 없었어요……."

엄마가 후성의 이불 냄새를 맡아 보더니 인상을 찌푸렸다.

"아휴, 이번에는 냄새가 정말 고약하구나!"

내 목에서 나는
이상한 소리

또즈는 그림자처럼 나를 따라다녔다. 내가 화장실에 가면 화장실 밖에서 나를 기다렸다. 내가 볼일이 길어지면 문밖에 서서 노래를 불렀다. 또즈가 노래를 부르면 똥이 잘 나오지 않았다. 그럴 때면 나는 문밖을 향해 소리쳤다.

"또즈, 노래 부르지 마!"

그러면 또즈는 노래를 멈추고 소리쳤다.

"잘 안 나오면 누지 말고 그냥 나와. 우리 놀러 가자!"

후성은 항상 혼자 다녔다. 후성이 어디에서 놀다 오는지 아는 사람은 아무도 없었다. 다만 이른 아침에 깨끗한 모습으로 나갔다가 저녁에는 아주 더러워져서 돌아왔다. 옷뿐만이 아니라 얼굴도 만신창이였다. 얼굴에 상처가 나거나 눈이 퉁퉁 부어서 오는 날도 있었다. 나는 또즈에게 후성이 밖에서 만나는 아이들한테 미움을 받느냐고 물었다.

"후성이 남을 무시하니까 그걸 참다 못한 애들이 기념으로 남겨 주는 거야."

엄마도 후성이 이웃 아이들과 걸핏하면 싸우는 사고뭉치라는 것을 알고 야단을 쳤지만 소용이 없었다. 이제는 후성이 상처를 입고 와도 별로 놀라지 않았다.

"약상자에 있는 소독약을 상처에 발라라. 곪지 않게."

후성이 혼자 거울 앞에서 약을 바르고 있으면 엄마는 영 마음이 놓이지 않는지 샤오샤오에게 말했다.

"오빠에게 약 좀 발라 줘라. 제멋대로 약을 바르고 있구나."

샤오샤오는 하고 싶지 않은 일이라도 엄마의 말씀을 어기는 아이가 아니었다. 샤오샤오가 약을 발라 주다가 살짝이라도 상처를 건드리면 후성은 엄살을 떨었다.

"아이구구구, 아파 죽겠네. 살살하지 못해?"

"나도 오빠한테 약을 발라 주고 싶지 않아."

"쓸데없는 소리 말고 약이나 제대로 발라."

샤오샤오가 소독약을 다 발라 주면 후성은 수고한 여동생의 얼굴에 빨간약을 덕지덕지 칠해 놓았다. 샤오샤오는 반항도 못 하고 울기만 했다.

나는 그런 샤오샤오를 보다 못해 엄마를 찾아갔다.

"엄마가 바쁠 때는 샤오샤오 대신 제게 일을 시키세요!"

"큰 또즈, 넌 후성과 좀 떨어져 있는 게 좋겠다. 지켜보니 너와 후성은 원수처럼 사이가 나쁘더구나. 괜한 사고 치지 말고."

샤오샤오가 집 밖으로 나가는 일은 아주 드물었다. 심지어 자기 방에서도 잘 나오지 않았다. 상자 속의 소장품들을 침대 위에 늘어놓거나 큰 상자에서 작은 상자로 다시 작은 상자에서 큰 상자로 옮겨 담으며 혼자서 놀았다.

그러던 어느 날, 나는 샤오샤오가 어째서 그렇게 간단하고 무미건조한 일에 열중하는지 알게 되었다. 그런 식으로 자기의 소장품을 일일이 점검하고 있었던 것이다.

또즈와 내가 밖에 나갔다 돌아와 보니 샤오샤오가 자기 물건이 없어졌다며 울고 있었다. 얼마나 울었는지 퉁퉁 부은 눈이 잘 떠지지도 않았다.

또즈가 그런 샤오샤오를 토닥였다.

"다시 한 번 확인해 봐. 잘못 세었을 수도 있잖아."

"벌써 스무 번이나 세어 봤어."

잠시 뒤 후성이 밖에서 돌아왔다. 우리가 일제히 노려보자 후성이 시비조로 말했다.

"왜들 이래?"

"샤오샤오의 물건이 없어졌어."

"그런데 왜 날 노려보냐고?"

샤오샤오가 우리를 말렸다.

"이미 잃어버린 건데, 뭐. 이제부터 문을 잘 잠그면 돼."

다음 날부터 샤오샤오는 방문 열쇠를 파란 끈에 묶어 목에 걸었다. 잘 때도 빼놓지 않았다. 목욕할 때는 열쇠를 빼놓으라는 엄마의 말도 듣지 않았다. 열쇠줄이 젖으면 자기체온으로 말렸다. 엄마도 샤오샤오의 고집을 꺾을 수는 없었다.

그렇게 며칠 지나지 않아 또 샤오샤오가 자기 물건이 없어졌다면서 울었다. 후성을 이대로 두고 볼 수는 없었다. 녀석은 태연히 초콜릿을 먹고 있었다. 초콜릿 범벅이 된 입 주위가 더러워 보였다. 후성은 나를 보자 바짝 긴장했다.

"너 또 왜 이래?"

"샤오샤오의 물건, 네가 훔쳤지?"

후성은 입가에 묻은 초콜릿을 소매로 쓱 닦았다.

"무슨 증거라도 잡았나 보지?"

"샤오샤오의 물건을 팔아서 초콜릿 사 먹은 거잖아!"

역시 나의 예감은 빗나가지 않은 것 같았다. 후성은 당황한 기색을 감추지 못했다.

"증거 있어?"

내 예지력이 바로 증거라고 말하고 싶었지만 믿지 않을 게 뻔했다.

"눈에 보이는 증거는 없지만 나는 네가 했다는 것을 알아!"

"그럴 줄 알았어. 넌 절대로 증거를 댈 수 없을걸!"

그때, 또즈가 다가왔다.

"후성이 샤오샤오의 물건을 훔친 건 확실해. 그런데 증거가 없으니…… 절대 인정하지 않을 거야."

인간들은 어째서 간단한 일을 이렇게 복잡하게 만드는 걸까. 나는 감정에 북받쳐 생각 없이 말을 내뱉었다.

"저 녀석의 엉덩이를 콱 물어 주든가 해야지!"

"형, 후성의 엉덩이를…… 어떻게 하겠다고?"

"뭐? 아, 아냐, 아무 말도 안 했는데?"

"형이 중얼거리는 걸 분명히 들었는데."

문득 이빨이 근질거렸다. 또즈가 옆에서 나를 한참 동안 관찰하더니 조심스럽게 말을 꺼냈다.

"형, 혹시 화났어?"

"왜 내가 화났다고 생각하니?"

"형은 화가 나면 목에서 이상한 소리가 나거든."

"내 목에서 이상한 소리가 난다고?"

그르렁대는 소리를 들은 모양이었다. 또즈가 내 가슴에 귀를 대어 보더니 고개를 저었다.

"지금은 그 소리가 없어졌어."

"전에도 없었어. 네가 잘못 들은 거야."

"분명히 들었는걸."

"그냥 못 들은 걸로 해!"

"왜? 무슨 일인데?"

"나중에, 나중에 알려 줄게."

"지금 말해 주면 안 돼? 알고 싶은데……."

또즈는 비밀을 지키지 못할 것이다. 나는 고개를 저었다. 그 뒤로 조심했지만 얼마 못 가 또즈는 내 목에서 나오는 소리를 다시 한 번 듣게 되었다. 샤오샤오가 가장 좋아하는 판다 지우개를 잃어버린 것이다.

눈물범벅이 된 샤오샤오를 보자 저절로 목구멍에서 그르렁 소리가 나왔다. 도무지 억제할 수가 없었다.

후성은 화장실에 숨어 나오지 않았다. 엄마는 장 보러 나간 참이었다. 나는 화장실 문이 부서져라 주먹으로 두드렸다. 후성은 문을 열지도 들은 척도 하지 않았다. 결국 엄마 방에서 열쇠를 들고 와 문을 열어야 했다.

후성은 내 밑에 깔려서도 입을 다물지 않았다.

"대체 뭘 믿고 나를 때리는 거야?"

대꾸할 가치가 없다고 생각한 나는 발버둥 치는 후성을 힘껏 누른 후 녀석의 엉덩이를 물어뜯었다. 입고 있던 속옷과 면바지 덕에 살점이 떨어져 나가지는 않았다. 녀석을 물고 나자 신기하게도 이빨의 근질거림이 잦아들었다. 후성이 다친 엉덩이를 부여잡고 비명을 질러 댔다.

"네가 내 엉덩이를 물었어! 내 살점을 물어뜯었다고!"

엄마는 후성의 비명 소리에 놀라 집 안으로 달려 들어왔다. 엄마가 후성을 달래기 시작했다.

"이제 그만 진정하고 천천히 말해 봐. 도대체 무슨 일이니?"

"엄마, 큰 또즈가 내 엉덩이를 물어뜯었어요!"

"어디 보자. 바지를 벗어 봐."

후성은 창피한 줄도 모르고 우리들 앞에서 바지를 훌러덩 내렸다. 후성의 엉덩이 위에 두 줄의 이빨 자국이 보였고, 그 주위가 벌겋게 부어올라 있었다. 엄마가 나를 나무라는 듯한 말투로 물었다.

"왜 그랬니?"

"후성이 샤오샤오의 물건을 훔쳐다가 초콜릿과 바꿔 먹었어요!"

후성이 악을 썼다.

"증거 있어? 증거 있냐고!"

샤오샤오는 어쩔 수 없다는 눈빛을 내게 보냈다. 또즈역시 고개를 떨어뜨렸다. 엄마가 말했다.

"큰 또즈, 바지 내려라!"

엄마의 체벌 도구는 파리채였다. 잘못한 일이 있으면 우리는 그것으로 엉덩이를 맞았다. 나는 바지를 내린 다음탁자 위에 엎드렸다.

그런데 엄마의 파리채가 안 보였다. 그새 샤오샤오도 어디론가 숨었는지 보이지 않았다. 샤오샤오가 파리채를 숨긴 것이 분명했다.

바로 그때 초인종이 울렸다. 누군가 찾아온 모양이었다. 파리채를 찾던 엄마는 현관 쪽으로 발길을 돌렸다. 그리고 엉덩이를 드러낸 채 탁자에 엎드려 있는 나에게 말했다.

"너는 우선 바지를 올리고 있어."

잠시 뒤 엄마가 문을 열자 상냥한 여자아이의 목소리가 들렸다.

"이건 후성에게 산 건데요, 아무래도 샤오샤오의 물건인 것 같아 돌려주려고요."

그때 나는 바지를 추켜올리느라 바쁘기도 했거니와 엄마의 뒷모습에 가려 여자아이의 얼굴은 보이지 않았다. 하지만 그 아이의 목소리만은 계속 내 귓가에 맴돌았다.

엄마는 아무 말 없이 소녀가 가져온 물건을 샤오샤오에게 돌려준 뒤, 후성에게 명령했다.

"괘씸한 녀석, 당장 바지 내려!"

후성이 오만상을 찌푸리며 말했다.

"엄마, 물린 자리가 아직도 아파요!"

"한 번 더 맞으면 네가 뭘 잘못했는지 확실히 알게 될 거야!"

그때 샤오샤오가 파리채를 엄마의 발아래에 가져다 놓

왔다. 후성은 한껏 움츠러든 목소리로 애원했다.

"엄마, 살살해 주세요! 물린 자국 위를 때리시면 안 돼요! 이제 다시는 샤오샤오의 물건에 손 안 댈게요!"

"이제 정말 후성이 달라질까?"

손바닥이 닳도록 비는 후성을 보며 또즈에게 물었다. 또즈가 흥 하고 콧방귀를 뀌었다.

"그건 힘들다고 보는데."

후성이 벌 받는 모습을 보고 싶지 않아 집 밖으로 나왔다. 매를 맞는 후성의 비명 소리가 거기까지 또렷이 들려왔다. 또즈와 샤오샤오도 나를 따라 밖으로 나왔다. 그러나 둘은 벌 받는 후성이 보고 싶어 안달이었다. 유리창 앞에서 까치발을 하고 집 안을 들여다보았다. 그러다가 갑자기 창틀 아래로 고개를 숙였다.

"너희들 왜 그래?"

"후성이 엄마한테 맞으면서도 우리를 향해 눈을 부라리고 있어."

"마치 너희들이 잘못이라도 저지른 것 같구나."

나는 창문 너머 집 안을 들여다보았다. 그때 창문 쪽을 노려보고 있는 후성과 눈이 마주쳤다. 그 순간 후성의 표정이 작은형의 눈빛을 연상시켰다. 온몸이 떨려 왔다.

후성은
누구?

후성은 엄마에게 호된 벌을 받고 난 뒤에도 별로 달라지지 않았다. 며칠 동안 다친 엉덩이 때문에 걷는 모습이 조금 부자연스러워 보였을 뿐 빠른 속도로 자신의 본래 모습을 찾아갔다. 또즈와 샤오샤오는 후성과 거의 말을 섞지 않았다.

그러나 나는 적극적으로 후성에게 말을 걸기 시작했다. 후성에 대해 궁금해졌기 때문이다. 후성을 작은형과 연결지어 생각할 때마다 이상한 기분을 느꼈고, 그때마다 몸이 떨렸다.

그날도 후성은 화장실에 들어가 나오지 않고 있었다. 저녁 아홉 시가 훌쩍 넘은 시간이었다. 샤오샤오가 나에게 말했다.

"후성 오빠가 또 저 안에서 꾸물거리고 있어."

"변비인가. 좀 기다려 보자."

또즈가 후성에 대한 나의 관용적인 태도를 이해하지 못하겠다는 듯한 눈길로 나를 흘깃 보았다. 화장실에서 나온 후성이 우리를 향해 말했다.

"변비가 심해서 똥이 나오질 않아."

또즈가 나에게 말했다.

"형 말이 맞았네."

샤오샤오의 눈빛이 후성의 안색을 살폈다.

"정말인가 봐. 얼굴이 창백한걸."

나는 또즈에게 물었다.

"똥이 잘 나오게 하는 좋은 방법 없을까?"

"엄마한테 연고가 하나 있는데, 그걸 바르면 괜찮아질 걸."

"샤오샤오, 엄마한테 가서 후성이 똥을 못 눈다고 하고 그 연고 좀 달라고 해."

"난 후성 오빠 일에는 관심 없어. 양치해야 돼."

"형, 난 졸려. 얼른 발 씻고 잘래."

또즈도 샤오샤오도 협조해 주지 않았다. 내가 직접 엄마에게 연고를 얻으러 갔다.

"네가 후성에게 연고를 발라 주려는 거니?"

"어떻게 바르는지 알려 주시면 제가 할게요."

엄마가 연고 사용법에 대해 상세하게 설명해 주었다.

"사람들은 참 재밌네요, 이런 것도 발명해 내고."

"넌 마치 다른 세계에서 온 것처럼 말하는구나."

후성은 자기 침대에 누워 끙끙거리고 있었다.

"연고를 가져왔어. 이걸 바르면 좀 나을 거야."

"필요 없어."

"한 번만 바르면 된다는데."

후성이 내 시선을 피했다. 나를 믿지 않는 눈치였다.

"침대 위에 둘 테니 네가 발라."

연고를 들고 급히 화장실을 다녀온 후성은 이내 편안하게 잠이 들었다.

다음 날 아침, 후성이 내게 인사를 건넸다.

"잘 잤니?"

나는 기지개를 켜며 말했다.

"그래, 잘 잤어."

우리의 대화를 들은 뒤로 또즈는 나를 상대하지 않았다. 내가 말을 걸어도 못 들은 척했다. 화가 난 것 같았다. 내가 후성에게 잘해 주는 것을 못마땅하게 생각하는 게 분명했다.

아침 식사 전 또즈는 샤오샤오와 귓속말로 속닥거렸다. 둘 다 나에게 불만이 많은 것 같았다. 또즈의 말을 들은 샤오샤오가 나를 째려보았다.

하지만 나는 나대로 생각이 있었다. 다들 아침 식탁에 앉았을 때 후성에게 말을 걸었다.

"오늘 뭐 할 거야?"

"그냥 거리를 쏘다닐 거야."

또즈와 샤오샤오가 화난 눈으로 나를 쳐다보았다. 나는 상관하지 않았다.

"후성, 오늘은 나도 같이 가자."

그때 샤오샤오가 컵을 식탁 위에 소리 나게 내려놓았다. 나에 대한 불만의 표시였다.

그러나 그 아이들이 원하는 대로 해 줄 수 없었다. 내겐 후성의 과거를 알고 싶다는 마음뿐이었으니까. 내 마음속의 수수께끼는 나만이 풀 수 있었다.

후성은 의아한 눈빛으로 나를 보더니 이내 살짝 흥분한 얼굴로 말했다.

"좋아!"

후성과 함께 집을 나서는데 또즈가 붙들었다.

"대체 뭘 하러 가는 거야? 무슨 속셈이냐고!"

"그냥, 나도 거리 구경이 좀 하고 싶어서."

"그래, 가고 싶으면 가 버려!"

후성과 나는 함께 걸으면서도 한동안 말이 없었다. 무슨 얘기부터 꺼내야 좋을지 알 수 없었다. 걸으면서 후성의 얼굴 윤곽을 자세히 관찰했다. 특히 코를 유심히 봤다. 콧

날이 반듯한데다 얼굴 한가운데에 오뚝하게 솟은 코가 놀랍게도 내 것과 꼭 닮아 있었다.

내가 자기를 쳐다보는 것을 눈치챈 후성이 어색한 표정을 지었다. 이때다 싶어 후성에게 말을 걸었다.

"너 돼지머리 고기 좋아해?"

"돼지머리 고기? 아니, 난 이빨이 안 좋아서 딱딱한 건 잘 못 먹어."

"혹시 부모님에 대한 기억은 있니?"

"아니, 없어."

"혹시 형이나 누나는?"

"없어."

"잘 생각해 봐, 혹시 전에 남동생이 하나 있지 않았어?"

그러자 후성이 깔깔거렸다.

"지금 무슨 소리 하고 있는 거야? 아빠 엄마도 없는데 어떻게 형이나 누나가 있을 수 있겠어? 게다가 남동생까지?"

후성이 부정할수록 내 마음은 급해졌다.

"그럼 이 집에는 어떻게 들어오게 된 거야?"

"어느 날 내가 배가 고파서 기절을 했는데, 깨어 보니 파출소에 누워 있었어……."

나는 중간에 말을 끊었다.

"그 얘긴 필요 없어. 나도 마찬가지니까."

"그럼 더 이상 말할 게 없는데."

우리의 대화는 내가 원하는 화제에서 점점 멀어지고 있었다. 그때 건너편에서 남자아이 둘이 뛰어왔다. 그중 무섭게 생긴 한 녀석이 후성을 향해 소리쳤다.

"후성! 너 요새 통 보이질 않더라? 내 돈을 오 위안이나 꿔 가더니 언제 갚을 거야?"

후성이 갑자기 걸음아 나 살려라 도망치기 시작했다. 그러나 얼마 못 가서 그 아이들에게 붙잡히고 말았다. 두 아이는 후성에게 돈을 내놓으라고 윽박질렀다. 후성은 이리저리 눈알을 굴리며 도망갈 기회만 노리고 있었다.

"이틀 뒤에 갚을게."

무섭게 생긴 아이가 말했다.

"뭐, 이틀 뒤? 그렇게 말하고 벌써 두 달이나 지났어. 오늘 돈을 못 내놓겠다면, 여기서 꼼짝도 못 할 줄 알아!"

두 아이가 후성의 어깨를 툭툭 치며 불량스럽게 말했다. 내가 앞으로 나섰다.

"너희들, 후성에게 손대지 마."

무섭게 생긴 아이가 소리를 질렀다.

"넌 뭔데 남의 일에 참견이야? 저쪽으로 비켜!"

후성은 도와달라는 듯 가련한 얼굴로 나를 보았다. 그때 무섭게 생긴 아이가 말했다.

"내가 한 번 더 묻겠다, 후성. 너, 오늘 안으로 오 위안을 갚을 수 있어 없어?"

"오늘은 정말 돈이 없어."

"그렇다면 오늘은 돈 대신 네 허리띠를 가져가지. 이제 부터 넌 바지를 움켜잡고 거리 구경을 하면 되겠다."

"안 돼! 허리띠 없이 어떻게 돌아다녀?"

"네 허리띠는 이제 네 것이 아니야."

두 아이는 후성을 넘어뜨린 뒤 깔고 앉았다. 후성이 발 버둥을 쳤지만 소용없었다. 허리띠는 이미 두 아이의 손에 들어간 후였다. 후성이 나를 향해 소리쳤다.

"큰 또즈, 나 좀 도와줘!"

그때 무섭게 생긴 아이가 후성의 허리띠를 들고 도망쳤 다. 후성은 서럽게 울기만 했다.

나는 두 녀석을 뒤쫓기 시작했다. 녀석들보다 세 배 정 도 빨리 뛸 수 있었기 때문에 따라잡는 건 그리 어렵지 않 았다. 녀석들은 내가 뒤쫓아 오는지 돌아보았다가 이내 포 기했다.

"더 뛰어 보지 그래? 난 도시 밖까지 뛰어갈 수도 있어!"

무섭게 생긴 아이가 후성의 허리띠를 땅바닥에 집어 던 졌다.

"까짓것, 가져가!"

나는 허리띠를 주워 들었다. 무섭게 생긴 아이가 분에 찬 얼굴로 물었다.

"넌 대체 누구냐?"

눈물범벅이 된 후성을 가리키며 말했다.

"난 후성의 동생이야."

"후성에게 너 같은 동생이 있다는 얘길 들은 적 없는데."

"지금이라도 알게 되었으니 그리 늦은 건 아니지."

두 아이가 뛰어가며 자꾸만 뒤를 돌아보았다. 나는 후성에게 허리띠를 건네주었다. 후성이 허리띠를 다시 채우고 눈물을 닦을 동안 나는 그를 가만히 쳐다보았다. 후성이 변명하듯 중얼거렸다.

"그애들에게 오 위안을 빌려서 초콜릿을 사 먹었어. 어떻게 해서든 갚을 거야."

"난 그 오 위안에 관해서는 알고 싶지 않아."

"그럼 네가 알고 싶은 건 뭔데?"

"한 번 더 잘 생각해 봐. 옛날에 살았던 집 같은 거."

"내가 이 거리를 두고 맹세할게. 난 기억하는 게 아무것도 없어."

"다시 한 번만 생각해 봐, 잘 생각해 보라고."

답답한 마음에 후성을 채근했다.

"더 생각해도 소용없어."

"그럼 너는 태어나자마자 이렇게 컸다는 말이야?"

"응, 난 그렇게 생각해. 그게 이상해?"

후성을 붙들고 있어 봐야 내가 듣고 싶은 이야기는 결코 들을 수 없을 것 같았다. 차라리 집에 가는 게 나았다. 나는 처음부터 거리 구경 같은 것에는 관심 없었으니까. 그런데 후성이 내 뒤를 바짝 따라왔다. 나는 뒤돌아서서 신경질적으로 소리쳤다.

"따라오지 마!"

그러자 후성은 멈칫하더니 그 자리에 서서 딴청을 피웠다. 하지만 내가 몇십 미터 앞서 가자 다시 조심스럽게 내 뒤를 따라오기 시작했다.

잊을 수 없는
소녀의 목소리

또즈가 말을 걸었다. 누가 들을 새라 목소리를 낮추는 행동이 이상해 보였다.

"형이 후성과 같이 다니는 거 싫어."

"상관하지 마."

"그럼 누가 상관할 일이야?"

"그 누구도 상관할 수 없는 일이야."

"샤오샤오도?"

"아무도 할 수 없어."

점심 식사 시간이 되었는데도 아래층에서 아무 기척이 없었다. 평소 같으면 밥 먹으라는 샤오샤오의 목소리가 들렸을 텐데 말이다. 대신 후성이 아래층에서 소리쳤다.

"큰 또즈, 밥 먹어!"

점심 식사 자리의 분위기는 냉랭했다. 엄마는 우리 네 남매 사이에 흐르는 이상한 기류를 눈치채지 못하고 재미 없는 이야기만 잔뜩 늘어놓았다.

예를 들면 거리에 눈이 녹고 있으니 옷이 더러워지지 않게 조심하라든지, 밖에 나갈 때면 귀가 얼지 않게 모자를 쓰라든지 하는 잔소리를 쉬지 않고 해 댔다. 그러나 우리들 중 엄마의 이야기를 귀담아 듣는 사람은 아무도 없었다.

샤오샤오가 갑자기 나를 향해 소리쳤다.

"오빠, 밥 먹는 소리가 너무 크잖아. 듣기 싫어 죽겠어. 정말 못 참겠어!"

당황한 내가 아무 말도 하지 못하고 있는데, 또즈가 샤오샤오의 팔을 잡아끌었다.

"우리, 밖에 나가서 놀자."

샤오샤오가 또즈를 따라 나갔다.

나를 대하는 그 아이들의 차가운 태도에 마음이 아팠다. 사람으로 사는 일이 녹록지 않다는 것을 다시금 확인할 수 있었다. 나는 그들과의 친밀했던 감정을 회복하고 싶었다. 그때 한 가지 아이디어가 떠올랐다. 그리고 엄마에게 일 위안을 빌리러 갔다.

"네가 이 집에 온 지 한 달이 다 되었는데, 오늘 처음으로 용돈을 달라고 하는구나."

"일 위안이 꼭 필요해요."

"군것질을 하려고 달라는 것 같지는 않은데?"

"하루 세 끼 밥이면 충분해요. 군것질은 안 해요."

"그럼 그 돈을 어디에 쓸 건지 말해 줄래?"

"어떤 애한테 뭘 좀 사 주려고요."

엄마는 더 이상 묻지 않고 일 위안을 주었다. 나는 그 돈으로 향기 나는 지우개를 샀다. 수십 가지 중에서 신중하게 고른 귀여운 강아지 모양의 지우개였다.

집으로 돌아와 샤오샤오의 방문을 두드렸다. 방 안에서 발자국 소리가 들렸지만 문은 열리지 않았다. 내가 계속해서 문을 두드리자 드디어 샤오샤오의 목소리가 들렸다.

"오빠, 왜 그래?"

샤오샤오는 문밖에 서 있는 사람이 나인 줄 알면서도 문을 열어 주지 않았다.

"샤오샤오, 네게 줄 선물이 있어."

"필요 없어!"

"그렇다면 할 수 없지만, 선물이 뭔지 한번 보지 않을래?"

"그게 뭐든 난 갖고 싶지 않아!"

"그럼 그냥 문 앞에 둘게."

지우개를 문 앞에 두고 물러났다. 그리고 화장실에서 숨어 샤오샤오의 동정을 살펴보았다.

몇 분 뒤 방문을 연 샤오샤오가 또즈와 소곤거리더니 다

시 방문을 닫았다. 그 애의 방문 앞에 둔 강아지 지우개는
보이지 않았다.

그때 대문 밖에서 웅성거리는 소리가 들렸다. 나가 보니
후성과 두 아이가 서 있었다. 오 위안을 달라고 하던 무섭
게 생긴 빚쟁이들이었다. 세 아이는 똑같은 눈빛으로 나를
바라보며 히죽거렸다.

"빚 독촉하러 집까지 찾아왔구나."

후성이 고개를 저으며 말했다.

"빚 받으러 온 게 아니야. 널 만나러 왔어."

"날, 왜? 난 빚진 것도 없는데."

좀 더 무섭게 생긴 녀석이 내게 커다란 초콜릿을 건넸다.

"난 초콜릿 안 먹어."

"큰 또즈, 애들이 너와 친구 하고 싶대."

"난 너희 같은 친구는 사귀고 싶지 않아."

두 남자아이의 얼굴에서 미소가 사라졌다. 후성이 달래
듯 말했다.

"뭐 어때서 그래? 네가 애들과 친구가 돼 주면 내가 빚진
오 위안은 안 갚아도 된대."

"그렇다면 그 오 위안을 빨리 갚는 게 좋겠다."

난 무섭게 생긴 아이에게 물었다.

"넌 이름이 뭐냐?"

"난 황미(黃米)라고 해."

"황미, 내가 싫어하는 부류가 있는데, 그게 바로 너희 같은 애들이야."

황미는 얼굴이 붉으락푸르락해져서는 옆에 서 있던 친구의 소매를 잡아당겼다.

"야, 가자!"

후성이 내게 애원하듯 말했다.

"큰 또즈, 쟤들하고 친구 해 주면 안 될까?"

"쓸데없는 소리 하지 말고, 얼른 그 오 위안이나 갚아."

"흥, 내가 그 오 위안을 갚든지 말든지 네가 무슨 상관이야."

후성이 신경질적으로 눈 녹은 물을 차면서 걷더니 몇 걸음 못 가 벌렁 넘어졌다. 나는 후성의 뒤에 대고 한소리 했다.

"엄마가 그랬잖아. 옷 더럽히지 말라고!"

후성은 내 말을 듣고는 아예 드러눕더니 눈밭을 굴렀다.

"뭐 하는 짓이야?"

"내가 이러거나 말거나 내버려 둬!"

나는 화가 나서 후성을 그대로 두고 집 안으로 들어와 버렸다. 내 침대 위에 강아지 지우개가 놓여 있는 것이 보였다. 샤오샤오가 내가 내민 화해의 손길을 거절한 것이다. 또즈도 마찬가지였다.

숨이 막히는 듯 답답했다. 혼자 거리로 나섰다. 모두가 나를 푸대접하고 있었다. 어제까지만 해도 나에게 따뜻한 정을 나눠 주던 사람들인데. 한순간에 외톨이가 된 것 같았다. 지금 이 순간 나는 세상에서 가장 고독한 사람이었다.

저벅저벅 눈 녹은 물을 밟으며 걸었다. 자동차 한 대가 지나가면서 흙탕물을 튀기고 갔다. 내 옷이 흠뻑 젖고 말았다. 될 대로 돼라 싶은 마음으로 눈 녹은 물이 고인 웅덩이만 골라 디뎠다. 이제 내게는 비뚤어진 심성만 남아 있었다. 결국 이 도시에서 아무것도 찾지 못한 셈이었다. 이제 내가 이 도시에 온 이유도 알 수 없었다.

그때 푹 젖은 신발이 맨홀 뚜껑을 밟았다. 순간 나는 그 자리에 얼어붙은 것처럼 우뚝 섰다. 납덩이를 매단 듯 두 발이 무겁게 느껴졌다.

내가 한 마리의 작은 곤충으로 변해 맨홀 뚜껑 안쪽으로 들어가는 상상을 했다. 축축하고 익숙한 냄새를 따라 어둠 속을 날아가는 것이다.

얼굴에서 눈물과 흙탕물이 뒤섞여 흘러내렸다. 발밑의 맨홀 뚜껑을 옮겨 보려 했다. 그때 나의 비상한 예지력이 알려 주었다. 그것을 옮기는 순간 다시 원래의 생활로 돌아갈 수 있다고.

맨홀 뚜껑 가운데 뚫린 단추만 한 구멍 속으로 손가락을 밀어 넣고 단단히 그러쥐었다. 그대로 힘을 주기만 하면 지하로 통하는 문이 열린다.

"안 돼, 옮기지 마!"

누구지? 나는 고개를 돌려 주위를 살폈다. 귀에 익은 목소리였다. 맨홀 뚜껑에서 손을 떼고 목소리의 주인공을 찾아 두리번거렸다. 그러나 아무도 없었다. 굵은 포플러 나무 한 그루만이 아무것도 모른다는 듯 서 있었다.

그 포플러 나무 뒤에서 한 소녀가 천천히 모습을 드러냈다. 한번 보면 영원히 잊을 수 없을 정도로 아름다운 소녀였다. 이 넓은 거리에 언제부터 포플러 나무가 서 있었던 걸까? 포플러 나무가 마치 그녀를 위해 존재하는 것처럼 느껴졌다.

소녀의 뽀얀 얼굴은 옅은 홍조를 띠고 있었다. 혈관을 타고 흐르는 붉은 피가 비칠 듯이 맑고 투명했다. 하나같이 허옇게 화장을 하고 다니는 도시 여자들만 봐 온 내게 소녀의 뽀얀 피부는 아주 인상적이었다. 검은 눈동자는 투명하고 까만 구슬처럼 반짝거렸다. 그녀가 신고 있는 새하얀 실내화에는 먼지 한 톨 묻어 있지 않았다.

나는 떨리는 목소리로 물었다.

"넌 누구니?"

나는 소녀를 향해 걸어갔다. 그녀가 자석처럼 강렬한 힘으로 나를 끌어당기고 있었다.

"너를 본 적이 있어. 아니, 너의 목소리를 들은 적이 있어."

"그래?"

"넌 후성이 훔쳐 간 지우개를 돌려주러 우리 집에 왔던 아이지?"

"그런가?"

"네가 이 순간에 나타나다니 정말 기적 같다."

"기적이라고?"

"네가 나의 과거를 떠올리게 해 줬어."

"정말?"

"난 지금 친구가 절실하게 필요해."

"우리는 모두 친구가 필요하지."

그때 승객을 가득 태운 버스가 빠른 속도로 우리 옆을 지나갔다. 나는 이번에도 차바퀴 아래에서 튕겨 나온 흙탕물을 피하지 않았다. 내 꼴은 더욱 참담해졌다. 그러나 그녀의 몸에는 흙탕물이 한 방울도 묻지 않았다. 정말 신기한 일이었다. 나도 모르게 입이 쩍 벌어졌다.

"입을 벌리고 있는 네 모습, 바보 같아."

나는 겸연쩍은 웃음을 지으며 얼른 입을 다물고 하늘을 보는 척하다가 다시 거리 끝을 향해 시선을 돌렸다. 그러나 내 진짜 속마음은 계속 그녀만 바라보고 싶었다.

그녀가 말했다.

"한마디도 하지 않으니까 더 바보 같아!"

"난 네가 어디 사는지, 이름이 무엇인지, 지금 어디로 가는지 알고 싶어."

"이름은 알려 줄 수 있어."

"그래, 얼른 말해 줘."

"나는 류웨(六月)라고 해."

"류웨?"

"내 이름, 어때?"

"아주 예뻐, 좋은 이름이야. 기억하기도 쉽고."

나는 주문을 외듯 계속 소녀의 이름을 중얼거렸다.

"류웨, 류웨, 류웨……."

"잊어버릴 것 같아서 그러니?"

"그럴 리가. 혹시나 잠이 들었다가 깜빡할까 봐서."

"네 이름은 뭐야?"

잠시도 지체하지 않고 나를 소개했다.

"나는 큰 또즈라고 해."

류웨가 웃었다.

"그건 학교에서 쓰는 이름이 아니잖아."

"학교에서 쓰는 이름이 따로 있어? 그리고, 학교에 꼭 가
야 하는 거니?"

"당연하지. 아이들은 학교에 가야 해. 그리고 누구나 이
름이 필요한 거야."

"난 뭐라고 부르면 좋을까?"

"너한테 꼭 맞는 이름이 있어야 해."

"그럼 난 우웨(五月)라고 할까?"

내 말을 들은 류웨의 눈동자 속으로 슬픈 빛이 스쳤다.

"왜 우웨라고 불리려는 거니? 그 이름은 안 돼."

"그럼 네가 내 이름을 지어 줘."

류웨가 잠시 생각하더니 말했다.

"홍메이 아젠(紅眉阿堅 붉은 눈썹이라는 뜻: 옮긴이)!"

그 이름을 들었을 때 얼마나 놀랐는지 움찔하며 나도 모르게 이마를 더듬었다. 거울을 볼 때마다 내 이마의 흉터가 붉은 눈썹을 닮았다고 생각했던 것이다.

나는 횡설수설하며 앞뒤 없이 물었다.

"너, 방금 전에 뭔가를 본 거지?"

"아니, 뭘 봤다는 거야? 너 무슨 비밀이라도 감추고 있니?"

나는 손으로 이마를 가린 채 말했다.

"비밀? 그런 거 없어."

그렇게 말하는 내 마음은 너무나 복잡해졌다.

"너 혹시 머리가 아픈 거니?"

나는 허둥지둥 손을 내렸다.

"아니야."

"홍메이 아젠이라는 이름, 어때?"

"좋아, 이제부터 내 이름을 홍메이…… 아젠이라고 할게."

그때 류웨가 말했다.

"이제 집에 돌아가야겠어."

"나랑 좀 더 같이 있으면 안 돼?"

"미안, 집에 가 봐야 해."

류웨는 눈이 녹아 질척거리는 길을 경쾌한 발걸음으로 뛰어갔다. 마치 꿈속을 날아가는 것처럼 보였다. 나는 멀어지는 그녀를 향해 다급한 목소리로 물었다.

"어디로 가면 널 만날 수 있니?"

멀리서 아득한 소녀의 목소리가 날아왔다.

"학교로 와. 나는 중학교 1학년 12반에 들어갈 거야."

"1학년 12반이라고. 중 일 십이, 중 일 십이……."

나는 그 사실을 잊어버릴까 걱정이 되어 집에 갈 때까지 반복해서 중얼거렸다. 그러면서도 내가 절대로 잊지 않을 거라는 사실을 알고 있었다.

1학년 12반

나는 집에 도착하자마자 샤오샤오와 또즈에게 학교에
가려면 어떻게 해야 하는지 물어보았다. 하지만 둘 다 들은
척도 하지 않았다. 엄마를 찾아가 내 궁금증을 풀기로 했다.
내 질문에 엄마는 곧 개학이라는 사실을 기억해 냈다.

샤오샤오는 초등학교 4학년에 올라가고, 또즈는 5학년
이 된다고 했다. 후성은 유급을 하는 바람에 초등학교 1학
년을 두 번이나 다녔는데, 첫해에 수학과 국어 성적을 합
해 6점을 받았고, 이듬해에는 7점을 받았단다. 100점이 만
점인 시험에서 말이다.

엄마가 걱정스러운 얼굴로 말했다.

"후성, 넌 정말 어쩌려고 그러니. 일 년 동안 겨우 1점이

올랐구나. 넌 언제쯤 머리가 좋아질까?"

엄마가 학교 얘기를 꺼내면 후성은 머리가 아픈 듯 진땀을 흘리면서 바닥을 데굴데굴 굴렀다. 대문 앞에 원자탄이 떨어졌대도 그런 난동을 부릴 수는 없을 것이다.

저녁 식사 시간에 엄마가 우리들에게 몇 학년이 되는지 물었다. 나는 모두를 향해 분명하게 말했다.

"저는 중학교 1학년 12반에 갈 거예요."

"학교에 다닌 적이 있니?"

"아니요, 한 번도 없어요. 오늘에서야 모든 아이들이 학교에 다닌다는 걸 알았는걸요."

후성이 깔깔거리며 웃었다.

"한 번도 학교에 다닌 적이 없단 말이야?"

"없어."

"한 달도?"

"단 하루도."

후성이 웃다가 눈물까지 흘렸다.

"엄마, 들으셨죠? 큰 또즈는 저보다도 못해요. 7점도 받지 못할 거라고요!"

"내 이름은 큰 또즈가 아니야. 오늘부터 홍메이 아젠이라고 불러 줘. 중학교 1학년 12반에 들어가면 아젠이라고 불릴 거니까."

새로운 내 이름을 소개하자 온 가족이 큰 소리로 웃었다.

"다들 왜 웃는 거야? 내가 멍청해 보여?"

샤오샤오가 냉담한 목소리로 물었다.

"삼 곱하기 사가 몇이야?"

"내게 묻는 거니?"

"지금 나는 중학교 1학년에게 초등학교 2학년 문제를 묻고 있는 거야."

"몰라."

"그럼 내가 가르쳐 줄게. 오빠가 가려고 하는 12반하고 같은 수, 십이야."

또즈 역시 냉담하게 물었다.

"홍메이 아젠, 왜 그런 이상한 이름을 지었는지 말해 줄 수 있어?"

"내 이름은 조금도 이상하지 않아."

후성이 내 말을 가로챘다.

"무슨 이름이 그래? 길고 발음하기 까다롭잖아. 큰 또즈 얼마나 좋아, 발음도 쉽고."

미간을 찌푸리고 있던 엄마가 우리의 말을 끊었다.

"너를 초등학교에 데리고 가야 할지 중학교에 데리고 가야 할지 정말 모르겠다."

"저는 중학교 1학년, 12반에 갈 거예요."

샤오샤오와 또즈가 동시에 소리쳤다.

"중학교에 가려면 시험을 봐야 해!"

"알아."

식구들은 어리둥절한 표정으로 서로의 얼굴을 쳐다보았다. 그들이 무슨 생각을 하든지 상관없었다. 나는 모두가 말을 잃은 틈을 타 접시에 있는 고기를 전부 집어 먹었다.

엄마가 나를 불렀다.

"큰 또즈야……."

"엄마, 아젠이라고 불러 주세요. 저는 홍메이 아젠이에요."

샤오샤오가 또즈에게 속삭였다.

"정말 그 이상한 이름으로 자길 부르라는 거야?"

"네가 네 이름을 어떻게 짓든지, 그건 네 자유다. 그건 간섭하지 않을게. 그러나 학년은 네 마음대로 정할 수 없단다. 내가 보기엔 넌 초등학교 1학년부터 시작해야 할 것 같은데……."

나는 흥분해서 아까 한 말을 다시 반복했다.

"제가 말했잖아요. 저는 다른 어떤 학교에도, 학년에도 들어가지 않을 거예요. 오직 중학교 1학년 12반에만 갈 거라고요."

엄마는 화를 억누르며 도통 말이 통하지 않는 나를 달래려고 애썼다.

"넌 초등학교 1학년부터 시작하는 게 좋겠어. 후성과 함께 다니면서 서로 도와주면 내년 이맘때엔 후성과 같이 2학년에 올라갈 수 있겠지."

또즈가 웃으면서 말했다.

"내가 중학교를 졸업할 때 둘은 손잡고 초등학교를 졸업하게 되겠구나."

나는 쥐고 있던 숟가락을 구겨 던졌다. 너무 화가 나서 견딜 수가 없었다. 식구들 모두 내가 초등학교 1학년에 가야 한다고 강요하고 있었다. 내게 학교는 중학교 1학년 12반이 아니면 아무 소용이 없는데 말이다.

엄마는 내 버릇없는 행동에 기가 차서 말했다.

"큰 또즈, 아니 아젠, 내 말 잘 들어라. 네가 던진 그 숟가락은 나라에서 사 준 거야. 기분 나쁘다고 숟가락을 망가뜨리면 안 돼. 펜치로 숟가락을 펴 놓도록 해라. 그리고 앞으로 그 숟가락은 반드시 네가 쓰도록 하고."

"국 먹는데 숟가락은 필요 없어요."

후성이 약을 올렸다.

"숟가락이 필요 없다고? 그럼 또 입을 국그릇에 박고 혓바닥으로 핥아 먹겠다는 거야?"

"엄마, 내일 등록해 주세요."

"그럼 초등학교 1학년 시험을 보겠니?"

"아뇨, 저는 중학교 1학년 12반 입학시험을 볼 거예요."

내가 식탁에서 일어서는데 샤오샤오와 또즈 그리고 후성이 차례대로 엄마에게 말하는 소리가 들렸다.

"모든 게 제 마음대로 되지 않는다는 걸 알게 되겠죠, 뭐."

"막상 부딪쳐 보지 않으면 포기하지 않을 거예요."

"잰 세상 물정을 잘 모르는 것 같아……."

월요일 아침, 나는 느지막이 눈을 떴다. 또즈와 후성의 이불이 반듯하게 개어져 있었다. 둘 다 아침 일찍 일어난 모양이었다. 양치를 하고 있는데 엄마가 와서 문을 두드렸다.

"아침 아홉 시에 시험을 봐야 해. 달걀부침 해 놨으니까 얼른 먹고 서둘러라."

나는 시험를 본다는 얘기에 흥분했다. 한달음에 아래층으로 내려갔다. 모두들 식탁 앞에 반듯하게 앉아 나를 빤히 보았다.

"너희들, 아침은 먹지 않고 왜 나만 보고 있니?"

엄마가 위층 화장실을 정리하고 아래층으로 내려왔다. 엄마도 내가 식사하는 모습을 뚫어지게 바라보았다. 그리고 내가 내 몫의 달걀을 다 먹자 말했다.

"부족하면 후성의 것도 먹어라."

후성은 엄마의 말에 입맛을 찾은 듯 남은 달걀을 입 안으로 밀어 넣었다.

그제야 또즈와 샤오샤오도 내 얼굴에서 눈길을 거두고 밥을 먹기 시작했다. 그러나 모두들 식욕이 없는지 내 시험 성적에만 관심을 보였다.

엄마가 내 머리를 쓰다듬어 주었다.

"이미 보차이(博采) 중학교에 시험 접수를 해 놓았단다."

"저는 중학교 1학년 12반 시험을 볼 거예요."

"그래, 알아. 지금 중요한 문제는 네가 이 학교의 시험을
통과할 수 있느냐 하는 거야. 모든 것이 너 하기에 달린 거
지."

후성이 이해가 안 된다는 듯이 고개를 절레절레 흔들
었다.

"아젠, 넌 꼭 그렇게 웃음거리가 되고 싶은 거냐?"

"왜 웃음거리가 된다는 거지?"

달걀부침을 한 입 베어 먹고는 더 이상 손을 대지 않던
샤오샤오가 물었다.

"아젠 오빠, 왜 중학교 1학년 12반에 가려고 하는지 말
해 줄 수 있어?"

"한 친구를 알게 되었는데, 걔가 1학년 12반이야."

샤오샤오의 얼굴이 갑자기 빨갛게 달아올랐다.

"그 친구는 남학생이야, 여학생이야?"

"여학생."

후성과 또즈가 목을 쭉 빼고 동시에 물었다.

"우리가 아는 애야?"

"아마 다 알걸?"

"누군데? 우리 집에 온 적 있어?"

엄마가 끼어들었다.

"너희들 이제 그만해. 지금은 아젠이 시험 생각만 하게 해 줘야지."

나는 일어나서 엄마를 꼭 안고 그녀의 양 볼에 뽀뽀를 했다. 내 뜻밖의 행동에 엄마가 의아한 듯 물었다.

"아젠, 갑자기 엄마에게 뽀뽀를 해 주다니, 왜 그러니?"

"엄마가 저를 위해 학교에 접수를 해 주셨잖아요."

집안 식구들은 나를 에워싸다시피 하고 보차이 중학교로 갔다. 가족들 모두 저마다의 다른 생각을 가지고 따라온 것이었다. 샤오샤오와 또즈는 수수께끼를 푸는 심정으로, 후성은 재미있는 볼거리를 구경하러, 그리고 엄마는 한 가닥 희망을 품고 말이다.

엄마는 나를 데리고 곧장 교장실로 갔다.

교장 선생님은 알이 두꺼운 안경을 쓰고 있었다. 그래서 그의 변화무쌍한 표정을 제대로 읽을 수가 없었다. 유독 내 눈길을 끈 것은 교장 선생님의 반짝이는 대머리에 가지런히 붙어 있는 몇 가닥의 머리카락이었다. 눈으로 가늠해 보니 삼십 센티미터는 족히 되어 보였다.

교장 선생님이 나를 머리부터 발끝까지 찬찬히 훑어보더니 첫마디를 던졌다.

"머리가 너무 길구나!"

엄마가 웃는 얼굴로 말했다.

"머리를 짧게 자르도록 하겠습니다."

나의 학습 기록은 전무했다. 그래서 교장 선생님은 나를 특수 학생으로 간주하고 직접 만든 시험 문제지로 테스트하겠다고 했다. 교장 선생님이 엄마에게 거들먹거리며 말했다.

"솔직히 말하자면 아직까지 이 시험을 통과한 학생은 한 사람도 없었습니다."

"교장 선생님, 시험이 너무 어렵지 않을까요? 어제 말씀을 드렸지만 아젠은 한 번도 학교를 다닌 적이 없습니다. 공부한 적이 없어요."

"죄송합니다. 우리 학교는 학습의 질을 중요하게 생각하고 있습니다. 이 도시에서 지명도가 가장 높은 학교이기도 하지요. 학부모님의 아이 때문에 우리 보차이 중학교의 명예를 더럽힐 수는 없는 일입니다."

엄마가 교장 선생님에게 사정을 이야기하는 동안 나는 교장실 창문 밖에 서 있는 사람의 그림자를 보았다. 류웨였다. 그녀가 나를 향해 환한 웃음을 보냈다.

나도 모르게 눈가에 눈물이 고였다. 마음을 굳게 먹었다.

"교장 선생님, 지금 바로 시험을 볼 수 있나요?"

"그렇게 조급하게 굴 필요는 없다. 기존 방식대로 신입생의 입학시험은 딱 한 번뿐이야. 두 번은 없지!"

"지금 시작해 주세요."

엄마가 내 엉덩이를 꼬집었다.

"뭘 그렇게 서두르니?"

"준비가 다 되었으면 지금 시작하자!"

교장 선생님이 나를 데리고 지하실로 내려갔다. 엄마는
문밖에서 근심스러운 듯 말했다.

"교장 선생님, 지하실은 너무 어두울 것 같은데요?"

"조용한 곳에 격리시킬 필요가 있습니다. 그래야 한 학
생의 진정한 실력을 평가할 수 있죠. 자, 안심하고 밖에서
기다려 주세요."

나는 지하의 어둡고 습한 분위기에 아주 익숙했기 때문
에 오히려 기분이 좋아졌다. 지난날의 기억은 나를 아주
행복하게 했다. 그때 교장 선생님이 까만 가죽 수첩 사이
에서 시험지 두 장을 꺼내 내 앞에 펼쳐 놓았다.

"자, 시작해도 좋다."

나는 희미한 등불 아래에서 왼손으로 이마의 상처를 어
루만졌다. 그러고 나서 시험지를 훑어보았다. 나도 모르게
웃음이 터져 나왔다.

교장 선생님의 얼굴에 긴장의 빛이 흘렀다.

"왜 그래? 어디 아픈 거니? 예전에도 너처럼 정신을 놓
은 아이를 본 적이 있지. 조금 다른 점이 있다면 그 아이들
은 한 시간쯤 지난 후에 그랬다는 거야."

"교장 선생님, 전 괜찮아요."

나는 곧바로 답을 쓰기 시작했다. 수학과 국어 문제였다. 문제를 푸는 나를 지켜보던 교장 선생님이 교활한 미소를 지었다. 후성과 마찬가지로 교장 선생님은 내가 웃음거리가 되기를 바라고 있었다. 창피한 나머지 영원히 보차이 중학교 근처에 얼씬도 하지 않기를 말이다.

시험지 두 장의 문제는 마치 식탁 위에 놓인 맛있는 돼지갈비처럼 내 입맛에 딱 맞았다. 나는 십 분 만에 답안을 모두 작성했다. 그때 교장 선생님은 맞은편 의자에 앉아 담배를 피우는 중이었는데 담배는 절반밖에 타지 않은 상태였다.

"다 했어요."

"너는 천재가 아닌 모양이다. 십 분 만에 답을 써내는 천재는 아직까지 태어나지 않았거든."

나는 말없이 답안지를 교장 선생님의 손에 올려놓았다. 그는 답안지를 보지도 않고 말아 줬었다.

"네 이름이 뭐라고 했지? 아무래도 다른 학교를 알아보는 것이 좋겠다."

"아직 제 답안지를 보지도 않았잖아요?"

"방금 전에 내가 했던 말을 듣지 못한 거냐? 너……."

무심코 답안지를 펼쳐 본 교장 선생님은 손에 들고 있던 담배를 떨어뜨렸다. 그리고 코에 걸쳐진 안경을 쉴 새 없이 밀어 올리며 답안지를 채점하기 시작했다.

"내가 천재를 발견했어!"

교장 선생님은 내 답안지를 들고 정신 나간 사람처럼 지하실을 빙빙 돌았다. 그의 대머리에 붙어 있던 머리카락이 떨어져 어깨까지 늘어졌다.

"너…… 무슨 젠이라고?"

"아젠입니다. 홍메이 아젠이오."

"홍메이 아젠, 기쁜 소식을 전해 주마. 넌 영광스럽게도 보차이 중학교에 합격했다. 혹시 원하는 게 있으면 말해 보아라."

"저를 1학년 12반에 보내 주세요."

"어째서 12반이지? 12반은 우수반이 아니야. 넌 가장 우수한 1반으로 가야지."

"저는 꼭 12반에 가고 싶어요. 가야만 해요."

지하실을 나오는데 교장 선생님이 한없이 관대한 목소리로 이렇게 말했다.

"긴 머리가 아주 멋져 보이는구나."

오락
사격장

엄마는 보차이 중학교 교문 앞에서 나를 꼭 안아 주었
다. 배웅을 나온 교장 선생님이 엄마에게 말했다.

"개학일은 3월 1일입니다. 홍메이 아젠은 1학년 12반에
배정되었고요."

교장 선생님이 얘기를 하는 동안에도 엄마는 나를 꼭 안
고 놔주지 않았다. 그리고 따뜻한 입술을 내 귀에 바짝 대
고 같은 말을 반복했다.

"네가 내 체면을 세워 주었구나."

샤오샤오와 또즈는 한쪽에서 이야기를 나누고 있었다.
분명 나에 대해, 의견이 분분한 것이리라. 가장 불쌍한 이
는 후성이었다. 후성만 혼자서 초등학교 1학년을 다시 다

녀야 하니까. 후성은 말없이 서서 흐르는 콧물을 종이로 닦아 내고 있었다. 코에서 그렇게나 많은 콧물이 흘러내릴 수 있다는 것이 정말 신기했다. 엄마가 그런 후성에게 신경을 썼다.

"후성, 너 또 감기 걸렸니?"

후성이 갑자기 울음을 터뜨리더니 급기야 엉엉 소리 내어 울기 시작했다. 녀석이 얼마나 속상해하는지 짐작하고도 남았지만 어떤 위로의 말도 건넬 수가 없었다. 다만 인간에게 주어진 기회가 모두 다르다는 것을 깨닫게 되었을 뿐이다.

엄마가 후성의 이마를 어루만졌다.

"열이 있니?"

"나 혼자서 1학년에 다니는 건 싫어요. 집에서 내가 제일 큰데, 나만 1학년이잖아요."

후성의 얼굴은 눈물 콧물로 엉망이 되어 있었다. 엄마가 길게 한숨을 쉬었다.

"후성, 학교는 각자의 능력에 따라 가는 거야. 울어도 소용없단다. 오늘은 기쁜 날이니까 너희들과 공원으로 놀러 가고 싶구나."

공원에 가는 건 정말 즐거운 일이었다.

"오늘 공원에 가는 것은 개학을 맞이하는 의미도 있고, 또 하나 아젠이 보차이 중학교에 붙은 것을 축하하는 뜻이기도 하단다."

엄마는 후성이 다시 울기 시작하자 한마디 덧붙였다.

"그리고 후성이 내년에 2학년이 되는 것을 미리 축하하기로 하자."

그제서야 후성은 간신히 눈물을 멈추었다.

공원으로 가면서도 샤오샤오는 내게 말을 걸지 않았다. 하지만 그 애가 뭔가 묻고 싶어 한다는 걸 알 수 있었다.

엄마가 공원 입장권을 사러 간 틈에 샤오샤오가 내게 다가와 진지하게 물었다.

"아젠 오빠, 오늘 본 시험 문제에 대해서 우리에게 얘기해 줄 수 있어?"

공원 입구에서 북적거리는 수많은 사람들의 즐거운 얼굴을 보니 나도 덩달아 홍분이 되었다. 샤오샤오의 무미건조한 질문에 대답할 마음이 생기지 않았다.

"생각 안 나는데."

"우수한 성적으로 유명한 중학교에 들어간 학생이라면 지능과 기억력이 굉장히 좋은 거야. 그런데 어떻게 삼십 분 만에 시험 문제를 잊어버릴 수가 있어? 그건 말이 안돼."

또즈가 끼어들었다.

"정말이야, 너무나 말이 안 되지!"

"오빠, 보차이 중학교 교장 선생님이 직접 문제를 내고 감독하셨지?"

"그래."

"꽉 막힌 지하실에서?"

"그래."

샤오샤오가 고개를 돌려 또즈에게 동의를 구했다.

"그럼 컨닝을 할 수는 없는 거잖아?"

또즈가 고개를 끄덕였다.

"절대 불가능하지."

"그렇다고 오늘 문제가 요리 한 접시를 먹는 것도 아니었을 테고."

"비슷해, 비슷해. 한 번도 본 적이 없는 그 문제가 순간 돼지갈비로 보였으니까."

샤오샤오와 또즈는 눈을 동그랗게 떴다.

"돼지갈비?"

"시험 문제가 마치 돼지갈비를 먹는 것처럼 간단했어."

엄마가 입장권 다섯 장을 사 왔다. 샤오샤오는 마음속의 의문을 풀지 못하고 엄마에게 물었다.

"엄마, 보차이 중학교의 교장 선생님은 굉장히 엄격하시다면서요?"

"그래, 너무 엄격해서 숨이 다 막힐 정도지."

"그런데 어떻게 오빠가 시험에 합격할 수가 있죠? 오빠의 성적이 정말 의심스러워요."

"샤오샤오, 오늘은 정말 기쁜 날이란다. 넌 왜 아젠의 시험 성적을 의심하고 그러는 거야? 오빠가 빵점을 받아 오면 그때는 의심하지 않을 거니?"

"제 생각에는 아젠 오빠가 빵점을 맞는 게 진실에 가까운 것 같아요."

"넌 아젠을 바보라고 해야 만족할 셈이니?"

"저는 그렇게 말하지 않았어요. 아젠 오빠, 내가 다시 문제를 내 볼게. 삼 곱하기 사는 뭐야?"

"몰라."

분홍 외투 모양의 흉터를 만지기만 하면 충분히 맞힐 수 있는 문제였지만 굳이 그러고 싶지 않았다. 샤오샤오가 흥분하며 보챘다.

"삼 곱하기 사가 뭐냐고? 어서 대답해 봐."

나는 대답 대신 하얀 풍선 같은 것을 먹으며 지나가는 소녀를 바라보면서 물었다.

"쟤가 먹고 있는 건 뭐지?"

또즈가 대답했다.

"저건 솜사탕이야. 형, 얼른 샤오샤오의 문제에 대답해."

"모른다고!"

엄마가 나를 타일렀다.

"동생들이 저렇게 애타게 묻는데 속 시원하게 말해 주지 그러니!"

"정말 몰라서 그래요."

"오빠, 내가 두 번째로 알려 주는 거야. 삼 곱하기 사는 12반의 십이야."

"샤오샤오, 너 혹시 아젠이 보차이 중학교에 들어간 걸 질투하는 거니?"

"엄마, 어떻게 저를 그렇게 보실 수가 있어요? 엄마는 아젠 오빠에게 일어나는 모든 일들이 이상하다는 생각 안 드세요?"

바로 그때 후성이 오락 사격장에서 우리를 불렀다.

"이리 와 봐!"

"샤오샤오, 오늘은 즐거운 마음으로 다같이 사격 놀이나 해 보자."

샤오샤오는 나를 향한 추궁을 멈추지 않았다.

"아젠 오빠, 내가 간단한 문제를 하나 더 낼게."

엄마가 샤오샤오의 말을 끊었다.

"샤오샤오! 아젠을 그만 좀 괴롭혀! 지금은 사격 놀이를 할 시간이야."

샤오샤오는 입을 삐죽거렸다.

"저는 사격 놀이를 좋아하지 않는다고요."

후성은 아주 흥분한 상태였다. 방금 전 울던 기억은 다 잊은 것 같았다.

"오늘은 총 쏘는 맛에 푹 빠져 볼까!"

나는 사격장의 과녁을 보았다. 이십 미터쯤 앞 공중에 과녁이 매달려 있었다. 과녁은 각종 동물의 가면이었다. 내가 동물 과녁을 뚫어지게 바라보고 있는데 후성이 사격을 시작했다. 후성의 두 번째 총알이 사자의 가면을 뚫었다. 후성이 괴성에 가까운 소리를 질렀다.

"다들 봤어? 내가 명중시켰다고!"

내 두 다리가 사정없이 떨리기 시작했다. 토끼, 오랑우탄, 뱀, 악어 얼굴의 가면을 차례로 바라보던 나는 온몸의 피가 거꾸로 치솟고 눈앞이 붉게 변하는 듯한 기분을 느꼈다. 그중에서 개의 가면을 발견했을 때는 그 자리에 털썩 주저앉고 말았다. 그 가면은 할아버지의 얼굴과 닮아 있었다.

엄마가 그런 나를 보고 달려왔다.

"아젠, 너 왜 바닥에 앉아 있니? 얼마나 더러운데."

샤오샤오와 또즈가 의심의 눈초리로 나를 내려다보았다. 나는 간신히 일어났다. 그러나 뼈가 없는 것처럼 다리에 힘이 들어가지 않았다.

뱀 가면이 후성의 총에 맞아 땅에 떨어졌다. 후성이 다시 조준을 하자 엄마가 말했다.

"후성, 아젠에게도 총을 쏘게 해 주자. 아젠의 사격 솜씨가 어떤지 구경해 보고 싶구나."

나는 손사래를 쳤다.

"아네요, 저는 별로 하고 싶지 않아요."

"남자아이들치고 총 쏘기를 싫어하는 아이는 없는데…… 그래도 몇 발만 쏴 봐."

후성은 총을 내게 주고 싶어 하지 않았다. 그때 샤오샤오가 후성에게서 총을 빼앗아 내 손에 쥐여 주었다.

"난 아젠 오빠가 사격하는 걸 보고 싶어!"

할 수 없이 총을 들었다. 개의 가면에 조준을 하는 순간 두 다리뿐만 아니라 두 손, 온몸이 덜덜 떨리기 시작했다.

"오빠, 왜 무서워하고 그래? 이건 그냥 놀이야. 남자애들은 모두 좋아하는 사격 게임일 뿐이라고."

나는 사격장 관리인에게 개 가면을 떼어 달라고 사정했다. 관리인이 그 이유를 묻기도 전에 샤오샤오와 또즈가 먼저 물었다.

"아젠 오빠, 왜 그래?"

"왜 꼭 개 가면만 내리라는 거야?"

차마 개가 내 동족이라고 말할 수는 없었다. 할아버지와 아빠가 총에 맞은 적이 있다고도 말할 수 없었다.

"난 개를 좋아하거든."

관리인이 과녁 쪽으로 가더니 개의 가면을 떼어 내며 나를 향해 말했다.

"이제 좀 괜찮아졌니?"

개의 가면이 시야에서 사라지자 몸의 떨림도 잦아들었

다. 나는 한 방에 악어의 입을 맞혔다. 두 번째도 세 번째도 악어의 입을 쏘았다.

관리인이 놀란 얼굴로 감탄했다.

"굉장하네요! 사격 솜씨가 마치 컴퓨터로 계산한 것처럼 정확해요. 저기 좀 보세요, 총알 세 개가 모두 악어 입을 맞혔어요. 방금 네 번째 총알도 악어 입에 맞았네요."

샤오샤오가 대꾸했다.

"아저씨만 신기하게 생각하시는 게 아니에요. 우리가 보기에도 정말 신기한걸요."

사격장에서 샴푸를 상품으로 주었다. 엄마가 기쁜 얼굴로 말했다.

"오늘은 아젠이 하는 일마다 나를 즐겁게 해 주는구나!"

나는 샴푸를 관리인에게 돌려주면서 부탁했다.

"이 샴푸를 그 개 가면과 바꿔 주세요."

"그 개 가면이 그렇게 좋으니?"

"개 가면이 과녁으로 걸리는 게 싫어서 그래요."

가족들이 빤히 쳐다보는 가운데 나는 개 가면을 조심스레 받아 들었다. 두 손이 다시 부들부들 떨리기 시작했다. 나는 할아버지가 또다시 상처 입지 않기를 바라는 마음으로 가면을 소중히 품에 안았다.

기다리던
개학

나는 개학하는 날만을 손꼽아 기다렸다.

학교 가기 전날 저녁, 엄마가 나를 불러 물었다.

"아젠, 뭐 먹고 싶은 거 없니?"

"그건 왜 물으세요?"

"왜냐하면 우리 아젠이 내일부터 보차이 중학교에 가게 되었으니까!"

또즈가 책가방을 챙기다 말고 엄마에게 툴툴댔다.

"저도 내일 학교에 가는데요? 왜 저한텐 뭐가 먹고 싶냐고 물어보지 않으세요?"

그건 후성과 샤오샤오도 마찬가지였다. 엄마는 자기가 공평하지 못하다는 사실을 깨닫고 미안한 듯이 말했다.

"좋아, 5학년이 되는 우리 또즈는 뭐가 먹고 싶지?"

또즈가 입을 씰룩대며 말했다.

"전 찬물이나 마실래요."

샤오샤오는 일찌감치 학교 준비물을 다 챙겨 놓고 한가로이 자신의 소장품을 점검하고 있었다. 개학을 하면 그것들을 정리할 시간이 없을 거라고 했다.

후성은 책가방을 챙길 생각이 아예 없었다. 이 방 저 방을 기웃거리며 샤오샤오와 또즈를 약 올리거나 아래층으로 내려가 먹을 것을 찾았다. 녀석은 냉장고 안을 한바탕 뒤지는가 싶더니 문도 닫지 않고 밖으로 나가 버렸다.

나는 엄마에게 물었다.

"후성은 왜 학교 갈 준비를 안 해요?"

"개학하는 날, 내가 챙겨 준단다. 안 그러면 책가방도 놓고 갈걸? 학교에 공부하러 가는 건지 놀러 가는 건지 원."

"엄마, 저는 중학교를 나와서 뭘 해요?"

"고등학교에 들어가지."

"고등학교를 졸업하면요?"

"대학에 가야지."

"대학을 마치면요?"

"대학원에 가야겠지."

"대학원에서는 놀 수 있어요?"

"아니, 박사 과정을 밟아야지. 박사 과정이 끝나면⋯⋯."

엄마가 만들어 놓은 내 미래를 떠올리니 우울하기 짝이 없었다. 그 길고 지루한 과정을 과연 견뎌낼 수 있을까. 어떤 예감이 스쳐 갔다. 공부를 모두 마칠 때 즈음이면 나는 이미 늙어 있을 거라는.

류웨가 그리웠다. 자꾸 류웨의 모습이 떠올랐다. 매시간마다 그녀가 나타나기 시작하더니 개학 전날 밤에는 급기야 내 머릿속을 점령하고 말았다.

저녁 식탁은 진수성찬이었다. 돼지갈비도 있었다. 엄마가 나를 위해 특별히 만든 것이었다. 엄마는 돼지갈비를 일부러 내 앞에 놓아두었다. 그런데 후셩이 자리에 앉자마자 돼지갈비를 자기 쪽으로 끌어당겼다. 엄마가 그런 후셩을 살짝 흘겨보았지만 녀석은 못 본 척 먹는 데만 열중했다.

저녁 식사 전에 엄마와 나누었던 대화 때문에 나는 입맛이 없었다. 젓가락을 들지도 않는 나를 보고 엄마가 걱정했다.

"아젠, 그렇게 넋을 놓고 있다가는 돼지갈비가 다 없어지겠다. 무슨 생각을 그렇게 골똘히 하는 거니?"

내가 갈비 한 점을 입에 넣고 씹으려는데, 식구들이 깔깔거렸다.

"아젠, 네가 입에 넣은 갈비는 방금 전에 후셩이 발라 먹은 뼈다귀잖아."

샤오샤오가 다 알겠다는 듯 말했다.

"아젠 오빠, 지금 그 여학생 생각을 하는 거지?"

나는 깜짝 놀랐다. 샤오샤오의 지적은 길고 날카로운 바늘처럼 내 심장을 찔렀다.

"그만 먹을래. 배불러."

"아젠, 아무것도 먹지 않았잖니."

또즈가 끼어들었다.

"여학생 생각만으로도 배가 부른가 보지?"

엄마가 엄격한 표정으로 아이들을 나무랐다.

"또즈와 샤오샤오, 너희들 지금 뭐라고 하는 거니? 그런 생각을 하기엔 너희들은 아직 너무 어려!"

엄마에게 혼이 난 샤오샤오와 또즈는 묵묵히 밥을 먹기 시작했다. 하지만 호기심이 발동한 후성은 아랑곳하지 않고 다시 물었다.

"무슨 여학생? 그 애가 어디 있는데?"

엄마가 후성에게 쏘아붙였다.

"밥이나 먹어!"

식사 후 일찌감치 이불을 뒤집어쓰고 누워 간신히 잠을 청하려는데 누군가가 나를 흔들어 깨웠다. 나는 눈을 껌벅이며 일어나 앉았다.

"무슨 일이야?"

또즈와 후성이 내 침대 옆에 서 있었다. 후성이 물었다.

"네가 자면서 자꾸만 류웨라고 외쳐대던데, 6월이 어떻다는 거야? 6월에 무슨 중요한 일이라도 있었던 거야?"

"내가 류웨라고 외쳤다고? 너희들 분명하게 들은 거야?"

후성이 말했다.

"류웨라고만 외쳐댔는데 분명히 못 들을 게 뭐가 있어?"

"아무 일도 아니야."

나는 힘없이 고개를 저었다. 그러자 또즈가 말했다.

"류웨가 그 여학생의 이름인가 본데?"

나는 말을 돌리려고 크게 하품을 했다.

"나는 더 자야겠어."

그러나 또즈는 포기하지 않았다.

"류웨는 어떤 여학생 이름일까?"

나는 다시 누워, 이불을 머리 끝까지 올리고 대답하지 않았다. 캄캄한 이불 속은 사무치게 그리운 류웨를 떠올리기에 더할 나위 없이 완벽한 장소였다. 나는 새벽 네 시가 다 되어서야 깊은 잠에 빠졌다.

꿈속에서 오랜만에 연분홍 지렁이를 보았다. 지렁이는 반짝이는 눈으로 나를 바라보기만 할 뿐 아무 말도 하지 않았다. 헤어지려는 찰나 지렁이가 연분홍빛 외투를 벗고 내 손 위로 올라왔다.

"너 이러면 너무 추울 거야!"

잠에서 깨어 보니 베개가 축축하게 젖어 있었다.

드디어 3월 1일 아침이 밝았다. 곧 류웨를 만날 수 있다고 생각하니 너무나 행복했다. 오래전 지하 배수로에 살 때는 연분홍 지렁이가 내게 운명을 바꿀 창구를 알려 주었다. 도시에 온 뒤로는 류웨가 나타나 내게 많은 영감과 열정을 주고 있다.

교문 앞에서 교장 선생님을 만났다. 교장 선생님은 역시나 몇 올의 소중한 머리카락을 정수리에 정성껏 붙인 상태였다. 머리카락은 이마의 주름살 위쪽으로 활처럼 둥글게 휘어지듯 붙어 있었다. 나는 왠지 교장 선생님의 시선을 피하고만 싶었다. 그러나 그는 북적이는 학생들 속에서 용케 나를 찾아냈다. 나를 기다리고 있던 게 틀림없었다. 교장 선생님은 멀리서부터 나를 알아보고 손을 흔들었다.

"우리의 훙메이 아젠이 왔구나! 여기서 너를 한참이나 기다렸단다!"

기차 화통을 삶아 먹은 것 같은 교장 선생님의 목소리 덕분에 교문 앞에 모여 있던 사람들의 눈길이 일제히 나를 향했다. 그런 시선이 적잖이 부담스러웠다. 누군가의 관심을 받는 만큼 누릴 수 있는 자유는 줄어들기 마련이다.

교장 선생님이 내 손을 꼭 붙잡고 말했다.

"날 따라오렴. 선생님들이 널 만나고 싶어서 야단이란다."

나는 교장 선생님에게 질질 끌려가다시피 교무실로 향

했다. 교무실 안에 들어서자 선생님들은 하던 일을 놓고 내 주위로 모여들었다. 그들은 호기심 가득한 눈으로 나를 요모조모 뜯어보았다.

"이만 교실에 가 봐도 될까요?"

"우리와 잠시 얘기를 나누자꾸나."

나는 그들과 얘기를 나누고 싶은 생각이 눈곱만큼도 없었다. 어서 1학년 12반 교실을 찾아가 류웨를 만나고 싶은 마음뿐이었다.

교장 선생님이 말했다.

"선생님들, 아젠에게 어떤 문제든 내 보세요. 이 아이의 표현 방법에 대해서는 이상하게 생각하지 마시고요."

그때 예쁜 여선생님 한 분이 내 앞으로 바짝 다가왔다. 그러고는 조그마한 입술을 뾰족하게 오므리고 나를 바라보았다.

"내 소개를 할게. 난 1학년 12반 담임 먀오즈(苗子)란다."

갑자기 재채기가 났다. 먀오즈 선생님의 몸에서 나는 강한 향수 냄새 때문이었다.

"선생님한테서 나는 냄새 때문에 숨을 쉴 수가 없어요."

"저런, 내가 향수를 너무 많이 뿌렸나 보구나."

"아주 조금만 뿌렸어도 마찬가지였을 거예요."

"어떤 냄새든 맡기만 하면 재채기가 나온다는 거니?"

"아니요, 저는 인공적인 냄새에만 반응을 해요."

둘러서서 구경하던 선생님들이 소곤거렸다.

"정말 이상한 아이네."

"천재적인 학생들은 하나같이 괴팍하다니까."

"내가 아는 어느 작가는 달걀을 삶아야 단단해진다는 것도 몰랐다지 뭐야. 냉장고에서 달걀을 꺼내다가 깼는데, 노른자가 흘러나오니까 '이 달걀은 어째서 이렇게 묽지?'라고 했다는 거야!"

더 이상 참고 들어 줄 수가 없었다.

"제발 절 좀 보내 주세요."

내가 울상을 짓자 먀오즈 선생님이 타이르듯 말했다.

"선생님들이 너와 얘기를 나누고 싶어 하시니까, 조금만 더 있다 가렴."

"후유, 뭐든지 말씀하세요. 저는 듣고만 있을게요."

그러자 한 남자 선생님이 입을 열었다.

"나는 생물 선생이다. 내가 널 유심히 관찰했는데, 내 생각에 너는 생긴 게…… 마치 한 마리…… 미안, 아무래도 네게 그 말을 하는 건 실례가 될 것 같구나. 그렇지만 너의 모습은 확실히 내 흥미를 끄는구나."

생물 선생님의 말은 다른 선생님들의 호기심을 자극했다.

"뭘 닮았는데요?"

"말씀해 보세요!"

"……."

나는 그 자리에서 교무실을 뛰쳐나왔다. 생물 선생이야 말로 배고픈 원숭이를 닮았다고* 생각하면서. 긴 복도를 헤매다가 흰 바탕에 빨간 글씨로 '1학년 12반'이라고 쓰인 표지판을 발견했다. 문 앞에 서자 교실 안에서 시끄럽게 떠드는 소리가 들려왔다.

내가 교실 안으로 들어서자 순식간에 정적이 흘렀다. 그리고 내 몸 여기저기에 꽂히는 시선들. 하지만 이 순간만큼은 내게 쏠린 반 아이들의 관심을 마주할 수밖에 없었다.

류웨만 만날 수 있다면 모든 걸 참을 수 있었다. 하지만 눈을 씻고 찾아 봐도 류웨는 보이지 않았다. 나를 기다리고 있는 건 무서운 인상의 황미와 그의 짝꿍이었다.

황미가 내게 말을 걸어왔다. 황미의 짝꿍은 마치 껌딱지처럼 황미에게 찰싹 붙어 있었다.

"훙메이 아젠, 우리는 이제 같은 반 친구야."

나는 황미의 말에 대꾸하지 않았다. 그저 사방을 두리번거리며 그녀를 찾았다.

"너 지금 누구를 찾고 있니?"

나는 류웨를 찾고 있었다. 그러나 그녀는 없었다.

그때 황미의 짝이 툴툴거렸다.

"황미! 너도 무시해 버려. 네가 이렇게 말을 거는데도, 본 척도 안 하잖아!"

그러더니 냉큼 내게 자기소개를 하는 게 아닌가! 무시하라고 할 땐 언제고.

"훙메이 아젠, 나는 주잉이라고 해. 기억하기 어려우면 몇 번이든 다시 얘기해 줄게."

"네 이름이 뭐든 나랑 무슨 상관이냐?"

나의 말에 아이들이 소곤거리기 시작했다. 주잉이 고개를 돌려 황미에게 말했다.

"내가 그랬잖아. 얘가 얼마나 잘난 척을 하고 제멋대로인지 말이야. 네가 손 좀 봐 줘."

그때 먀오즈 선생님이 출석부를 가지고 교실 안으로 들어왔다. 그녀의 입술은 교무실에서 봤을 때보다 조금 더 빨개져 있었다.

"자, 지금부터 출석을 부르겠어요. 앞으로 서로 친하게 지내도록 하세요."

먀오즈 선생님이 이상한 이름을 줄줄이 부르는 동안에도 나는 류웨를 찾느라 정신이 팔려 있었다. 마오즈 선생님이 출석을 부르다 말고 갑자기 내 이름을 크게 불렀다.

"훙메이 아젠, 뭘 찾고 있지?"

"선생님, 우리 반에 학생 한 명이 오지 않은 것 같은데요?"

"누가 안 왔지?"

"한 사람이…… 안 왔어요!"

내 눈에서 주체할 수 없는 실망의 눈물이 솟아올랐다.

바로 그때 미소를 머금은 류웨가 교실 문 앞에 서 있는 것이 보였다. 그제야 비로소 안심한 나는 눈에 고인 눈물을 슬그머니 닦았다.

향수
알레르기

나는 사람들에게 특별한 학생으로 보이고 싶지 않았다. 그저 유쾌하게 생활할 수 있기를 바랐다. 그러나 먀오즈 선생님 때문에 자주 머리가 아팠다. 선생님은 매일 엄청난 시간을 수학 수업에 할애했다. 그녀가 끊임없이 반복하는 숫자들을 보면 지겹기 그지없었다.

내가 맑은 물을 담는 큰 그릇이라면, 먀오즈 선생님은 그 그릇에 푸른 먹물을 부어 넣는 사람이었다. 하지만 그릇에 작은 구멍이 뚫려 있어서 푸른 먹물이 조금씩 새어 나간다는 사실을 그녀는 알지 못했다.

먀오즈 선생님은 수업이 끝나도 나를 놔주지 않았다. 어마어마한 양의 수학 문제를 숙제로 내 주는 일이 다반사였다. 그 숙제를 다 하고 나면 멋진 꿈을 꿀 시간 따위는 없었다. 그래서 사흘이나 숙제를 해 가지 않았다. 수학 숙제나 하려고 학교에 온 게 아니니까. 나는 류웨의 그림자를 따라온 것이다.

처음 며칠 동안 나는 수업이 끝난 뒤에 류웨를 따라가려고 했다. 그녀가 사는 곳이 어딘지 알고 싶었다. 그런데 먀오즈 선생님이 자꾸만 전날 내 준 숙제를 다 해서 교무실에 제출하고 가라고 명령했다. 숙제를 마치고 교무실을 다녀오면 류웨는 이미 사라지고 없었다.

류웨는 교실에서 나와 얘기를 거의 나누지 않았다. 그녀가 같은 반 남학생과 대화할 때면 건강한 피부의 혈색이 더욱 좋아 보였고 눈동자도 까맣게 빛났다. 류웨는 현실 속 사람이 아니라 막 동화책 속에서 빠져나온 사람 같았다. 선생님은 유난히 키가 작은 그녀를 맨 앞자리에 앉혔다. 그래서 나는 늘 류웨의 뒤통수만 쳐다봐야 했다.

엄마는 저녁을 먹은 뒤 여섯 시에서 아홉 시까지 세 시간을 숙제하는 시간으로 정해 놓았다. 샤오샤오는 언제나 제일 먼저 숙제를 끝냈고, 그다음이 또즈, 후성 순이었다. 그들이 숙제를 끝내는 순서는 자기들의 키 순서와 정반대였다.

나는 아예 숙제를 하지 않고, 스스로 만든 시간표대로 지냈다. 한 시간은 텔레비전을 보고, 한 시간 동안 거리를 뛰어다니고, 삼십 분은 양치하고 발을 닦았다.

후성은 거의 매일 투덜거렸다.

"훙메이 아젠은 숙제 안 해도 돼?"

"참견 마!"

내가 일침을 놓자 샤오샤오가 말했다.

"숙제를 전혀 안 하는 학생이 우등생이라는 말은 한 번도 못 들어 봤어."

또즈가 내게 물었다.

"수업 내용은 다 알아들어?"

엄마가 그들의 말을 끊었다.

"너희들은 자기 숙제나 해. 아젠의 일에 상관 말고."

그러나 엄마도 신경이 쓰이기는 마찬가지였다.

"아젠, 너 숙제를 안 해도 수업 내용을 다 이해할 수 있니?"

"저는 시험 전에 한 번만 보면 돼요."

엄마가 고개를 끄덕였다.

"네가 시험만 잘 본다면 더 이상 말하지 않으마."

개학 후 여섯째 되는 날, 아이들이 숙제를 하고 있을 때 엄마에게 화분 하나를 달라고 했다.

"어린 남자애가 꽃을 키우는 일은 흔치 않은데."

"창가에 있는 꽃이 너무 예뻐요. 그 꽃을 키우고 싶어요."

"그 꽃의 이름이 뭔지 아니?"

"몰라요."

"월계꽃이야. 다른 애들은 건드리지도 못하게 했지만 맘에 들면 네 방으로 가져가서 키우렴."

나는 월계꽃 화분을 내 방 창가로 옮겼다.

다음 날 학교 복도에서 류웨와 마주쳤을 때 그녀가 갑자기 내게 물었다.

"너 월계꽃을 키우니?"

"그걸 어떻게 알았어?"

"월계꽃 향기가 나서."

오전에 수학 수업이 두 시간에 걸쳐 있었다. 그날도 먀오즈 선생님은 붉은 대추처럼 입술을 빨갛게 칠하고, 향수도 듬뿍 뿌리고 왔다. 맨 앞에 앉은 류웨는 향수의 공격을 그대로 받아야 했다. 처음에는 잘 참는 듯하더니 십 분쯤 지나자 연신 재채기를 하기 시작했다. 류웨가 쉴 새 없이 재채기를 해 대자 선생님이 물었다.

"감기 걸렸니?"

류웨의 양 볼이 금세 붉게 물들었다. 보다 못한 내가 손을 들었다.

"선생님, 류웨는 감기에 걸린 게 아니에요. 선생님이 뿌린 향수에 알레르기를 일으킨 거예요."

"멋대로 말하지 마. 내 향수는 프랑스에서 온 거야. 세계적인 명품 향수라고. 전 세계에서 팔릴 정도로 인기가 좋을 뿐만 아니라 한 세기 동안 가장 많이 팔린 향수야⋯⋯."

"먀오즈 선생님, 저는 거짓말을 하지 않아요. 저도 선생님의 향수 냄새 때문에 질식할 것 같아요."

그러자 황미가 내 말을 가로막았다.

"저는 선생님의 향수 냄새가 좋아요. 제가 맡아 본 향수 냄새 중에서 가장 좋은 냄새예요!"

주잉도 황미를 거들었다.

"류웨는 무슨 코가 그래?"

류웨가 고개를 푹 숙였다. 이대로 물러설 순 없었다.

"저는 향수 냄새가 싫어요. 제가 재채기를 하지 않는 건 그나마 제 자리가 맨 뒤이기 때문이에요."

먀오즈 선생님의 얼굴에 기분 나쁜 표정이 어렸다.

"홍메이 아젠, 네 말은 지금 너도 재채기가 나오려 한다는 거니?"

"솔직히 말씀드리면요. 아까부터 코가 간질거렸어요."

그렇게 말하는데 거짓말처럼 재채기가 터져 나왔다. 내가 재채기를 멈추지 않자 선생님은 급기야 화를 냈다.

"향수 냄새를 맡으면 재채기가 나온다는 말은 들어 본 적이 없어. 게다가 둘이 동시에 재채기를 한단 말이지?"

나는 먀오즈 선생님이 꾸짖든지 말든지 계속 재채기를 했다. 황미가 소리쳤다.

"훙메이 아젠이 일부러 그러는 거예요!"

주잉이 앵무새처럼 따라 말했다.

"훙메이 아젠이 고의로 그러는 거예요!"

황미와 주잉이 뭐라고 하든 나는 재채기를 멈출 수 없었다. 콧구멍 속 신경은 극도로 예민해져 있었다. 콧구멍 속이 가려워서 폭발할 지경이었다. 안정을 찾아가던 류웨도 두 번째 재채기를 시작했다.

마오즈 선생이 말했다.

"너희 둘이 재채기를 멈추지 않으니 더 이상 수업을 할 수 없구나!"

재채기를 너무 심하게 하는 바람에 류웨의 눈에서는 눈물이 뚝뚝 흘러내렸다. 나 역시 숨을 쉴 수 없을 지경이었다. 마오즈 선생님에게 애원하듯 말했다.

"선생님, 잠깐만…… 나가 주시겠어요. 저 숨…… 좀 쉬게 해 주세요."

"내가 몇 년간 교사 생활을 했지만 이런 일은 처음이다."

"선생님…… 빨리…… 나가 주세요."

마오즈 선생님이 연신 뒤를 돌아보며 교실 밖으로 나갔다. 그러자 신기하게도 나와 류웨의 재채기가 바로 멎었다. 나는 마오즈 선생님을 따라 나가 부탁했다.

"선생님, 오늘은 옷을 바꿔 입어 주시면 좋겠어요. 그리고 향수도 뿌리지 말아 주세요."

"그건 불가능해. 1교시가 사십오 분인데, 내가 옷을 갈아입고 오려면 한 시간은 걸릴 거야."

"그렇다면 저에게 좋은 방법이 있어요."

"설마 나보고 목욕하고 오라는 건 아니겠지?"

"저와 류웨가 선생님의 수학 수업을 듣지 않고 잠시 자율 학습을 하는 거예요!"

먀오즈 선생님이 고개를 끄덕였다.

"어쩔 수 없구나. 그럼 그렇게 하자."

나는 신이 나서 류웨에게 거리 구경을 가자고 했다. 그런데 류웨는 내 제안을 거절했다.

"나는 가고 싶지 않아."

순간 내 세상은 불이 꺼진 듯 어두워졌다. 학교를 다니기 시작한 이래 처음으로 불쾌한 감정이 나를 감쌌다.

"그럼 나 혼자라도 가겠어."

류웨는 꼼짝 않고 내가 교실 밖으로 나가는 것을 바라보기만 했다.

저녁에 창가의 월계꽃에 물을 주다가 꽃 가까이에 코를 대고 향기를 맡았다. 기분이 나아졌다. 폐 속부터 머리끝까지 향기로 가득해지는 느낌이었다.

그런데 월계꽃이 다음 날 새벽부터 시들기 시작했다. 물을 듬뿍 주었지만 시든 월계꽃은 다시 살아나지 않았다.

나는 다급하게 엄마를 불렀다. 엄마는 무슨 일인가 싶어

일손을 놓고 위층으로 뛰어 올라왔다. 엄마는 월계꽃을 살펴보더니 고개를 갸웃거렸다.

"병이 들었나 보네."

"무슨 병요?"

"글쎄, 잘 모르겠구나. 멀쩡하던 꽃이 어째서 죽어 갈까?"

다음 날 학교 가서 그 일을 류웨에게 얘기했다. 그러자 류웨가 물었다.

"혹시 월계꽃에 코를 대고 힘껏 향기를 맡았니?"

"응, 그 향기를 맡으면 기분이 아주 좋아지거든."

"그럼 이상할 것도 없네. 네 폐 속에 있던 향수 냄새가 월계꽃으로 뿜어진 거야."

"네 말은 먀오즈 선생님의 향수가 내 월계꽃을 죽였다는 뜻이니?"

"그렇지."

"네 말대로라면, 선생님은 꽃을 사랑하지 않는 사람이라는 거네?"

"글쎄, 그건 나도 몰라."

며칠이 지난 어느 날 오후, 나는 먀오즈 선생님의 집에 갈 기회를 잡았다. 선생님 집에는 구석구석 오색찬란한 꽃이 놓여 있었다. 만져 보니 모두 조화였다.

나는 문밖으로 뛰쳐나왔다. 먀오즈 선생님이 4층 베란

다에서 나를 향해 소리쳤다.

"홍메이 아젠! 너 갑자기 왜 도망가는 거니?"

콧구멍 속이 가려워 견딜 수 없었다.

"선생님, 저…… 저…… 재채기가 나와요. 저는…….."

나는 다시 재채기를 시작했다.

단 한 명의
라이벌

　나는 의자에 진득하게 앉아 있질 못했다. 따라서 어떤 과목의 수업이든 제대로 집중할 수 없었다. 내 행동은 많은 선생님들의 의심을 샀다. 수업에 참여하지 않는 학생이 천재인가 하는 문제를 놓고 선생님들 사이에서 의견이 분분했다. 나는 그들이 어떤 말을 하든 상관없었다. 하지만 내가 궁금한 것만은 그냥 넘어갈 수가 없었다. 나는 먀오즈 선생님을 졸졸 따라다니며 질문을 해 댔다. 입학 첫날부터 묻고 싶었던 것이었다.

　"선생님, 왜 수업을 꼭 사십오 분 동안 하는 거예요?"

　"그 질문은 정말 이상하구나. 내가 초등학생일 때부터 사십오 분 동안 수업을 했어. 우리 부모님이 학교에 다닐 때도 사십오 분이었고. 여태껏 그것에 대해 어느 누구도 의문을 제기한 적이 없었단다. 그런 질문을 한 건 네가 처음이야."

"먀오즈 선생님, 그 이유를 꼭 알고 싶은데요."

"훙메이 아젠, 그럼 넌 수업 시간이 몇 분이면 좋겠다는 거니?"

나는 손가락 두 개를 펴 보였다.

"이십 분?"

"아니요, 이 분요."

"정말 농담도 잘하는구나."

"농담이 아니에요. 그런 건 귀신이나 하라고 해요."

"됐다, 너와 이런 얘길 하고 있는 내가 바보지!"

나는 오히려 정색을 하며 말했다.

"선생님한테서 나던 향수 냄새가 없어졌어요."

"이제 향수를 뿌리지 않기로 했어. 이게 다 네 코 때문이야. 그 향수병을 화장실에 장식품처럼 진열해 놓고 감상만 하지."

선생님은 내가 화제를 바꿨다는 것을 눈치채고 엄격한 표정을 지었다.

"훙메이 아젠, 경고하겠어. 지금부터 넌 수업 시간에 가만히 앉아 있어야 한다. 사십오 분간 쥐 죽은 듯 조용히 해야 해."

"쥐 죽은 듯 있을 수 있는 사람은 죽은 사람뿐이에요."

"누가 진짜로 그러라고 했니? 그건 비유일 뿐이잖아!"

"그 비유가 죽은 사람을 생각나게 하거든요."

"그만, 제발 그만해라."

먀오즈 선생님은 진저리를 쳤다.

오늘 넷째 시간엔 처음으로 체육 수업을 받았다. 그간 건강이 좋지 않았던 체육 선생님의 병세가 호전되면서 쉬고 있던 수업을 다시 시작하게 된 것이었다. 나는 반 친구들에게 체육 수업은 어디서 하느냐고 물었다. 운동장이라고 했다. 그럼 무엇을 배우느냐고 물었다. 아이들은 밖에서 펄쩍거리며 뛰어다니는 거라고 입을 모았다. 어쩐지 체육 수업이 아주 좋아질 것 같은 예감이 들었다.

우리는 똑바로 줄을 맞추어 서서 체육 선생님을 기다렸다. 그런데 체육 선생님이 오지 않았다. 줄이 조금씩 흐트러지고 있었다. 아이들이 황미를 불렀다.

"황미, 체육부원인 네가 가서 선생님이 어째서 오시지 않는지 알아봐."

황미가 교무실을 향해 뛰어갔다. 그리고 일 분도 되지 않아 돌아왔다.

"주사 맞으러 가셨대. 조금만 더 기다리면 된대!"

잠시 뒤 정말로 운동장 저편에서 남자 선생님 한 분이 뛰어왔다. 수업 시간에 늦어서인지 선생님은 마치 나는 것처럼 빠른 속도로 뛰어왔다. 그런데 동작이 좀 이상했다. 몸 전체가 왼쪽으로 쏠려 있었다.

선생님은 우리 줄 앞으로 와서 똑바로 섰다. 평범한 외모였지만 자세가 반듯하고 건강해 보였다.

"내 소개를 하겠다. 나는 우다오(吳道)라고 한다. 체육을 가르치고 있지. 오늘 피치 못하게 지각을 한 점, 미안하다. 내가 최근에 병이 났는데 아직까지 병명을 알 수가 없다고 하는구나. 그러나 앞으로 수업 시간은 반드시 지키도록 노력하겠다."

우다오 선생님은 주변을 두리번거리다가 눈썹을 찌푸리며 말했다.

"이곳은 북쪽 지역인데다 아직까지는 이른 봄이라, 바람이 차구나. 오늘은 몸을 푸는 의미로 운동장 몇 바퀴만 돌도록 하자. 얼마 뒤에 춘계 도시 순환 마라톤 대회가 열리는데 지금부터 준비를 해야 여러분 모두 좋은 성적을 낼 수 있겠지."

우다오 선생님의 말이 끝났을 때 황미와 주잉은 힐끗거리며 나를 쳐다보았다. 내 달리기 실력을 본 첫날에 대해 이야기하는 것 같았다.

선생님의 말에 대부분의 학생들이 아우성을 쳤다. 뚱뚱한 남학생이 목청을 높였다.

"지금이 어느 시댄데, 아직도 달리기를 해?"

몸이 약한 여학생들은 울상을 지었다.

"난 못 뛰겠어. 쇼핑하러 갈 때도 엄마가 택시를 태워 주는데 체육 시간에 달리기를 하란 말이야?"

우다오 선생님은 여기저기서 튀어나오는 아이들의 불만을 들은 척도 하지 않고 큰 소리로 외쳤다.

"바로! 우향우! 앞으로 나란히! 우향우! 뛰어가!"

우다오 선생님이 반 전체를 이끌고 달리기 시작했다. 황미와 주잉은 선생님 뒤에 바짝 붙어서 뛰었다. 그 뒤를 따르는 첫 번째와 두 번째 그룹은 남학생들과 체력이 좋은 여학생들이었다. 나는 마지막 그룹에 섞여 뛰었다. 왜냐하면 류웨가 상상할 수 없을 정도로 느린 속도로 뛰기 때문이었다. 류웨는 내가 맨 뒤에서 자신을 보호하며 달리는 것을 보고 미안해했다.

"앞질러 가. 난 너와 함께 뛸 수 없어."

"너 이렇게 뛰다가는 끝까지 가지도 못하겠어."

"끝까지 가지 못할 거 내가 더 잘 알아."

"해 보지도 않고 자신감을 잃으면 안 돼."

류웨가 쓴웃음을 지었다.

"그건 자신감과는 상관이 없어. 달리기를 못하는 건 타고나는 건데, 뭐."

그때 우다오 선생님이 뒤돌아보며 학생들을 향해 소리쳤다.

"뒤로 처진 학생들은 힘내서 뛰자, 얼른 따라오도록!"

선생님 뒤를 바짝 따르던 첫 번째 그룹의 황미와 주잉이 뒤처지고 있었다. 황미가 이를 악물고 달렸지만 우다오 선생님을 따라잡기는 힘들 것 같았다. 우다오 선생님의 발걸음은 가벼웠고, 시간이 지나도 전혀 지쳐 보이지 않았다.

류웨가 나를 격려했다.

"너밖에 없어. 너만이 우다오 선생님을 따라잡을 수 있어."

순간 심장이 쿵쿵 뛰기 시작했다.

"넌 어째서 내가 선생님을 따라잡을 수 있다고 장담하는 거지?"

"난 그냥 알아."

류웨가 내 등을 밀었다. 나는 탄력을 받은 것처럼 앞으로 달려 나갔다. 우다오 선생님을 바짝 쫓아서 앞서거니 뒤서거니 달렸다.

우다오 선생님도 나의 추격을 알아채고는 조금씩 속도를 높이며 나를 따돌리려고 했다. 하지만 나는 녹은 캐러멜처럼 선생님 옆에 찰싹 달라붙었다.

어느새 체육 수업은 나와 우다오 선생님의 달리기 시합으로 바뀌어 있었다. 서로에게 지지 않으려고 운동장을 전력 질주했다. 반 학생들이 모두 일어서서 바람처럼 달리는 선생님과 나의 질주를 지켜보았다. 우리가 바닥에 털썩 주저앉았을 때 수업이 끝나는 종이 울렸다.

선생님이 숨을 몰아쉬며 말했다.

"지금까지 중장거리 달리기에서 나의 상대가 없었는데, 이렇게 나를 긴장시킨 사람은 네가 처음이다."

"선생님도 제가 이길 수 없는 유일한 분입니다."

선생님이 황미와 주잉을 불렀다. 둘이 뾰로통한 얼굴을 하고 다가왔다.

"너희 둘은 앞으로 얘를 따라 달리기 연습을 해라. 속도가 많이 늘 거야. 참, 네 이름이 뭐니?"

"홍메이 아젠이에요."

선생님은 내 이름을 낮게 읊조려 보았다.

"아주 멋진 이름이구나."

"저도 제 이름이 마음에 들어요."

"평소에 장거리 달리기 연습을 한 적이 있니?"

대답을 피하고 싶었지만 그럴 수 없었다.

"아마도…… 타고난 것 같아요."

우다오 선생님이 고개를 끄덕였다.

"그래, 달리기가 빠른 건 골격이나 근육과 깊은 관련이 있어. 타고난 소질을 배제할 수 없지."

우다오 선생님의 달리는 동작과 속도를 떠올려 보았다.

"선생님의 달리는 모습은 정말 멋져요."

우다오 선생님이 고개를 저으며 말했다.

"나는 요즘 갑자기 늙었다는 생각이 든단다. 아니, 늙었다고는 할 수 없겠지만, 체력이 예전만 못해. 자주 피로를 느끼고, 두 다리는 납덩이를 매단 것처럼 무겁지. ……자, 내 얘기는 그만하고, 너희들 달리기 연습 계획을 세워 보자."

나는 우다오 선생님에게서 친밀감을 느꼈다. 우리 둘 사이에 어떤 인연이 있을지도 모른다는 생각이 들었다. 선생님 몸에서 나는 땀 냄새를 맡아 보았다. 친밀감의 원인이 땀 냄새인지도 몰랐다.

우다오 선생님은 내 시선을 느끼고는 자신의 옷을 슬쩍 훑어보았다.

"내 옷차림이 이상한가?"

"아니요, 아주 잘 어울려요. 선생님은 옷을 아주 잘 입으시는 것 같아요. 그리고……."

나는 친밀감의 이유들을 더 찾아보고 싶은 마음을 어떻게 설명해야 할지 난감했다.

"그리고?"

우다오 선생님이 내 머리를 쓰다듬었다.

"말하기 어려운 게 뭐 있다고 망설이니?"

황미와 주잉이 운동장 한쪽에서 축구를 하는 남학생들 무리로 뛰어갔다. 나와 우다오 선생님 단둘이 남게 되었다.

"선생님과 제가 어딘가 닮았다고 생각하지 않으세요?"

우다오 선생님이 큰 소리로 웃었다.

"어딜 닮은 거 같니?"

"예를 들면…… 어떤 동물이랄까……."

우다오 선생님은 내 말에 배꼽을 잡고 웃다가 심지어 눈물까지 흘렸다.

"어떤 동물을 닮은 것 같은데?"

"모르시면 관두세요."

"글쎄, 잘 모르겠다. 너는 굉장히 잘생겼어. 네 앞이라서 듣기 좋은 말을 하는 것이 아니야. 특히 너의 코는……."

다시 가슴이 쿵쿵거렸다.

"제 코가…… 뭘 닮았죠?"

"아주 멋진 코야."

우다오 선생님이 자리를 털고 일어섰다.

"난 검사 받으러 병원에 가야 한단다. 좀 전에 무리해서 달렸더니 또 가슴이 답답해지는구나."

선생님은 피곤에 지친 다리를 끌면서 천천히 한참을 걸어가더니 뒤돌아서 나에게 손짓을 했다.

"새벽에 일어나서 뛰는 거 잊지 마라!"

나는 선생님을 향해 엄지를 세워 보였다.

우다오 선생님이 내 시야에서 사라진 뒤 선생님이 앉아 있던 자리를 돌아보았다. 순간 머릿속에서 복잡한 생각들이 회오리바람처럼 소용돌이쳤다.

그때 축구를 하고 있던 남학생들이 나에게로 눈길을 돌렸다. 황미가 공을 발로 밟고 서서 나를 노려보았다. 대체 무슨 일인가 싶어 주위를 둘러보니 내 뒤에 류웨가 서 있었다.

"무슨 일이야?"

"너 방금 전 우다오 선생님과 무슨 얘길 했니?"

"별말 안 했는데?"

"그럼 됐어."

그녀는 나를 뿌연 안개 속에 내버려 두고 총총히 멀어졌다. 류웨가 사라지자 남학생들이 다시 분주하게 움직이기 시작했다. 누군가 영화의 한 장면처럼 하늘 높이 축구공을 차올렸다.

시험 결과

일주일 전이었나. 곧 중간고사를 치르게 될 거라던 담임 선생님의 얘기가 어렴풋이 기억났다. 류웨도 내게 중요한 학교 시험이 있다고 일깨워 주었다. 그러나 나는 신경 쓰지 않았다. 그것 말고도 주변에는 내 흥미를 끄는 일들이 아주 많기 때문이었다. 시험은 재미없는 놀이였다. 그러니 내가 시험 일정을 마음에 담아 둘 리 있겠는가.

나는 중간고사 당일에도 그 사실을 깨닫지 못하고 있었다. 학교에 가니 시험 결과에 따라 성적순으로 이름이 게재된다는 소문에 대해 말이 많았다.

선생님들은 나를 늘 주시하고 있었다. 수업 시간에 선생님 말씀을 귓등으로도 듣지 않고, 숙제는 단 한 번도 제때

한 적이 없으며, 각종 테스트도 본체만체하는 이상한 학생이었으니까.

우리 반에서 수업하는 각 과목 선생님들은 모두 교장 선생님을 찾아가 나의 태도에 대해 보고했다. 오랫동안 교사로 일해 왔지만 홍메이 아젠처럼 이상한 학생은 없었다고 말이다. 교장 선생님은 나 때문에 잔뜩 화가 난 선생님들을 격려했다.

"인내심을 가지세요. 백 년에 하나 나올까 말까 한 천재에게는 관용과 이해가 필요합니다."

먀오즈 선생도 교장 선생님에게 하소연을 늘어놓았다.

"홍메이 아젠을 제발 다른 반으로 보내 주세요."

"먀오즈 선생님, 선생님까지 이러시면 어쩝니까? 홍메이 아젠이 우리 보차이 중학교에 입학했을 때 선생님이 제일 먼저 나서서 12반에 넣어 달라고 하셨잖아요."

"홍메이 아젠은 이번 시험에서 분명 꼴찌를 할 거예요!"

"시험 성적이 어떻든 간에 홍메이 아젠을 다른 반으로 보낼 수는 없습니다. 게다가 선생님은 무슨 근거로 그 아이가 꼴찌를 할 거라고 장담하시는 겁니까?"

그런 얘기가 오갔다는 걸 나는 나중에서야 알게 되었다.

나는 세 과목을 모두 합해 26점을 받았다. 두 과목은 빵점. 모두 작문 과목에서 얻은 점수였다. 시험을 볼 때 작문 제목에 흥미를 느껴 몇 마디 써 냈던 것이다. 작문 제목은

'내가 아는 세상'이었다. 나는 인간 세상에 와서 보고, 듣고, 흥미를 느꼈던 모든 것에 대해 썼다. 물론 내가 즐겨 먹는 돼지갈비 이야기도 빼놓지 않았다. 작문의 마지막은 이렇게 끝냈다.

'나는 이곳의 생활을 정말 사랑한다!'

작문 선생님은 40점 만점에 26점이라는 후한 점수를 주었다. 내 작문 시험지는 국어 선생님들의 관심을 끌었다. 천재의 문장을 보게 된다는 기대로 모여들었다가 내 문장을 읽고 난 다음에는 하나같이 고개를 절레절레 흔들며 작문 선생님을 비난했다.

"나라면 이런 작문에 13점밖에 줄 수 없어요."

"13점도 많아요, 8점이면 족하죠."

작문 선생님이 고개를 흔들었다.

"잘 쓴 작문은 모두 천편일률적이에요. 하지만 홍메이 아젠의 글은 특별해요. 자신의 생활을 사랑하는 격정이 문장 안에 들어 있거든요. 하지만 내용을 떠나 문장이 완벽하지 않았기 때문에 26점밖에 줄 수 없었죠."

선생님들이 내가 쓴 작문을 놓고 이러쿵저러쿵 논하던 시간, 나는 집에 돌아와 밥 한 그릇을 뚝딱 해치웠다. 26점짜리 작문을 쓰느라고 내 뇌가 대량의 에너지를 소모했기 때문이었다. 작문 쓰기는 도시를 한 바퀴 뛰는 것보다 훨씬 더 피곤한 일이었다.

나를 보는 샤오샤오와 또즈의 표정이 이상했다. 뭔가 다 알고 있다는 은밀한 웃음을 짓고 있었다. 엄마가 식탁에 앉자 샤오샤오가 먼저, 그다음으로 또즈가 중간고사 시험지를 꺼냈다. 내가 돼지갈비를 입에 넣고 우적우적 씹고 있을 때였다. 보차이 중학교를 입학한 날부터 식탁 위에는 매일같이 돼지갈비가 올라왔다. 내 성적에 기대가 큰 엄마가 돼지갈비를 만들어 특별히 나를 격려해 준 것이었다. 꾸물거리던 후성도 시험지를 내놓았다.

"우선 후성의 시험지를 보고, 그다음에 샤오샤오와 또즈의 것을 보자. 홍메이 아젠의 시험지는 마지막에 봐야겠다!"

엄마는 내 성적 확인을 이벤트처럼 생각하는 것 같았다. 나는 입 속에 있는 돼지뼈를 꽉 깨물어 오도독거리며 잘게 부수었다. 또즈가 샤오샤오에게 말했다.

"두 과목을 빵점 맞고도 저렇게 소리 내면서 갈비를 씹어 먹고 싶을까?"

엄마가 일부러 큰 소리로 말했다.

"후성이 이번에는 시험을 잘 보았구나. 평균이 61.5점이야. 어쨌든 2학년으로 올라갈 수 있겠네."

후성은 엄마의 칭찬에 의기양양한 표정으로 어깨를 으쓱해 보였다. 샤오샤오는 두 과목에서 100점을 받았다. 또즈의 점수는 두 과목을 합쳐 198.5점이었다.

엄마가 기대에 찬 얼굴로 내게 물었다.

"홍메이 아젠, 네 점수를 알고 있니?"

"26점이에요."

"뭐가 26점이라는 거니?"

엄마는 내가 농담하는 줄로만 여겼다.

"세 과목에 26점요. 사실, 작문 시험만 봤어요. 나머지 두 과목은 백지를 냈거든요."

순간 엄마의 낯빛이 백지처럼 하얘졌다.

"두 과목은 빵점이라고? 왜 답을 쓰지 않았니?"

"시험지에 예쁜 지렁이를 그리고 싶었거든요."

"그래서 시험지에 지렁이를 그렸다고?"

"그냥 연필로만 그렸어요. 색연필이 있었으면 지렁이를 연분홍색으로 칠했을 텐데."

"그게 대체 무슨 뜻이니?"

화가 난 엄마의 얼굴은 무섭게 보였다. 샤오샤오와 또즈는 엄마가 화내기를 진작부터 기다린 모양이었다. 깔깔거리며 웃는 후성의 입 속 음식물들이 사방으로 튀었다.

"엄마, 이번 시험 성적은 제가 3등이에요. 홍메이 아젠이 꼴찌라고요."

"제발 입 좀 다물면 안 되겠니! 그리고 아젠, 그만 먹고 내 방으로 따라와라. 얘기를 좀 해야겠다."

나는 식탁을 떠나기가 못내 아쉬웠다.

"먹으면서 말하면 안 돼요?"

엄마의 어투는 단호했다.

"너는 이 일을 동생들 앞에서 얘기하고 싶니?"

후성이 한마디 했다.

"저 앤 창피한 거 몰라요."

또즈가 끼어들었다.

"도시 전체에 천재로 소문난 사람이 이 난관을 어떻게 돌파해 낼지 궁금한걸."

이번엔 샤오샤오가 내 자존심을 건드렸다.

"이 세상에 천재는 존재하지 않아. 있다면 그건 가짜지."

나는 반박하지 않았다. 그러고 싶은 마음도 없었다. 그 보다는 엄마 방으로 가기 전에 고기를 한 점이라도 더 먹는 게 중요했다.

나이스 캐치! 목적을 달성한 나는 기름이 번들거리는 입 가를 닦으며 방으로 들어갔다. 엄마는 헛바닥으로 입 주위 를 핥는 나를 보고 눈썹을 찌푸리며 휴지 한 장을 건넸다.

"얼른 닦아라. 그렇게 혀를 빼고 핥지 말라고 했잖니? 벌 써 백 번은 말했을 거다."

"백 번까지는 아니에요. 열 번 정도 말씀하셨죠."

"지금 그런 얘긴 그만두자. 내가 널 부른 건 이번 시험 성 적 때문이니까. 시험지에 답을 쓰지 않고 지렁이를 그렸다 고?"

엄마의 이야기가 귀에 들어오지 않았다. 내 머릿속은 식탁 위의 맛있는 음식들로 가득 차 있었다. 그러나 엄마의 이야기가 쉽게 끝날 것 같지 않았다. 엄마는 차 한 잔을 앞에 두고 마라톤처럼 긴 얘기를 시작했다.

이대로 시간을 질질 끌어 봤자 좋을 게 없었다. 결국 이 상황을 모면할 비책을 쓰기로 했다.

"엄마는 제가 다음 시험에 몇 점을 맞으면 좋겠어요?"

"만점."

"만점, 좋아요. 그렇게 할게요."

갑자기 엄마의 얼굴이 환해졌다. 나는 서둘러 방을 나왔다. 엄마가 나를 불러 세웠다.

"말하다 말고 어디 가니?"

"식탁에요. 갈비를 마저 먹어야 하거든요."

다음 날 학교에 가니 시험 성적이 공개돼 있었다. 반 정원 59명 중에서 나는 58등이었다. 류웨는 2등이었다. 먀오즈 선생님이 그녀를 칭찬했다.

내 성적을 본 아이들이 이러쿵저러쿵 떠들기 전에 내가 먼저 별 게 아니라는 듯 크게 웃어 보였다. 하찮은 시험 성적 따위를 두고 온 세상 사람들이 심각하게 구는 것은 정말 웃기는 일이니까.

류웨는 그런 나를 안타깝게 바라보았다. 웃을 때가 아

니라고 말하는 듯한 표정이었다. 하지만 내 몸이 웃음으로 가득 차기라도 한 듯 멈출 수가 없었다.

반 아이들 모두가 나를 보며 웃었다. 먀오즈 선생님도 예외는 아니었다. 내가 간신히 웃음을 멈추자 선생님이 말했다.

"너희들 모두 잘 봤겠지? 반에서 꼴찌를 한 학생이 속도 없이 웃는 모습을. 홍메이 아젠, 질문 하나 해도 될까?"

"너무 심오한 문제가 아니라면요."

"넌 어떻게 이런 상황에서 웃을 수 있는 거니?"

"그냥 너무 웃겨서요."

황미가 갑자기 손을 들고 자리에서 벌떡 일어났다.

"먀오즈 선생님, 저런 학생을 왜 제명하지 않는 거예요?"

황미의 졸병 주잉이 그 말에 동의했다.

"제명해요! 제명해요!"

선생님은 그 아이들에게 조용히 하라는 손짓을 했다.

"교장 선생님께서 이미 홍메이 아젠의 상황을 알고 계신다. 다음 시험에서 일정한 수준에 오르지 못한다면 교장 선생님께서도 홍메이 아젠의 퇴학에 대해 고려하실 거야."

"퇴학이 뭐예요?"

"퇴학이란 너를 보차이 학교에서 제명한다는 뜻이야."

"제명한다는 건 무슨 뜻인가요?"

"제명한다는 건 그 이후로 보차이 중학교에 두 번 다시

올 수 없다는 뜻이지!"

이어서 나는 누가 들어도 바보 같다고 할 만한 질문을 했다.

"제명될 사람은 저 하나뿐인가요?"

반 아이들 전체가 키득거렸다.

사실 내 질문의 의미는 간단했다. 만약 나를 제명한다면 류웨와 함께 제명해 주면 좋겠다는 바람을 담은 것이었다. 그러면 내가 류웨를 찾아 굳이 학교에 갈 필요가 없어질 테니까.

수업이 끝나자 먀오즈 선생님이 내게 교장실로 가 보라고 했다. 교장 선생님과 면담을 하게 된 데에는 복잡한 이유가 있었다. 내가 천재라는 소문을 퍼뜨린 교장 선생님은 인재를 알아보는 자신의 안목에 문제가 있다는 사실을 인정할 수 없었다. 내가 천재인지 아닌지 하는 문제는 더 이상 나 개인의 문제가 아니었다. 교장 선생님의 명망에 흠집을 낼 수 있는 중대사였다.

그의 길고 긴 훈계의 요점은 다음 시험에서 내가 반드시 높은 점수를 받아야 한다는 것이었다.

교장 선생님은 입가에 흰 거품까지 물며 목소리를 높였다. 그가 자신의 머리를 쓸어 넘기자 손가락 사이로 머리카락 한 올이 딸려 나왔다. 그것을 본 교장 선생님이 고통스러운 표정으로 말했다.

"봤지? 머리카락이 또 빠졌다. 하루가 다르게 머리카락의 수가 줄어들고 있어. 학교와 너희들을 위해 내 머리카락이 빠지는 것을 감내하고 있는 거지. 홍메이 아젠, 날 위해 제발 분발해 주려무나."

교장실을 나오면서 살짝 뒤돌아보니 교장 선생님이 바닥에서 뭔가를 소중하게 집어 올리고 있었다. 그것은 한 올의 머리카락이었다.

집으로 가는 길, 한 상점의 쇼윈도에 눈길이 멈추었다. 최신 유행의 의상을 걸친 모델이 쇼윈도 앞에 나와 서 있었다. 하지만 가까이 다가가 보니 류웨였다.

"날이 어두워졌는데, 왜 여기 서 있니?"

"널 기다리고 있었어."

"이상하네, 내 예지력에 이상이 생긴 걸까? 네가 여기서 날 기다리는 걸 왜 몰랐지?"

"할 얘기가 있어서 기다렸어."

"무슨 얘긴데?"

"시험에서 좋은 성적을 거두는 건 네게 너무나도 간단한 일이야. 난 당연히 네가 1등을 할 거라고 생각했어."

"류웨, 넌 내가 1등을 하면 기쁘겠니?"

류웨가 고개를 끄덕였다.

"그렇다면 다음 시험에서는 꼭 1등을 할게."

"그래, 내 용건은 끝났어. 이제 집에 가야겠다."

나는 류웨를 가로막고 섰다.

"조금만 더 있다 가."

류웨가 고개를 저었다.

"아니, 식구들이 기다려."

"내가 집까지 바래다줄게."

"혼자 갈 수 있어."

"네가 어디 사는지 알고 싶어서 그래."

"너도 어서 집에 가야지. 넌 네게 주어진 지금의 시간들을 소중하게 생각해야 해."

무슨 말인지 잘 이해가 되지 않았다.

"왜 그런 말을 하는 거야?"

류웨의 얼굴은 마치 어두운 밤거리처럼 그늘져 있었다.

"나 자신에게 하는 말이기도 해."

나는 한동안 멍하니 그 자리에 서 있었다. 내가 다시 정신을 차렸을 때, 그녀는 이미 밤거리 속으로 사라지고 없었다.

나는 터덜터덜 몇 걸음 걸어가다가 멈춰 섰다. 거리는 갖가지 냄새들로 가득 차 있었다. 류웨의 냄새를 쫓아가고 싶었지만 향수 냄새, 구두약 냄새, 자동차 배기가스 냄새 같은 것들이 내 후각의 방향 감지 능력을 방해했다. 내 생활에 불길한 조짐이 나타난 것이다.

유행성
감기

깊은 밤이었다. 후성이 뭐라고 잠꼬대를 하며 침대에서 벌떡 일어나더니 창문을 향해 걸어 나가려고 했다. 후성은 창문을 밀면서 답답하다는 듯이 물었다.

"문이 왜 안 열리는 거야?"

또즈와 나는 후성 때문에 잠에서 깨어났다. 희미한 달빛에 비친 후성의 모습이 평소와 조금 달라 보였다. 나는 전등을 밝혔다. 밝은 불빛을 향해 돌아선 후성의 얼굴을 보니 열에 들뜬 듯 벌건 데다 입술은 바짝 메마르고 두 눈에 초점이 없었다. 후성은 넋이 나간 표정으로 다시 고개를 돌리더니 주먹으로 유리창을 내리치려 했다. 또즈가 다급한 목소리로 말했다.

"빨리 후성을 말려, 저러다가 유리창을 깨겠어."

나는 얼른 후성의 뒤쪽으로 다가가 꼭 끌어안았다. 잠옷을 걸친 내 몸에 불덩이처럼 뜨거운 후성의 체온이 그대로 느껴졌다.

후성이 내 손을 뿌리치며 창문 밖으로 나가려고 발버둥 쳤다.

"나 좀 시원한 데로 나가게 해 줘. 너무 더워, 너무 덥단 말이야……."

"그건 방문이 아니라 창문이야."

내 말에 후성이 자기 얼굴을 내 얼굴에 바짝 들이대고 한참 들여다보았다.

"홍메이 아젠? 너 어떻게 보차이 중학교에 들어간 거지? 그리고 왜 난 초등학교 1학년밖에 다닐 수 없는 거야? 나는 평균 61.5점을 받았어. 그런데 넌 뭐야? 세 과목에 겨우 26점을 받은 주제에! 너 바보지?"

또즈가 말했다.

"후성이 열이 나서 헛소리를 하고 있는 거야!"

"그렇지만 방금 전 소리는 헛소리 같지 않았어!"

또즈에게 말한 뒤 나는 문 앞에 서서 엄마를 소리쳐 불렀다. 잠시 뒤 엄마가 뛰어 올라와 후성의 이마를 손으로 짚어 보았다.

"열이 나는구나."

엄마는 후성을 침대에 눕히고 이불을 덮어 준 뒤 체온계와 약을 가지러 갔다. 그때 샤오샤오가 열에 달아오른 얼굴로 방에서 나왔다.

"엄마, 나도 아파요."

엄마가 샤오샤오의 이마를 짚어 보더니 잔뜩 긴장한 얼굴로 말했다.

"너도 감기에 걸렸구나."

엄마가 후성과 샤오샤오의 체온을 쟀다. 샤오샤오는 38.4도, 후성은 39도나 되었다.

날이 밝자마자 엄마는 두 아이를 데리고 병원으로 갔다. 나는 또즈와 둘이서 아침을 먹었다. 또즈는 유난히 기운이 없어 보였다.

"또즈, 너도 열이 있는 것 같은데."

"난 아프지 않아!"

학교에 가 보니 결석한 학생이 적지 않았다. 먀오즈 선생님이 학생들에게 통지했다.

"지금 이 도시에 바이러스가 퍼지고 있단다. 아무래도 유행성 감기인 것 같으니 모두들 예방에 힘쓰도록."

먀오즈 선생님은 바이러스의 위험에 대해 얘기하면서 하얀 알약을 입 속으로 털어 넣었다. 그 순간 나는 연약한 류웨가 유행성 감기에 걸리기 쉽겠다는 생각에 걱정이 되어 견딜 수가 없었다.

하지만 나의 우려와는 달리 류웨는 건강한 모습으로 등교했다. 사십오 분, 그 길고 지루한 수업 시간 내내 류웨는 반듯하게 앉아 있었다. 바이러스에 감염되지 않은 여학생은 류웨 하나뿐이었다.

교장 선생님이 보건 교사와 수행원들을 데리고 각 반을 돌며 학생들의 건강 상태를 체크했다. 그들은 우리 반에서 가장 많은 시간을 보냈다. 교장 선생님은 자신의 소중한 머리카락이 아무렇게나 휘날리는 줄도 모르고, 세상에서 제일 바쁜 사람처럼 뛰어다녔다. 그 와중에 보건 교사에게 명령을 내리기도 했다. 되도록 빨리 큰 병원에 연락을 취해서 학교에 퍼진 유행성 감기를 퇴치하라는 게 명령의 요지였다. 벌겋게 충혈된 눈으로 묵묵히 시키는 일만 하는 보건 교사를 보고 있으니 안쓰러운 마음이 들었다.

교장 선생님은 건강한 류웨를 보더니 깜짝 놀랐다.

"류웨는 바이러스에 감염되지 않았구나. 정말 다행이다."

그러고는 수행원들에게 류웨를 소개했다.

"여러분에게 소개하지요. 얘가 바로 1학년 12반에서 2등을 한 수재, 류웨입니다."

사람들의 시선이 쏠리자, 류웨의 얼굴이 빨갛게 달아올랐다. 수행원 중에서 안경을 쓴 남자 교사가 물었다.

"홍메이 아젠은 어디 있습니까? 교장 선생님께서 발견

한 천재라고 들었는데, 한번 만나 보고 싶군요."

그런데 교장 선생님은 아무 얘기도 못 들은 척하며 교실 밖으로 나갔다. 조금 전까지만 해도 흥분으로 고조돼 있던 교장의 목소리가 착 가라앉았다.

"자, 갑시다. 다른 반도 둘러봐야지요."

불행하게도 나는 분위기 파악을 잘하는 아이가 아니었다. 나는 안경을 쓴 남자 교사를 향해 손을 번쩍 들었다.

"제가 홍메이 아젠입니다."

그가 안경 너머로 나를 빤히 보며 말했다.

"외모에 별다른 특징은 없군요. 정말 준수하게 생겼어요."

교장 선생님이 그의 관심을 돌리려고 했다.

"저 아이는 성적이 좋았다 나빴다 하는 학생입니다."

안경을 쓴 교사가 교장 선생님에게 물었다.

"홍메이 아젠이 무슨 잘못이라도 저지른 것처럼 말씀하시는군요?"

그때 교장 선생님이 곱지 않은 시선으로 나를 힐끗 보았다. 그러고는 두어 번 헛기침을 했다.

"흠흠, 지금 시급한 문제는 유행성 감기 바이러스의 확산을 방지하는 것입니다."

안경을 쓴 교사는 교장을 따라가며 집요하게 물었다. 나처럼 궁금한 것은 절대 참지 못하는 성격이 분명했다.

"홍메이 아젠이 어떤 잘못을 했는데 그러십니까?"

나는 어쩐지 억울하다는 생각이 들어 이렇게 소리쳤다.

"저는 잘못한 게 없어요. 어째서 모두들 제가 늘 잘못을 한다고 생각하는 거죠?"

류웨가 나를 빤히 쳐다보았다. 그런데 평소의 천사 같은 눈빛이 아니었다.

"왜 너까지 나를 그런 눈으로 보니? 어째서 나를 째려보는 거야?"

"말을 가려서 해야 할 때가 있어."

"상관없어. 난 하고 싶은 말은 다 할 거야."

류웨의 표정과 말투에서 찬바람이 쌩쌩 불었다.

"네 멋대로 하렴. 그리고 이제부터는 날 아는 척하지 마."

그녀의 으름장에 나는 얼른 꼬리를 내렸다. 그 상황을 모면하기 위한 연기였다.

"내가 말을 잘못한 거니?"

내가 반성하는 태도를 보였는데도 류웨는 나를 외면하며 하루 종일 유령 취급했다. 그녀의 냉랭한 태도 때문에 나는 그 무엇에도 집중할 수가 없었다. 류웨와 단둘이 얘기를 나눠 보려고 학교가 파하기를 기다렸지만 잠시 한눈을 판 사이 그녀는 사라져 버렸다.

그날 밤, 깊은 잠에 빠져 있는데 샤오샤오의 방에서 쿵

하는 심상찮은 소리가 들려왔다. 그런 소리는 사위가 고요한 밤이면 더 크고 무섭게 들리기 마련이다. 또즈도 놀라 잠에서 깬 것 같았다.

"무슨 소리지?"

"아무래도 샤오샤오가 침대에서 떨어진 것 같은데."

우리는 샤오샤오의 방으로 달려가 형광등 스위치를 올렸다. 하지만 샤오샤오의 모습은 어디에도 보이지 않았다. 또즈는 바짝 긴장해서 내 뒤로 자꾸만 숨으려고 했다.

나는 바닥에 납작 엎드려 침대 아래를 살폈다. 샤오샤오는 크고 작은 종이 상자들 사이에 웅크린 채 떨고 있었다.

"샤오샤오, 꿈꿨니?"

내가 말을 걸어도 샤오샤오는 정신을 차리지 못했다. 나와 또즈의 소란에 엄마도 잠에서 깨어나 샤오샤오의 방으로 올라왔다. 엄마가 샤오샤오의 이마를 짚어 보고는 다급한 목소리로 말했다.

"큰일 났구나. 열이 펄펄 끓네. 약을 먹으면 좋아질 줄 알았는데 안 되겠다. 지금 병원에 데려가 링거를 맞아야겠어. 아젠, 얼른 119에 전화를 걸어라! 구급차를 보내 줄 거야!"

부랴부랴 119에 전화를 걸었다. 당직자가 사무적인 목소리로 말했다. 구급차는 모두 출동한 상태이고, 현재 유행성 감기로 링거를 맞는 사람들이 너무 많아서 병원 복도까지 북적거린다고. 나는 그의 멱살이라도 잡고 따져 묻고 싶었다. 그럼 내 동생은 어떡하란 말인가! 하지만 그런다고 샤오샤오의 열이 내릴 리는 없었다. 나는 엄마를 향해 힘없이 고개를 저었다.

"그럼 큰길로 나가서 택시를 불러오렴!"

택시를 잡으러 간 또즈가 한참 만에 헐떡이며 돌아왔다. 한밤중이라 도로에 택시가 한 대도 없다고 했다.

샤오샤오는 작은 상자를 꼭 끌어안고서 세 명의 후성이 지우개를 뺏으려고 한다고 소리 질렀다. 열에 들떠 하는 헛소리였다. 엄마가 자고 있던 후성을 흔들어 깨웠다.

"후성, 어서 일어나라. 너와 아젠이 병원까지 샤오샤오를 업고 가야겠다."

후성은 내키지 않는다는 얼굴로 말했다.

"저도 다 낫지 않은걸요."

후성의 뒤통수라도 때려 주고 싶었다. 평생 오빠 노릇은 하기 힘든 녀석이다. 후성의 말에 엄마는 금세라도 울 것 같은 표정으로 나를 돌아보았다.

"그럼 우리 둘이서라도 샤오샤오를 데리고 가자꾸나."

"제가 업고 갈게요. 엄마는 뒤에서 저를 따라오시기만 하면 돼요."

나는 샤오샤오를 업고 뛰기 시작했다. 이른 봄의 차가운 밤공기에 샤오샤오가 잠시 정신을 차렸다.

"지금 어디 가는 거야?"

"병원. 네가 너무 많이 아파서 모두들 놀랐잖아."

나는 샤오샤오의 맑은 목소리를 듣는 것만으로도 너무 기뻤다. 그때 숨을 몰아쉬는 엄마의 목소리가 뒤에서 들려왔다.

"아젠, 조금만 천천히 뛰어라. 내가 쫓아갈 수가 없잖니."

샤오샤오는 코를 내 목덜미에 묻고 크게 숨을 쉬었다.

"아젠 오빠, 오빠 냄새를 맡으니까 어렸을 때 키우던 내 강아지 생각이 나."

"냄새가 고약하면 맡지 마."

"아냐, 친절한 느낌이 드는 냄새야."

"이제 내 목에서 떨어져. 간지럽잖아."

그때 샤오샤오가 갑자기 더듬거리며 화제를 바꿨다. 오랫동안 망설여 온 얘기라는 게 느껴졌다.

"아젠 오빠, 내가 오빠에게 화가 나 있었던 거 알아?"

"아니."

"알면서……. 또즈 오빠랑 같이 오빠를 무시하기로 했었는걸."

"전혀 느끼지 못했어."

"오빠가 후성이랑 같이 놀았기 때문이야."

"내가 그랬나?"

"오빠가 갑자기 보차이 중학교에 입학했을 때 불쾌한 기분이 드는 거야. 그래서 책을 찾아봤는데 나와 똑같은 마음을 어떻게 부르는지 나와 있었어. 엄마가 그렇게 말한 적도 있고."

"그게 뭔데?"

"질투라고 하더라."

"그런 단어가 있어? 질투, 질투, 질투라⋯⋯."

여러 번 읊조려 보았다. 참 이상한 단어라는 생각이 들었다.

샤오샤오는 병원에 도착해서 링거를 맞고 누웠다. 그제야 엄마는 한숨을 돌리며 내 이마의 땀을 닦아 주었다.

"아젠, 이렇게 먼 거리를 달려왔는데, 피곤하지 않니?"

"괜찮아요, 샤오샤오가 링거를 다 맞고 나면 제가 다시 업고 갈게요."

"안 돼, 그럼 네가 너무 힘들잖니."

샤오샤오가 병원 복도에 마련된 임시 침대에 누워 엄마를 졸랐다.

"엄마, 아젠 오빠더러 날 업고 가라고 해요."

링거 바늘을 팔에 꽂자 샤오샤오가 스르르 감기는 눈으로 나를 보았다. 그러더니 나보고 가까이 오라고 손짓했다. 또 내 목덜미의 땀 냄새를 맡고 싶다는 것이었다. 나는 여동생이 원하는 대로 해 주었다.

내가 아프기 시작한 것은 유행성 감기가 도시에서 사라지고 나서도 보름이 지난 뒤였다.

엄마는 나를 위해 돼지갈비를 만들어 주었다. 그 음식을 보면 내 식욕이 돌아올 거라고 생각한 것이다. 하지만 소용없었다. 나는 음식 냄새를 맡자 역한 느낌을 참을 수 없었다. 체온을 재 보았지만 열은 높지 않았다. 다만 온몸에 기운이 없었다.

"홍메이 아젠, 병원에 가서 검사를 해 보자. 더 이상 그냥 두면 안 될 것 같구나."

엄마는 특별히 전문의에게 진찰을 신청했다. 머리가 희끗한 늙은 의사가 내 몸 이곳저곳을 검사해 보더니 물었다.

"넌 아주 건강한 것 같은데. 왜 검사를 받으러 온 거니?"

"머리가 아프고, 온몸에 힘이 없고, 식욕도 없어요. 평소 좋아하던 돼지갈비는 냄새뿐 아니라 보는 것도 싫어요. 그리고 자꾸만 과거의 일들이 떠올라 혼자서 한바탕 울고만 싶어요……."

늙은 의사가 아무것도 모르겠다는 듯 고개를 절레절레 흔들었다.

"난 한 번도 너처럼 건강한…… 환자를 본 적이 없구나."

의사의 소견에도 엄마는 마음을 놓지 못했다.

"홍메이 아젠이 무슨 병에 걸린 건가요?"

"저는 과학을 믿는 의사입니다. 하지만 이 아이를 보니 정확한 진단을 내리기는 어렵네요. 다른 병원에 가서 검사를 좀 더 받아 보시죠."

"그렇지만 선생님이 전문가이시잖아요?"

"전문가라도 어쩔 수 없을 때가 있습니다. 정말 죄송합니다. 다음 환자!"

의사가 문 앞에 있는 간호사를 향해 소리쳤다. 처음부터 그에게 내 병을 고쳐 보겠다는 의지 따위는 없었던 것이다. 더 많은 환자를 받는 일에만 혈안이 되어 있었다.

병원을 나오며 엄마에게 말했다.

"혼자 좀 걷고 싶어요."

"그것도 괜찮겠구나. 난 시장 보러 가야겠다. 먹고 싶은 게 있니?"

"아무것도 먹고 싶지 않아요. 자꾸 토하고만 싶은걸요."

배 속에서 자꾸만 올라오는 뭔가를 억누르느라 식은땀이 났다. 엄마와 헤어진 뒤 걷다 쉬다를 반복했다. 햇볕이 따스하고 바람 없는 곳에 눕고 싶었다. 이른 봄바람이 길거리에 떨어진 종잇조각들을 하늘 위로 날아 올렸다. 종잇조각들이 분분히 하늘 위를 날아다니다 이내 땅으로 떨어졌다. 아득한 눈길로 그 종잇조각들을 바라보았다. 나는 그 종이들이 다시 날아오르기를 간절히 바랐다.

온몸이 쿡쿡 쑤시고 아파 견딜 수가 없었다. 그때 간판 하나가 눈에 들어왔다. 개의 그림이 그려진 아크릴 간판이었다. '동물병원'이라고 쓰여 있었다. 나는 주저 없이 안으로 들어갔다. 친근한 느낌이 들었다.

신문을 보고 있던 남자가 고개를 들었다.

"여기는 동물병원이야. 아프면 사람을 치료하는 큰 병원으로 가야지."

벽에는 각종 개의 그림이 붙어 있었다. 과거의 나는 털이 짧은 개였는데, 사진 속의 개들은 하나같이 털이 길었다.

"제…… 애완견이 아파요."

그제야 남자는 신문을 내려놓고 나를 쳐다보았다.

"무슨 종이지?"

"……?"

"어느 나라 개냐고."

"아, 우리나라 토종견이에요."

"그것도 애완견이라고 하나?"

"그럼 외국 개만 애완견이라고 하나요?"

"당연하지, 외국 개가 비싸니까."

동물병원 의사와 토종견이니 외국견이니 하는 말싸움을 길게 하고 싶지 않았다. 내 증상에 대해 설명하기 시작했다.

"머리가 아프고, 온몸에 힘도 없고, 식욕이 없고, 자꾸 눕고만 싶어요."

내 설명이 점점 자세해지자 의사의 눈이 동그래졌다.

"너희 집 개는 말을 할 줄 아니?"

"당연히……! 못하죠……."

"그런데 어떻게 머리가 아프고 힘이 없고 식욕이 없고 눕고 싶어 한다는 것을 알 수가 있니?"

"그냥…… 아무렇게나 추측해 본 거예요."

의사가 빈정거리는 말투로 나를 나무랐다.

"너 같은 애가 동물의 증상을 알 수 있으면 우리 같은 수의사가 왜 필요하겠니?"

무심코 한 내 얘기가 수의사의 자존심을 건드린 모양이었다. 그의 기분을 풀어 주어야겠다는 생각이 들었다. 병을 고치고 이 끔찍한 고통에서 벗어나려면 어쩔 수 없었다.

정말 더러워서 못해 먹겠다 싶은 게 사람 노릇이라는 생각이 들 때가 있다. 바로 지금이 그랬다. 적어도 개로 살아갈 적에는 이렇게 구차하게 굴 일이 없었는데.

"다년간의 경험으로 판단해 보시면 알 수 있으시잖아요. 제 개가 먹지도 마시지도 않는데 무슨 병에 걸린 걸까요? 선생님은 듣자마자 아셨을 거예요."

한껏 치켜세우자, 수의사의 미간 주름이 천천히 펴지기 시작했다.

"당연히 알았지. 그런 사소한 병도 진단하지 못하면서 여기 앉아 있겠니?"

수의사는 사흘치의 약을 처방해 주었다. 시간 맞추어 챙겨 먹인 뒤에도 차도가 없으면 다시 오라고 했다. 그런데 약값을 치르려고 보니 돈이 턱없이 부족했다.

"돈이 모자라니 두 알만 주세요."

"두 알로 어떻게 병이 치료되겠니?"

나는 약을 손에 쥔 채로 병원을 나왔다. 그러고는 얼른 알약을 입 속에 털어 넣고 물도 없이 꿀꺽 삼켰다. 신기하게도 몸이 가뿐하게 느껴졌다. 역시 내게는 수의사가 명의였다.

집 안으로 들어서면서 목청 높여 소리쳤다.

"엄마, 저 돼지갈비 먹고 싶어요!"

집안 식구들이 놀란 얼굴로 나를 쳐다보았다.

"이제 다 나은 거야?"

"응!"

숲속 주점의
약속

보차이 중학교의 춘계 도시 순환 마라톤 대회가 사흘 뒤로 다가왔다. 수많은 남녀 학생들이 운동장을 뛰며 연습에 전념했다. 운동장을 다 돌고 난 황미가 내 쪽으로 다가왔다.

"홍메이 아젠, 너 대회 참가 신청을 안 했지?"

탐색하듯 묻는 녀석이 나의 대회 참가를 바라는 건지 아닌지 당최 그 속마음을 알 수가 없었다. 능구렁이 같은 놈.

"왜 나한테 그런 걸 묻지?"

황미가 얼버무리듯이 모호하게 대답했다.

"넌 평소에 달리기 연습을 잘 하지 않으니까!"

"달리기를 무슨 연습까지 하냐? 나는 태어나면서부터 잘 달렸어."

황미가 얼이 빠진 표정을 지었다.

"지금 네 말은 한 번도 장거리 달리기 연습을 하지 않았다는 거야?"

"당연하지!"

"달리기가 꽤 빠르던데……."

그러고 보니 황미와의 첫 만남이 떠올랐다. 황미와 주잉이 후성의 허리띠를 빼앗아 도망가는 걸 내가 달려가 붙잡았다. 아마도 그때 내 달리기 속도에 놀랐을 테지.

학교가 파할 무렵 체육 교사인 우다오 선생이 나를 찾아왔다. 내 이름을 부르는 선생님을 보았을 때 나는 소스라치게 놀랐다. 선생님은 예전과 달리 아주 홀쭉하게 말라 있었다. 그뿐 아니라 유난히 쪼글쪼글해진 피부 때문에 눈에 띄게 늙어 보였다.

"훙메이 아젠, 달리기 대회까지 사흘밖에 남지 않았어. 어째서 넌 여태 참가 신청도 하지 않았니? 네 신청서를 계속 기다리고 있는데."

"달리기 하는데 참가 신청을 해야 하는 건지 몰랐어요. 시합 당일에 사람들과 함께 뛰면 되는 줄 알았거든요."

"생각하는 게 어릴 적의 나와 꼭 닮았구나. 잘 들어라, 아젠. 반드시 정식으로 참가 신청을 해야 한다. 이 대회에서 네가 보차이 중학교의 기록을 갱신하게 되면 명문 고등학교에 입학할 때 혜택을 받을 수 있단다."

"참가 신청을 하는 게 중요한 일이라면 그렇게 할게요."

우다오 선생님은 내 대답이 만족스러운지 환하게 미소 지었다. 그만큼 입가의 주름살도 깊게 패여 보였다.

"선생님, 많이…… 늙어 보이세요."

우다오 선생님은 자신의 얼굴을 쓰다듬으며 믿기지 않는다는 듯 말했다.

"내가 늙었다고?"

류웨가 나를 거들었다.

"우다오 선생님, 거울 좀 보세요."

류웨가 주머니에서 작은 거울을 꺼내서 우다오 선생님에게 건넸다. 선생님은 거울 속의 자신을 한참 동안 들여다보다가 말했다.

"내 얼굴이 참 못생겼구나."

우리들의 대화를 듣고 있던 황미가 갑자기 끼어들었다.

"아니에요, 선생님은 아주 혈기왕성해 보이세요. 특히 코가 반듯하고 멋져요."

"황미, 넌 또 아무 생각 없이 아부를 하는구나."

황미가 나를 뚫어지게 바라보았다.

"근데, 선생님의 코와 홍메이 아젠의 코가 똑같이 닮았잖아!"

황미가 그렇게 말하자 구경하려는 아이들이 우리 주변으로 우르르 몰려들었다. 어떤 아이는 나의 머리카락과 우다오 선생님의 머리카락이 비슷하다고 했고, 어떤 아이는 귀가 꼭 닮았다고 호들갑을 떨었다.

다른 녀석들이 뭐라고 떠들든 상관없었다. 나는 류웨의 생각이 가장 궁금했다.

"네가 보기에도 나하고 선생님이 닮은 거 같니?"

류웨가 고개를 끄덕였다.

"특히 눈."

나는 류웨의 말이라면 무조건 믿을 수 있다. 내게 그녀는 연분홍 지렁이를 떠올리게 하는 유일한 사람이니까. 연분홍 지렁이가 죽었을 때 나는 얼마나 상심했던가. 그러나 류웨를 통해 지렁이를 영원히 기억할 수 있었다. 무엇보다 류웨는 내게 위로를 주는 존재다. 류웨와의 만남을 통해 인생이 한치 앞도 예측할 수 없는 것이라는 사실을 실감할 수 있었다. 그렇기 때문에 이상하고 매력적이라는 것도.

사람들의 눈에 관심을 가진 적이 없었다. 동물과 사람에게는 모두 눈이 두 개씩 달려 있으니까 말이다. 나는 류웨의 작은 거울을 들여다보고 나서야 내 눈과 우다오 선생님의 눈이 꼭 닮은 것을 알 수 있었다. 그러나 정작 선생님은 별 관심을 보이지 않았다. 다만 교실을 나가기 전 한마디 했을 뿐이다.

"대회 날, 널 지켜보마."

방과 후, 교문을 나서는데 황미와 주잉이 나를 기다리고 있었다. 꽤나 귀찮은 녀석들이다.

"훙메이 아젠, 널 한참 동안 기다렸어."

"무슨 일이야?"

"너를 '숲속 주점'으로 초대하려고."

"난 술 같은 건 안 마셔. 냄새만 맡아도 머리가 빙빙 도는 것 같더라."

단칼에 그 애들의 제안을 거절했다.

"주점에 간다고 꼭 술을 마시는 건 아냐. 주스를 마시면서 음악을 들을 수도 있어."

"무슨 음악이 있는데?"

내가 흥미를 보이자 이때다 싶었는지 주잉이 나를 살살 꼬드겼다.

"무슨 음악이든지 듣고 싶은 대로 다 들을 수 있지. 그러니까 같이 가자!"

창구 앞에서 음악을 듣던 기억이 새삼스럽게 떠올랐다. 녀석들의 꾐 때문이 아니라 그때처럼 음악을 듣고 싶었다. 먼저 엄마한테 허락을 받아야 했다.

황미가 내게 전화 카드를 내밀었다. 미리 준비라도 한 것 같았다. 엄마는 중학생이 밤에 돌아다니는 것은 아주 위험하다면서 음악을 들으러 가는 것은 좋지만 일찍 돌아오라고 당부했다. 황미가 전화기를 낚아챘다.

"아줌마, 아무 걱정 마세요. 금방 돌아갈 거예요. 그리고 주점 주인이 우리 아빠시거든요."

숲속 주점 안의 불빛은 희미했고, 뭐라고 표현하기 어려운 냄새로 가득 차 있었다. 술 냄새와 담배 냄새, 향수 냄새가 뒤섞인 술집 특유의 냄새가 내 코를 끊임없이 자극했다. 경련이 날 것만 같아 코를 꽉 움켜쥐었다. 주점 안에는 수많은 원탁이 있었고, 그 위에는 꽃들이 놓여 있었다. 꽃향기를 맡는데 재채기가 나왔다. 젠장, 조화였다. 나는 그것들을 바닥에 내동댕이쳤다.

황미의 아빠는 주점에 없었다. 그러나 대부분의 직원들이 황미를 알아보고 손을 흔들었다. 황미는 물 만난 물고기처럼 주점을 휘젓고 다녔다. 유난히 생기발랄해 보였다. 황미가 나에게 시켜 준 사과 주스는 코끝이 간질거릴 정도로 달콤했다. 주잉은 컵에 담긴 주스를 단숨에 마신 뒤 "한 잔 더!"라고 외쳤다.

그러자 황미가 주잉에게 눈치를 주었다.

"오늘은 홍메이 아젠을 대접하는 자리란 걸 잊었니? 넌 두 잔 이상 마시면 안 돼."

주잉이 능글맞은 얼굴로 손가락 세 개를 들어 올렸다.

"세 잔."

황미가 손가락 두 개를 펼쳐 보였다.

"두 잔!"

주잉이 협상을 포기하고 입맛을 다셨다.

"뭐, 두 잔이라도 할 수 없지."

"난 이렇게 달콤한 주스는 싫어."

내가 불만을 표시하자 황미가 다정하게 물었다.

"그럼 뭐가 좋아? 여기에 있는 거라면 뭐든지 말만 해."

"음식을 시켜 줘."

황미가 종업원을 불렀다.

"우리 주점에서 제일 맛있는 게 뭐죠?"

종업원이 화려한 요리의 이름들을 줄줄이 외우기 시작했다. 그중에서 인상적인 이름의 요리가 있었다.

"육포 요리로 하자!"

나는 육포 요리 다섯 접시를 순식간에 비웠다. 황미가 내 엄청난 식욕에 혀를 내둘렀다.

"육포에는 소 힘줄이 있어서 제대로 씹기도 힘들던데……."

"나는 그 힘줄 때문에 육포 요리가 좋아."

"어쨌든 이제는 배가 좀 부르겠지?"

"다섯 접시만 더 먹으면 딱 좋을 것 같은데. 종업원에게 두 접시씩 말고 한꺼번에 가져오라고 말해 줘. 그리고 접시 안에 고기가 좀 적다고도 전해 주고."

"홍메이 아젠, 한 접시에 고기가 백 그램씩 들어 있으니까 열 접시면 일 킬로그램이야! 그게 적단 말이니?"

"식사에 초대했으면 배부르게 먹게는 해 줘야 할 거 아니니?"

"당연하지, 그렇지만 넌 먹어도 너무 잘 먹는다. 그것도 질긴 육포 요리를 말이야."

여덟 번째 접시를 비우고 있는데 어디선가 익숙한 음악이 들려왔다. 나는 씹기를 멈추고 귀를 기울였다. 도시에 와서 처음으로 내 마음을 끄는 음악을 만난 것이었다. 음악의 선율이 소 힘줄을 씹느라고 힘을 준 내 양 볼의 긴장을 풀어 주었고, 오래된 과거와 먼 미래에 대한 생각까지 일깨웠다. 너무나도 놀라운 경험이었다.

나는 그 음악을 연속으로 틀어 달라고 부탁했다. 황미는 더 좋은 음악이 있다면서 다른 음악을 들려주려고 했지만 나는 그 음악만 듣겠다고 고집을 부렸다. 결국 황미는 연속으로 열 번이면 되겠냐고 나를 달래야 했다. 나는 그제야 순한 양처럼 고개를 끄덕였다.

저녁 아홉 시가 되자 나는 집에 가야겠다며 자리에서 일어났다. 황미가 나를 붙들었다.

"오늘 재미있었지?"

"응, 괜찮았어."

"나 네게 하려던 중요한 얘기를 아직 못 했어."

"무슨 일인데? 아까 하지 그랬니?"

"네가 육포 요리를 다 먹을 때까지 기다린 거야. 지금 애기 할게."

황미의 지나친 친절과 망설임이 어색하게 느껴졌다. 나는 이상한 예감을 털어 내듯이 일부러 쾌활한 목소리로 대꾸했다.

"왜 그렇게 우물쭈물하고 그래, 어서 솔직하게 말해 봐."

황미가 잠시 망설이는가 싶더니 본론을 꺼냈다.

"이틀 뒤에 도시 순환 마라톤 대회가 열리는 건 너도 알고 있지? 거기서 내가 1등을 하고 싶어. 누군가와 1등을 놓고 다투기도 싫고. 그래서 요 며칠 동안 내 경쟁 상대들을 관찰해 보았는데, 나와 견줄 수 있는 사람은 한 명뿐이었어. 그게 바로 너야. 난 1등을 너에게 뺏기고 싶지 않아. 내 말뜻, 알아들었지?"

녀석의 얘기를 듣고 있자니 트림이 나왔다. 육포 냄새가 올라왔다. 황미와 주잉에게 다른 꿍꿍이가 있을 거란 걸 왜 미처 생각하지 못한 걸까. 나는 육포 요리를 맛보게 해 주고 〈Take Me Home Country Road〉라는 명곡을 알게 해 주어서 정말 고맙다고 말했다. 나로서는 최대한 예의를 지킨 행동이었다.

황미가 돌아서는 나를 다시 붙들었다.

"내가 한 말에 아직 답을 안 했잖아?"

"너, 뭐라고 했지?"

"달리기 대회 말이야."

"달리기야 달리기만 하면 되지, 누가 1등이 되건 난 관심 없어."

황미는 원하는 대답을 들은 듯 휴 하고 안도의 한숨을 내뱉었다.

보차이 중학교에서 춘계 도시 순환 마라톤 대회가 시작되기 오 분 전, 우다오 선생님이 쓰러졌다. 그때 선생님의 목에는 흰색 호루라기가 걸려 있었고, 손에는 출발을 알리는 붉은 깃발이 쥐여진 채였다. 선수들이 출발점에서 웅성거렸다. 선생님은 피곤한 눈으로 누군가를 찾는 듯 두리번거리다가 나를 발견하고는 손짓했다.

"반드시 좋은 성적을 내야 한다."

그러고는 사람 좋게 웃었다. 선생님의 얼굴 주름이 한층 더 깊어져 있었다. 나는 그 모습이 너무 안타까워 가만있을 수가 없었다.

"웃지 마세요. 선생님은 웃지 않을 때가 더 건강해 보여요."

우다오 선생님은 여러 사람의 부축을 받으며 운동장을 떠났다. 교장 선생님이 그를 대신해서 출발 신호를 보냈다. 그 순간 나는 모든 일을 잊기로 했다. 오직 귓가에 스치는 봄바람의 부드러운 기척만을 느끼며 미친 듯이 앞을 향해 달렸다.

내가 모든 사람을 제치고 멀찌감치 앞서 가자 행사 코스 인도 차량의 운전사가 차창 밖으로 목을 빼고 소리쳤다.

"훙메이 아젠, 조금만 천천히 달리면 안 되겠니? 차가 널 따라가지 못하잖아!"

그러나 그 사람의 고함 소리는 어느 순간 들리지 않았다. 나는 그저 달리고, 또 달릴 뿐이었다.

"나는 심판원이야! 적어도 인도 차량이 너보다는 앞서 가야 하지 않겠니!"

이른 봄의 따스한 바람은 마치 음악처럼 내 귓바퀴를 감싸듯 돌고 어디론가 사라졌다. 나는 뛰면서 바람이 창조해 낸 음악 속으로 한없이 빠져들었다.

달리기 대회가 끝난 뒤 내가 수많은 기록을 갱신했다는 얘기를 전해 들었다. 보차이 중학교의 기록뿐만 아니라 시전체 중학교의 기록을 깼다고 했다. 그날 대회를 지켜본 사람들은 모두들 한마디씩 했다.

"중학생의 달리기가 아니었어. 동물이 바람을 가르면서 달리는 것 같았지."

황미와 주잉은 대회가 끝나자 나를 찾아와 다짜고짜 육포 요리 열 접시 값을 변상하라고 했다. 나는 흔쾌히 그러겠다고 대답했다. 그러나 한 가지만은 돌려줄 수 없었다.

황미가 내 똥구멍을 뒤져서라도 찾아낼 기세로 물었다.

"한 가지? 그게 뭔데?"

"〈Take Me Home Country Road〉라는 곡. 그 음악은 이미 내 귓속 깊이 박혀 버렸거든."

"음악? 그딴 건 필요 없어. 그건 한 푼의 가치도 없는걸."

주잉이 옆에서 소리쳤다.

"홍메이 아젠, 어떻게 너 같은 바보가 있냐?"

"너희가 나보다 더한 바보야!" 하고 말해 보았자 알아듣지도 못할 놈들이었다. 앞에 서 있는 두 바보 녀석을 보고 있자니 나도 모르게 실실 웃음이 났다. 영문을 알 리 없는 황미가 호통을 쳤다.

"이 바보 녀석아, 대체 뭐가 좋다고 웃고 난리냐?"

그래도 웃음은 멈추지 않았다. 나는 아예 배꼽을 잡고 깔깔거렸다.

똑같은
혈액형

교장 선생님이 문을 벌컥 열고 교실로 들어왔다. 먀오즈 선생님의 수업 중이었다. 언제나 우리에게 예의범절을 강조하면서 방에 들어갈 때는 반드시 노크를 해야 한다고 가르쳐 놓고선! 어지간히 급한 일인가 보았다. 그는 먀오즈 선생님에게 귓속말을 하고는 들어올 때와 마찬가지로 서둘러 나갔다. 선생님의 안색이 불안하게 바뀌어 있었다.

한 학생이 물었다.

"선생님, 무슨 일이에요?"

"묻지 마라. 이건 어른들 일이야."

이번에도 어떤 예감이 머릿속을 스쳐 갔다. 우다오 선생님…… 선생님에게 안 좋은 일이 생긴 것이다! 내가 확신을 갖기 전에 맨 앞줄에 앉아 있던 류웨가 슬픔에 떨리는 목소리로 말했다.

"혹시 우다오 선생님의 병이 위중해진 건가요?"

먀오즈 선생님의 눈길이 류웨의 얼굴에 한동안 머물더니 어쩔 수 없다는 듯 고개를 주억거렸다. 그러고는 류웨의 머리를 쓰다듬으며 말을 이었다.

"그래, 류웨의 말이 맞아. 우다오 선생님께서 위중하시다는구나. 어젯밤에 피를 많이 토하셨대. 방금 전 교장 선생님께서 선생님들의 헌혈이 필요하다는 말씀을 전하고 가셨어."

내가 손을 들었다.

"우리도 다 같이 가요."

그때 황미가 내 말을 막았다. 정말 끼어들기가 특기인 녀석이다.

"홍메이 아젠, 이 바보야. 우리는 미성년자야, 성장기 청소년이라고. 우리 같은 학생의 헌혈은 법으로 금지되어 있어."

먀오즈 선생님이 고개를 끄덕였다.

"황미의 말이 맞다. 교장 선생님께서 방송국의 도움을 얻어 시민들에게 헌혈을 호소해 보겠다고 하셨어. 그렇지만 우다오 선생님의 혈액형이 너무 특별해서 구하기 어렵다는 게 문제란다. 백 명이 넘는 헌혈 희망자의 혈액을 검사해 봤는데 우다오 선생님에게 맞는 혈액은 하나도 없었어. 전문가의 말에 따르면 천 명 중 하나만 맞아도 행운이라는구나."

먀오즈 선생님의 이야기에 반 분위기가 숙연해졌다.

수업이 끝난 뒤 먀오즈 선생님을 찾아가 우다오 선생님의 병문안을 가고 싶다고 말했다. 하지만 선생님은 다음 수학 수업에 반드시 참석해야 한다며 허락해 주지 않았다. 지난 중간고사 시험지에 지렁이를 그린 일을 다시 언급하면서 다른 학생들은 병문안을 갈 수 있어도 나는 절대 안 된다고 했다. 어른들은 이런 위급한 상황에서도 자신에게 유리한 일들은 절대 잊지 않는 것 같다. 놀라운 능력이다.

먀오즈 선생님이 중간고사 시험지 이야기를 자꾸 꺼내는 게 너무 싫다. 특히 지렁이를 언급하는 건 질색이다. 하지만 걸핏하면 그 일에 대해 떠들어 댔다. 그렇게 똑같은 말을 반복하며 에너지를 쏟는 일이 피곤하지는 않은지 진심으로 궁금했다.

먀오즈 선생님의 엄포보다 우다오 선생님의 건강이 마음에 걸렸다. 결국 병원에 가 보기로 했다. 누구도 나를 막을 수는 없었다.

병원으로 나서기 전, 한 가지 의문이 내 마음을 무겁게 했다. 헌혈이 시급한 지금, 우다오 선생님의 가족과 친척들은 모두 어디에 있는가 하는 문제였다. 어째서 우다오 선생님의 가족 중에 혈액형이 같은 사람이 단 한 명도 없는 걸까?

류웨라면 알고 있을 것 같았다. 나는 교실과 운동장으로 그녀를 찾아다녔다. 류웨는 햇빛이 닿지 않는 응달진 곳에 혼자 서 있었다. 평소와 다른 분위기의 그녀에게 조심스럽게 다가갔다. 그녀는 작은 몸을 벌벌 떨고 있었다. 그녀가 내 쪽으로 고개를 돌렸을 때 선명한 눈물 자국이 보였다.

"무슨 일이야? 혹시 우다오 선생님 때문에 그러는 거야?"

류웨의 눈시울이 다시 붉어졌다.

"류웨, 넌 우다오 선생님의 신변에 대해 알고 있는 거지, 그렇지? 말하지 않아도 돼. 내 말이 맞으면 고개를 끄덕이고, 틀렸으면 고개를 저어 줘."

류웨가 고개를 끄덕였다. 그녀의 눈가에 그렁그렁 맺힌 눈물이 금방이라도 주르륵 흘러내릴 것만 같았다.

"우다오 선생님에겐 가족이 없니? 혼자 사시는 거야?"

류웨가 다시 고개를 끄덕였다.

"부모님이 없단 말이니?"

류웨가 고개를 끄덕였다.

"형이나 누나도?"

류웨는 더 이상 고개를 끄덕이지도 도리질하지도 않았다.

"더 이상 묻지 마."

그러나 여기서 멈출 수는 없었다. 우다오 선생님의 신변에 대해 알아야 했다. 그래야 그를 구할 수 있을 테니까.

"남동생도 여동생도 없다는 거지?"

"나 수업에 들어가야 해."

류웨는 교실 쪽으로 뛰어갔다. 나는 그녀의 등 뒤에 대고 소리쳤다.

"너 지금 내 질문을 피하고 있어! 정말 이상하다는 거 알아?"

류웨는 뒤돌아보지도 않았다. 왜 류웨는 내게 진실을 얘기해 주지 않는 것일까? 우다오 선생님도, 류웨도 내게는 풀리지 않는 수수께끼였다. 골치가 아팠다. 처음부터 정답 따위는 없는지도 몰랐다.

나는 선생님이 입원해 있는 병원으로 갔다. 이 도시에서 가장 우수한 의료진과 시설로 유명한 병원이었다. 그러나 병원 로비의 대리석 바닥에 발을 내딛는 순간 주변 공기가 차갑게 느껴졌다.

침대에 누워 있는 우다오 선생님을 처음 보았을 때 나는 내 눈을 믿을 수 없었다. 너무나 노쇠한 환자에게서 건강한 체육 선생님의 모습은 찾아볼 수가 없었다. 병실을 잘못 찾은 거라고 생각했을 정도였다.

"훙메이 아젠이 와 주었구나."

나는 엉엉 소리내어 울었다.

"선생님, 어떻게 이렇게……."

"그렇게 울면 안 돼, 병원에서 크게 우는 건 실례야."

그 말에 가까스로 울음을 그쳤다. 그래도 가슴속에 차오르는 슬픔을 억제하기는 힘들었다.

"선생님의 사정에 대해 다 들었어요."

선생님이 집게손가락을 세워 혈색 없는 입술로 가져갔다.

"내 병에 대해서는 아무 말도 안 했으면 좋겠는데?"

나는 고개를 끄덕였다. 그 순간 눈물이 차가운 회색 시멘트 바닥으로 뚝 떨어졌다. 눈물은 바닥에 스며들지 못하고 방울져 흔들렸다.

하얀 쟁반을 들고 들어오던 간호사 하나가 내게 주의를 주었다.

"여긴 병원의 특실이야, 누가 널 들어오게 했지?"

"여기는 우리 학교 체육 선생님이 계신 곳이에요. 저는 선생님 병문안을 온 거고요."

간호사가 깜짝 놀란 표정으로 말했다.

"네 체육 선생님이라고? 내가 보기에는 네 아버지의 체육 선생님 같으신데."

환자 앞에서 저런 이야길 아무렇지도 않게 하다니! 대체 누가 간호사를 두고 백의천사라고 한 걸까? 그건 정말 아주 큰 오해일지도 모른다.

그러나 선생님은 허허 사람 좋게 웃기만 하셨다. 선생님의 얼굴이 호두 껍데기같이 쭈글쭈글했다.

"늙고 추해 보이지?"

나는 힘없이 고개를 저었다.

"일부러 위로할 필요 없다. 내 모습이 어떤지 나도 잘 알고 있으니까. 몸이 정말 좋지 않구나. 그러나 나는······."

솟아오르는 눈물을 참을 수가 없었다. 내 몸속 어디에 그렇게 많은 눈물이 숨어 있었던 걸까.

"선생님, 지금 가장 하고 싶으신 게 뭐예요?"

"살고, 싶다."

우다오 선생님의 짧은 한마디가 내 폐부를 찌른 것처럼 아팠다. 나는 병실에서 나와 복도 한가운데 섰다.

"헌혈하는 곳이 어디예요? 여보세요, 어디서 헌혈하면 되느냐고요?"

복도에 있던 사람들이 울면서 소리를 지르는 나를 쳐다보면서 소곤거렸다.

"왜 저래?"

"심하게 우네."

흰 가운을 걸친 의사가 급히 뛰어나왔다.

"얘, 병원에서는 그렇게 큰 소리로 고함을 치면 안 돼."

나는 그의 하얀 가운을 동아줄이라도 되는 양 붙들고 울면서 애원했다. 설사 썩은 동아줄이라 해도 상관없다는 마음이었다.

"제발 헌혈을 하게 해 주세요. 저희 선생님이 위독하시다고요!"

"넌 아직 헌혈할 수 있는 나이가 아니잖니?"

"할 수 있어요. 해야 해요!"

그때 병원 원장이 한 무리의 의사들을 대동하고 걸어오면서 물었다.

"대체 누가 이런 소란을 피우는 거지?"

"바로 저예요."

원장은 앞으로 나서는 나를 흘깃 한번 쳐다보더니 단호하게 명령했다.

"이 녀석을 여기서 내쫓아! 병원은 환자들에게 절대적인 안정이 필요한 곳이야!"

원장의 명령이 떨어지자마자 의사와 간호사들이 내 양팔을 꼭 붙잡았다.

"아직까지 우다오 선생님과 혈액형이 같은 사람을 찾지 못했나요?"

"대체 어디 가서 찾는다는 말이니? 천 명이 아니라 만 명 중에서도 찾을 수 없을 거야."

의사의 손을 뿌리치며 말했다.

"제발 부탁이에요, 제 피를 검사해 주세요. 우다오 선생님의 혈액형과 같을 수도 있잖아요."

의사가 고개를 저었다.

"얼른 여기서 나가거라. 더 이상 말썽을 피우지 말고."

다시 병실로 들어가 우다오 선생님을 보고 싶었지만, 간호사가 병실 문 앞을 철통같이 지키고 있었다.

나는 수학 수업에 가지 않고 땡땡이를 친 셈이 되었다. 먀오즈 선생님이 불같이 화를 냈다.

"홍메이 아젠, 너는 우리 반에서 수업에 빠진 유일한 학생이야. 정말 겁이 없구나!"

내가 잘못했다고 생각하지 않았다.

"우다오 선생님께 병문안을 갔었어요."

그렇다고 먀오즈 선생님의 목소리가 누그러지지는 않았다.

"네가 뭘 해결할 수 있다고 거길 간 거니? 지금 네게 가장 중요한 문제는 바로 수업을 듣는 거야. 어떻게 하면 시험을 잘 볼 수 있을까 생각해야 한다고."

먀오즈 선생님은 할 수 있는 말이 한 가지밖에 없는 것 같았다. 앵무새도 이 정도는 아닐 것이다.

"또 그 소리, 지겹지도 않은가."

"너 방금 뭐라고 했니?"

"저는 수업도 시험도 싫다고 했어요."

먀오즈 선생님의 얼굴이 수채화 물감을 칠한 듯 벌겋게 달아올랐다.

"그럼 넌 뭘 좋아하는데?"

"제가 좋아하는 것은 수도 없이 많아요. 그렇지만 어떤 것들은 아주 싫어하죠."

"네가 싫어하든 좋아하든 수업은 반드시 들어야 해. 시험은 장난이 아니야!"

잠시 후, 우다오 선생님이 위독하다는 소식이 보차이 중학교에 전달되었다. 교사들은 모두 한 차에 올라타고 병원으로 갔다. 나는 그 차를 따라 뛰었다.

우다오 선생님의 얼굴은 꼬깃꼬깃한 백지 같았다.

병원 원장이 교장에게 말했다.

"지금 우리는 어떤 조치도 취할 수가 없습니다. 수혈할 혈액이 한 방울도 없어요."

나는 사람들 사이를 비집고 들어가 우다오 선생님의 옆에 섰다. 우다오 선생님은 뭔가 말할 게 있는 것처럼 입술을 우물거렸다. 나는 울기 시작했다. 아마도 내가 태어나서 가장 많이 운 날일 것이다.

"선생님, 제게 하실 말씀이 있으세요?"

그러나 우다오 선생님의 목소리는 실바람처럼 공기 중에 묻혀 버리고 말았다. 선생님의 눈가로 눈물이 흘러내렸다.

내가 할 수 있는 것은 애원뿐이었다.

"선생님에게 피 한 방울만 헌혈하게 해 주세요. 말 한마디만이라도 하실 수 있게요."

병상을 둘러싸고 있던 사람들이 고개를 푹 숙였다. 어떤 사람들은 연신 눈물을 닦았다.

"제발, 제가 헌혈을 할 수 있도록 해 주세요. 저는 선생님 이 하려는 말씀을 듣고 싶어요……. 하고 싶은 말씀이…… 있으신 거 같다고요!"

원장이 젖은 눈으로 나를 타이르듯 말했다. 몇 시간 전 병원에서 나를 끌어내던 그 무성의한 모습은 온데간데없 었다.

"얘야, 그건 불가능해. 우리는 너의 피를 뽑을 수 없어. 그리고 난 기적을 믿지 않는단다."

나는 원장의 손을 콱 물어 버렸다. 그의 가식과 고집, 권 위가 너무나 증오스러웠다. 원장은 비명을 질렀다. 어른들 이 나를 꼼짝 못 하도록 붙잡았다.

그때 사람들 사이를 비집고 들어온 류웨가 원장을 향해 고개를 숙였다.

"홍메이 아젠의 피를 선생님에게 수혈해 주세요. 단 한 번만요."

"날 설득시킬 만한 이유가 있니?"

"홍메이 아젠은 우다오 선생님의 동생이에요."

거기에 있던 모든 사람들이 류웨의 말을 들었지만 그것 을 믿을 수 있는 사람은 아무도 없었다. 심지어 나조차도.

"동생의 피를 형에게 조금만 수혈해 주세요. 부디 우다오 선생님의 마지막 말씀을 듣게 해 주세요."

결국 원장이 우리의 소원을 들어주기로 했다.

"너 날 따라와라."

내 팔에서 5밀리리터의 피를 뽑았다. 복도에는 내 혈액 검사 결과를 기다리는 사람들로 붐볐다. 원장이 검사실에서 나오며 중얼거렸다.

"기적이야, 기적. 정말로 두 사람의 혈액형이 같아."

그렇게 바랐던 일이건만 정말 믿을 수 없는 결과였다.

내 몸에서 뽑아낸 혈액이 주사기를 통해 우다오 선생님의 몸속으로 들어갔다. 마침내 우다오 선생님이 생애 마지막 말을 뱉었다.

"산다는 것은 정말 아름다운 일이야."

나는 울부짖었다.

"형, 작은형, 맞지? 내가 얼마나 오랫동안 형을 찾아다녔는데, 그거 알고 있어?"

우다오 선생님, 아니 내 작은형의 얼굴은 미소를 띤 채로 굳어 갔다. 내 가슴속에서 영원히 지워지지 않을 미소였다.

류웨의
동거녀

우다오 선생님이 작은형이란 사실을 알게 된 지 몇 분 지나지 않아 형은 내 곁을 영원히 떠났다. 그가 숨을 거두기 전에 나를 알아보았는지는 수수께끼로 남았다. 나와 작은형이 이 도시에서 만날 수 있었던 것은 모두 류웨 덕분이었다. 만약 그녀가 우다오 선생님과 내가 형제라고 밝히지 않았다면 원장은 혈액 검사를 하지 않았을 것이고, 그 혈액 검사 결과가 아니었다면 나도 우다오 선생님이 작은형이라는 것을 믿지 않았을 테니까 말이다.

나는 류웨가 더욱 좋아졌다. 말 한마디와 눈빛, 행동에 이르기까지 그녀의 모든 것에 관심이 갔다. 나의 예지력이 그녀와 나의 생명은 떼려야 뗄 수 없이 밀접한 관계에 있다고 말해 주었다.

병원에서 일어난 놀라운 사건의 이야기는 온 도시로 퍼져 나갔다. 사람들은 나와 우다오 선생님의 혈액형이 일치한 일을 두고 우연이라고만 생각했다. 류웨가 나를 우다오 선생님의 동생이라고 말한 것에 대해서는 차라리 그러길 바랐던 우리의 아름다운 소망으로 여겼다.

그 일을 가장 충격적으로 받아들인 사람들은 나의 식구들이었다.

그날 밤 내가 집에 돌아가니 식구들이 낯선 눈빛으로 나를 바라보았다. 나는 아무 일도 없다는 듯 태연히 굴었다.

엄마는 말없이 주방에서 저녁을 다 지은 뒤 소리쳤다.

"밥 먹자!"

샤오샤오가 얼른 달려가 밥과 반찬들을 옮겼다. 원래 뜨거운 반찬과 국을 나르는 일은 나와 후성의 담당이었는데 말이다. 나는 할 일도 잊고 류웨에게 전화를 걸 생각만 하고 있었다. 그러나 정작 류웨의 전화번호를 몰랐다. 그제야 비로소 내가 류웨를 그렇게 소중히 생각하고도 그녀에 대해 알고 있는 게 전혀 없다는 생각이 들었다.

가족들이 모두 식탁에 둘러앉아 나를 기다리고 있었다. 식탁 위에는 내가 제일 좋아하는 돼지갈비가 놓여 있었다. 갈비는 평소보다 크기도 컸고 양도 많았다. 그런데 정신없이 먹다가 살펴보니 나 말고는 모두들 그 요리에 손도 대지 않았다.

"샤오샤오, 또즈, 후셩, 너희들 왜 돼지갈비를 안 먹니?"

"이건 엄마가 오빠를 위해 만든 거야. 오늘 오빠가……
헌혈을 했다고."

"아젠 형은 고아가 아니야. 형이 있잖아."

"사람들이 그러는데, 너와 체육 선생님의 혈액형은 희귀
해서 만 명에 한 명 있을까 말까 하다고 했어. 너는 만 명 중
에 하나야."

"아젠 오빠에겐 우리 말고 친척이 또 있겠지?"

갑자기 내 눈앞의 돼지갈비가 희뿌옇게 보였다. 눈앞이
흐릿해지더니 눈물이 식탁 위로 뚝 떨어졌다. 엄마는 아무
말 없이 내 머리를 쓰다듬었다.

내 목소리가 떨리고 있었다.

"그래, 내겐 다른 가족이 있어."

다음 날 류웨가 학교에 나오지 않았다. 나는 오전 내내
좌불안석이었다. 먀오즈 선생님을 찾아가 류웨의 집 주소
를 물어보았다.

"그러고 보니 류웨의 집에 가 본 적도, 전화를 걸어 본 적
도 없구나."

초조한 마음을 가눌 수가 없었다. 나는 교실로 가서 아
이들을 향해 크게 소리쳤다.

"류웨가 어디 사는지 아는 사람 있니? 알면 좀 가르쳐 줘!"

아이들은 서로의 얼굴만 멀뚱하게 쳐다볼 뿐 아무 말도 하지 않았다. 모두들 고개를 저었다. 류웨는 영원히 사라져 버린 것일까.

바로 그때 교실 문이 열렸다. 나의 걱정을 비웃듯 문 앞에는 우울한 얼굴의 류웨가 서 있었다. 항상 눈부시게 빛나던 류웨의 눈에 먹구름이 가득 끼어 있었다. 그녀는 먀오즈 선생님 앞으로 가서 말했다.

"이모가 너무 편찮으셔서요. 선생님께 미처 말씀을 못 드리고 늦었어요. 죄송합니다."

"그래, 네 자리로 들어가 앉아라."

내가 그날 류웨의 뒤통수에서 눈길을 뗀 순간이 있다면 눈을 깜박일 때뿐이었다. 나는 하굣길에 그녀가 어디에 사는지 따라가 보기로 작정했다. 만약 그녀가 하늘로 날아오른다면 날개 한 쌍을 빌려서라도 따라갈 작정이었다. 그녀가 큰 강으로 뛰어든다면 나는 두 팔을 빳빳하게 만들어 노처럼 저어 갈 것이다. 두 번 다시 그녀가 내 시야에서 사라지게 놔둘 수는 없었다.

쉬는 시간에 류웨가 내게 쪽지를 건네주었다. 쪽지에는 생각지도 못한 내용이 쓰여 있었다.

'훙메이 아젠, 방과 후에 학교 담장이 꺾이는 모퉁이에

서 너를 기다릴게. 오늘 너를 우리 집으로 초대하는 거야.'

내가 간절히 원하던 일이 이루어졌다는 생각에 뛸 듯이 기뻤다. 세상을 다 얻는다는 게 아마도 이런 기분일 것이다. 한편, 내게 아주 중요한 사건이 벌어질 거라는 예감도 들었다.

하교를 알리는 종소리가 울리자마자 교실을 뛰쳐나왔다. 아이들은 가방을 싸고 있었지만 나는 챙길 물건이 따로 없었다. 학교 담장이 꺾이는 모퉁이로 달려갔다. 거기에 커다란 포플러 나무가 서 있었다. 류웨를 처음 만났던 그곳에도 포플러 나무가 있었다. 나무 아래 서서 류웨를 기다렸다. 잠시 뒤 류웨의 모습이 보였다. 그런데 그 뒤로 황미와 주잉이 따라오고 있었다. 저 녀석들도 함께 가는 건가.

어떻게 된 일인지 알 수 없어 나무 뒤에 숨어 잠시 상황을 지켜보기로 했다. 류웨는 나를 발견하지 못하고 사방을 두리번거렸다. 그때 황미와 주잉이 류웨에게 물었다.

"너 누굴 기다리니?"

류웨의 얼굴에는 귀찮은 기색이 역력했다.

"여기 서 있으려면 꼭 누구를 기다려야 하니?"

"한가한 것도 괜찮지. 네가 한가하다니까 그러는데, 너 우리와 함께 숲속 주점으로 놀러 가지 않을래?"

주잉이 류웨의 가방끈을 끌어당겼다.

"우리랑 같이 가자. 책가방 들어 줄게."

"내 가방 이리 줘. 그런 곳은 싫다고 말했잖아."

황미도 쉽게 물러서지 않았다. 아, 정말 털 속의 진드기처럼 귀찮은 녀석들.

"넌 누굴 좋아하니?"

"그런 말 하는 것도 싫어."

"그럼 네가 싫어하지 않는 애는 누구야?"

류웨는 녀석들에게서 벗어나려고 했지만 주잉이 가방끈을 붙들고 있었기 때문에 꼼짝할 수 없는 것 같았다. 일이 어떻게 돌아가고 있는지 짐작이 갔다. 나는 서둘러 앞으로 나왔다.

내가 갑자기 튀어나오자 황미와 주잉이 깜짝 놀랐다. 이녀석들은 겁도 참 많다.

"너 쟤를 기다리고 있었던 거구나?"

주잉이 경계의 눈빛으로 나를 노려보았다.

"난 누가 남을 함부로 대하는 모습만 보면 이빨이 근질거리거든. 너무 근질거려서 바위라도 씹어야지 그렇지 않으면 참을 수가 없어."

내 살기등등한 기세에 황미와 주잉은 주춤거리며 한 걸음씩 뒤로 물러났다. 좀 더 겁을 주기로 했다.

"그런데 지금 이빨이 근질거려 참을 수가 없네. 이거 내 맘대로 억제가 안 돼."

내 말이 떨어지기가 무섭게 황미와 주잉은 걸음아 나 살려라 하고 도망쳤다. 황미는 뛰면서 악을 썼다.

"홍메이 아젠이 사람을 문다! 홍메이 아젠이 사람을 문다!"

류웨가 깔깔거리며 재미있어했다.

"정말로 저 애들을 물려고 한 거야? 아니면 그냥 겁주는 거였니?"

"정말로 이빨이 근질거렸어."

"넌 중요한 순간에 꼭 사람을 물려고 하더라."

내 관심사는 도망친 말썽꾸러기들이나 내 버릇 같은 것이 아니었다. 류웨의 집이 어딘지, 그녀가 왜 나를 자기 집에 데리고 가려고 하는지가 알고 싶었다.

"너희 집은 어디야?"

"홰나무 거리에 있어."

왠지 아주 아름답고 찾기 쉬운 곳일 거라는 생각이 들었다. 류웨에게 버스를 타고 가냐고 묻자 그럴 필요가 없다고 했다. 이름도 예쁜데 차를 타지 않고도 갈 수 있을 만큼 가깝다니 정말 완벽한 곳이 아닌가. 류웨가 천천히 앞서 걷기 시작했다. 나는 묵묵히 류웨의 뒤를 따라가며 타고난 후각으로 크고 작은 골목과 길들의 냄새를 기억해 두었다. 그러면서 류웨에게 계속 똑같은 질문을 했다.

"곧 도착하지?"

류웨도 같은 대답만 반복했다.

"응, 바로 앞이야."

어느 좁은 골목 앞에 도착했을 때 류웨가 홰나무에 가려진 낮고 작은 집을 가리켰다.

"자, 여기야. 다 왔어."

그 집을 영원히 잊을 수 없을 것이다. 마치 그림 속에서 튀어나온 것만 같은 외관이었다. 시끌벅적 소란스러운 도시의 중심부에서 떨어져 있는 위치도 마음에 들었다.

"너 그동안 그림 속에 살고 있었니?"

나의 바보 같은 질문에 류웨는 대답하지 않고 대문 앞에 섰다. 홰나무의 늘어진 나뭇가지가 대문을 절반쯤 가리고 있었다. 류웨가 대문을 열어 주었다. 나는 두리번거리며 집 안으로 들어갔다.

"부모님과 형제들도 계시니?"

류웨의 얼굴은 홰나무 그늘에 가려 잘 보이지 않았다. 류웨가 현관문을 두드리자 안쪽에서 느린 발소리가 들려왔다.

나이를 가늠할 수 없는 여자가 문을 열어 주었다. 그녀는 나를 빤히 바라보기만 할 뿐 아무 말도 하지 않았다.

"저분을 뭐라고 부르면 좋을까?"

류웨가 잠시 머뭇거리더니 말했다.

"누나라고 불러."

나는 그 여자를 향해 인사했다. 처음 보는 사람에게 예의를 지키는 것은 당연한 일이니까. 더군다나 소중한 류웨의 가족에게 밉상으로 찍히고 싶지 않았다.

"누나, 안녕하세요. 저는 훙메이 아젠이라고 해요."

그러나 그녀는 아무 대답도 없이 나를 뚫어지게 쳐다보기만 했다. 나는 의아한 얼굴로 류웨를 바라보았다.

"언니는 벙어리야."

벙어리 누나가 부엌으로 들어갔다.

"언니가 우리를 위해 밥을 지으러 간 거야."

"벙어리 언니와 단둘이 사는 거야?"

"응."

"너는 언니와 조금도 닮지 않았어."

"잘 알아보는구나."

"저 누나가 널 위해 밥을 해 주는 거니?"

"언니는 대여섯 살 정도의 지능을 갖고 있어. 언니의 머릿속에는 한 가지 생각밖에 없지……."

"무슨 생각?"

그때 누나가 음식을 들고 왔다. 그 요리를 보고 나도 모르게 의자에서 벌떡 일어났다.

"돼지갈비잖아? 내가 돼지갈비 좋아하는 걸 누나가 어떻게 알았지?"

"그렇게 좋아해?"

"백 번을 먹어도 질리지 않지."

나는 류웨와 벙어리 누나가 보는 앞에서 돼지갈비를 허겁지겁 입으로 가져갔다. 엄마가 늘 강조하는 대로 우아하게 먹으려고 했지만 쉽지 않았다. 류웨와 함께 밥을 먹는 건 처음이었는데 말이다.

벙어리 누나는 의자에 앉아 내가 먹는 모습을 지켜보다가 천천히 내게 다가왔다. 사실 벙어리 누나가 요리한 돼지갈비는 엄마가 요리한 것보다 훨씬 맛이 좋았다.

나는 와그작대며 갈비뼈를 씹어 먹었다. 그때 씹는 소리는 나만이 만들어 낼 수 있는 음악이었다. 그 특이한 리듬의 음악을 알아듣기라도 하는 듯이 벙어리 누나의 양 볼이 붉어져 있었다. 그런 벙어리 누나의 반응에도 나는 아랑곳하지 않고 돼지갈비를 먹는 데만 열중했다. 지금이 아니면 이렇게 맛있는 갈비를 다시 먹기 어려울 테니까.

갑자기 내 목에 간지럽고 축축한 느낌이 들었다. 그것은 아주 오랜만에 느껴 보는 익숙한 기분이었다. 벙어리 누나가 내 목에 코를 묻은 채 냄새를 맡고 있었다. 나는 그녀를 방해하지 않기 위해 얼어붙은 듯 꼼짝도 하지 않았다. 누나의 행동이 말을 못하는 그녀만의 특수한 언어라는 것을 알 수 있었기 때문이었다. 소리가 나지 않는 그녀의 말을 끊을 수는 없었다. 벙어리 누나에게 무슨 일이 일어났는지 알 수 없었지만 그녀가 전해 주는 그 따뜻한 느낌을 잃고 싶지 않기도 했다.

문득 고개를 들어 보니 류웨가 눈물을 흘리고 있었다. 그 순간 또 한 번 내 인생과 관련된 큰 사건이 일어났다는 것을 감지했다. 내가 의혹이 가득한 얼굴로 벙어리 누나를 바라보자 누나는 감정에 북받친 듯 내 머리를 꼭 끌어안았다. 그녀의 품에서 친누나의 체취가 느껴졌다. 예감이 번쩍 스쳐 갔다.

"혹시, 누나야? 누나 맞지?"

누나의 눈물이 내 얼굴 위로 뚝뚝 떨어졌다.

"류웨, 왜 우리 누나가 말을 못하는 거지?"

"널 찾아 도시로 오기 위해 언니는 너무나도 큰 대가를 치렀어."

나는 눈을 동그랗게 뜨고 류웨를 보았다.

"류웨, 넌 도대체 누구니?"

아빠,
도시에 나타나다

류웨는 연분홍 지렁이였다. 내 입에서 "네가 연분홍 지렁이구나."라는 말이 흘러나오자 류웨는 온몸을 부르르 떨었다.

"우리가 이 도시에서 처음 만난 날, 네가 나를 알아본 줄 알았는데."

나와 류웨가 이야기를 나누는 동안에도 누나는 내 머리를 가슴에 꼭 안고 있었다. 오래전 내가 누군가로부터 무시당하고 억울해할 때 그렇게 위로해 주었던 것처럼.

"류웨, 넌 내 가슴속에 있어. 나에게 연분홍 지렁이와 류웨는 같은 존재야."

누나는 나를 끌어안은 채 기쁨의 눈물만 흘렸다. 나는

그간 궁금했던 것들을 누나에게 묻기 시작했다.

"아빠 엄마는? 큰형은? 다들 어디 있어?"

"자꾸 묻지 마. 언니는 아무것도 몰라. 내가 말했잖아. 언니의 지능은 대여섯 살 아이와 같다니까. 오늘 이후로 너만은 알아볼 거야."

나는 경악할 수밖에 없었다.

"누나가 너도 못 알아본다는 말이야?"

류웨가 고개를 끄덕였다.

"어느 날 큰길에서 헤매고 있는 언니를 집으로 데려온 거야."

"류웨, 고마······."

나는 목이 메여 와 고맙다는 말조차 끝까지 할 수 없었다. 눈물이 끊임없이 흘러내렸다. 누나는 내가 우는 것이 안타까운지 수건으로 자꾸 얼굴을 닦아 주었다.

"누나를 데리고 여기저기 다니고 싶어."

"안 돼. 이 집에 온 이후로 언니는 마당에도 나가지 않았어."

"왜?"

"언니는 무서워하고 있어."

"도대체 뭐가 무섭다는 거야?"

"뭐든지. 모든 것에 공포를 느끼는 거야. 이 도시가 무서운 거지."

이런 지경에 이른 누나의 처지가 안타깝고 슬퍼 견딜 수 없었다.

"누나, 식구들은 다 잘 있어? 누나 얘기를 좀 해 줄 수 없을까? 지금 무슨 생각을 하고 있어? 지금 정말 기쁜 거야?"

류웨가 내 말을 끊었다.

"훙메이 아젠, 이제 그만해."

그래도 꼭 해 주고 싶은 이야기가 있었다.

"누나, 나 작은형을 찾았어."

감정이 담겨 있지 않았던 누나의 어두운 눈동자가 번개가 지나간 것처럼 반짝 빛났다.

"언니가 너의 말을 알아들었구나."

내가 알고 있는 단어 중에서 자극적이지 않은 단어들을 골라 작은형의 불행한 최후에 대해 이야기했다.

"작은형은 죽을 때 많은 것들에 미련을 갖고 있었어."

누나의 눈빛이 어느새 어두워져 있었다. 누나가 내 말을 이해한 것이다. 누나는 옛일들을 잊지 않고 있었다. 나는 자꾸 눈시울이 뜨거워졌다.

류웨가 창문 앞으로 가더니 슬픈 곡조를 읊조렸다. 누나는 그 곡에 맞추어 방 한가운데서 춤을 추기 시작했다. 누나의 춤사위에는 아름다우면서도 가슴이 뭉클해지는 무언가가 있었다. 누나는 우리 곁을 떠나간 작은형을 춤으로 추도한 것이었다.

어느새 날이 저물고, 밖은 캄캄했다. 꽤 오랜 시간이 지난 모양이었다.

"훙메이 아젠, 집에 가야 할 시간이야."

"난 아무 데도 안 가. 오늘부터 여기서 같이 살래."

"그럴 순 없어. 우리의 신분이 다른 사람들에게 노출되면 안 되니까."

"왜?"

"지렁이와 개는 사람들 눈에는 그저 동물일 뿐이야. 같은 동족이 아닌 거지. 얼른 집으로 돌아가."

누나는 우리의 이별을 알아챘는지 다시 나를 꼭 안고 내 얼굴과 눈에 입을 맞추었다. 류웨가 누나를 달랬다.

"훙메이 아젠은 또 올 거야. 오늘은 그만 집으로 보내 주자."

류웨가 홰나무 거리까지 나와 나를 배웅했다. 가로등 불빛 아래서 나는 가슴이 터질 것만 같은 기분으로 중얼거렸다.

"나는 꼭 꿈을 꾸고 있는 것 같아."

류웨가 고개를 끄덕였다.

"나도 그래."

밤 열한 시가 다 되어서야 집에 도착했다. 집 안으로 들어가니 응접실이 환했다. 평소라면 자고 있을 시간인데, 모두들 의자에 앉아 나를 기다리고 있었다. 가족들뿐이 아니었다. 경찰도 있었다. 내가 돌아오지 않자 엄마가 경찰에 신고를 한 것이다. 경찰이 돌아가고 난 뒤 엄마가 대체 어디 갔었냐고 물었다.

"큰길을 따라서 여기저기 쏘다녔어요."

"내가 얼마나 놀랐는지 아니? 앞으로 다시는 이렇게 늦으면 안 돼."

나는 순순히 대답했다.

"알겠습니다."

잠자리에 들어 꿈속을 헤매고 있는데 또즈가 깨웠다.

"아젠 형, 말 좀 해 봐. 무슨 일이 일어난 거야?"

"넌 여태껏 자지도 않고 그 생각만 하고 있었니?"

"형한테 무슨 일이 생긴 게 분명해."

"멋진 꿈을 꾸고 싶으니까 날 좀 내버려 둬."

내가 상대해 주지 않자 뾰로통해진 또즈가 제 침대 속으로 기어 들어갔다. 나는 이불을 뒤집어쓰고 누워 누나와 재회한 시간들을 되짚어 보았다.

다음 날 나는 눈을 뜨자마자 누나가 맞춰 춤을 추던 류웨의 노래를 흥얼거렸다. 후성이 의심이 가득한 눈빛으로 나를 보았다.

"너, 어제 무도장에 갔었니?"

"무도장이 뭔데? 식당인가?"

또즈가 거들었다.

"무도장에 가 본 적 없어?"

종종 느끼는 것이지만 얘들은 정말 모르는 게 없다.

학교에 가니 류웨가 긴 복도 끝에 서 있었다.

"날 기다리는 거니?"

"오늘은 시험이 있는 날이야. 너, 시험 잘 봐야 해!"

류웨는 그 말만 하고 교실로 들어갔다. 나는 복도에 선 채 혼잣말을 했다.

"얼마나 잘 보라는 거지? 반에서 1등을 하라는 건가?"

정확하게 말해 주면 좋을 텐데 여자아이들은 늘 모호하게 구는 것 같다. 처음 만났던 날의 일만 해도 그렇다. 그때 자기가 연분홍 지렁이라고 말해 줬으면 일이 이렇게 복잡해지지도 않았을 것이다. 내 뒤에 서 있던 먀오즈 선생님이 대꾸했다.

"1등을 하겠다는 생각은 좋지."

시험지를 받아 든 나는 이마의 연분홍빛 외투에 손을 댔다. 시험 문제는 돼지갈비 먹기나 마찬가지였다. 술술 풀렸다. 답을 다 쓴 다음 연분홍빛 외투가 내게 준 영감과 기쁨에 대한 감사의 표시로 또 지렁이 그림을 그려 넣었다. 한 가지 아쉬운 점이 있다면 이번에도 색연필이 없었다는 것이다. 답안지 위에 그려진 지렁이는 검은색일 수밖에 없었다.

내가 첫 번째로 답안지를 제출하자 황미가 고개를 들고 한마디 했다.

"홍메이 아젠, 너 또 지렁이를 그린 건 아니지?"

먀오즈 선생님이 강단 뒤에서 나무라듯 말했다.

"이제 겨우 이십 분 지났는데, 시험을 그만 보려는 거니?"

그러나 선생님은 답안지를 쓱 훑어보더니 놀란 표정으로 이렇게 말했다.

"홍메이 아젠, 지렁이 그림이 참 귀엽구나."

나는 교실을 빠져나와 혼자 거리로 나섰다. 누나를 찾아가고 싶었다. 그런데 홰나무 거리를 찾을 수가 없었다. 길 가는 사람들에게 물어봐도 모두 고개를 저었다.

"이 도시에 홰나무 거리가 있다는 얘기는 들어 보지 못했는데."

손짓 발짓까지 해 가며 홰나무 거리에 대해 자세히 설명했다. 내 설명을 들은 사람들은 그곳은 여기가 아니라 달나라에 있는 도시인 것 같다고 했다.

허탈함에 멍하니 서 있는데 류웨가 내 앞에 나타났다. 그녀가 나에게 물었다.

"어디 가려고?"

"내가 어디 가려는지 넌 알고 있잖아."

"지금은 누나를 볼 수 없어."

"왜?"

"그것도 말할 수 없어. 왜냐하면 난 아직 결정을 못 내렸으니까."

"무슨 결정? 대체 무슨 일인데?"

"기다려, 내가 마음을 정할 때까지."

"너무 혼란스러워. 넌 이런 내 맘을 아는 거야?"

"널 데리고 가고 싶은 곳이 있어."

"어딘데?"

"따라와!"

류웨는 나를 '자유시장'으로 데리고 갔다. 도시 안에는 자유시장이라고 불리는 곳이 여러 군데 있었다. 시장 안에 들어서자 뭔가 불길한 예감이 엄습했다. 나도 모르게 호흡이 가빠지기 시작했다.

"류웨, 나 여기서 나가고 싶어."

"너에게 보여 줄 게 있어."

"여기서 나가고 싶다고!"

바로 그때 한 상인이 나를 향해 소리쳤다.

"자, 여기 보세요. 상등품 개가죽입니다!"

개가죽이라는 말에 내 눈꺼풀이 부르르 떨렸다. 내 발걸음은 나도 모르게 그쪽으로 향하고 있었다. 고래고래 소리치는 상인의 좌판 위에 개가죽이 가지런히 진열되어 있었다. 그런데 이상하게도 개가죽의 털이 모두 바짝 곤두서 있었다. 내 눈길이 흑회색 개가죽 위에서 멈추었다. 상인이 내 얼굴을 뚫어지게 쳐다보았다. 그의 찢어진 작은 눈

이 내게 개가죽을 팔 수 있다는 희망으로 번뜩였다. 상인
의 얼굴에 싸구려 웃음이 피어올랐다.

"이 가죽에 관심 있니?"

"털이 왜 서 있는 거죠?"

상인이 아니라 류웨가 대답했다.

"죽기 직전에 분노에 차 있었던 거지. 그래서 털이 바짝
곤두서 있는 거야."

그런 끔찍한 이야기는 상상조차 하고 싶지 않았다. 나는
고개를 돌리고 빠른 걸음으로 걸었다. 도망치기 시작한 것
이다. 류웨가 내 뒤를 바짝 쫓아오며 말했다.

"아젠, 거기 서! 네가 꼭 해야 할 일이 있어. 너만이 할 수
있는 일이야!"

나는 우뚝 걸음을 멈췄다. 그것 역시 어떤 예감 때문이
었을 것이다.

"무슨…… 일인데?"

"혈연관계가 있는 생명이 가죽을 만져 주면 곤두선 털이
부드럽게 눕는대."

류웨가 한 말의 의미를 나는 알 수 있었다. 목이 메어 왔
고, 목구멍은 따끔거리도록 아팠다. 나는 슬픔을 배우러
인간 세상에 온 것인지도 모른다.

"무슨…… 뜻인지 알겠어……."

나는 바람처럼 달렸다. 거리를 미친 듯이 달린 뒤에야

걸음을 멈출 수 있었다. 내 손으로 직접 그 비참한 이야기의 결말을 확인하고 싶지 않다는 생각이 나를 고통스럽게 했다. 그러나 나는 가야 했다. 다시 뒤돌아 자유시장을 향해 뛰었다. 봄바람이 더 이상 부드럽게 느껴지지 않았다.

류웨가 여전히 그곳에 서서 나를 기다리고 있었다. 그녀는 내가 되돌아올 것을 알고 있었던 것이다.

나를 다시 보자 상인은 신이 나서 말했다.

"내가 알아봤다니까, 이 개가죽을 사고 싶은 거지?"

상인이 두 손으로 그 가죽을 들어 올려 먼지를 털었다.

"이건 정말 좋은 가죽이야. 털이 곤두서 있어서 좀 그래 보이는 것뿐이지. 내가 좀 싸게 해 주마."

류웨의 눈은 이미 붉게 충혈되어 있었다.

나는 손을 뻗어 흑회색 털가죽을 쓸어내렸다. 내 손길이 지난 자리를 따라 털이 순하게 눕기 시작했다. 그때 내 귀에 탄식 소리가 들려왔다. 눈물이 털가죽 위로 떨어졌다.

나는 아빠에게 이별을 고했다.

지켜보던 상인의 작은 눈이 콩알처럼 동그래졌다.

"너 잠깐만, 가지 말고, 잠깐 기다려! 나에게 이런 가죽이 더 있는데, 네가 그 털가죽들도 좀 만져 줄 수 없을까? 그럼 더 비싸게 팔 수 있거든. 내가 네 몫으로 삼 퍼센트를 떼어 줄게! 얘, 가지 말고, 자, 내가 오 퍼센트 떼어 주면 되겠니? 아, 더 이상은 안 돼. 육 퍼센트는 어때?"

속사포처럼 말을 쏟아 내는 그 상인의 얼굴에 침을 뱉었다. 망연자실한 마음으로 천천히 도시를 돌았다. 그러다가 결국, 한 맨홀 뚜껑 앞에서 나는 통곡했다.

놀라운
생명 부등식

아빠와의 만남이 그렇게 가슴 아픈 방식으로 실현될 줄은 상상도 못 한 일이었다. 나는 쓸쓸히 맨홀 뚜껑 위에 앉아 계속 혼잣말을 해 댔다. 그저 말하고 싶을 뿐 무슨 말을 해야 할지 어떤 말이 하고 싶은지 나 자신도 알지 못했다. 어두워질 때까지 그대로 앉아 있었다. 여태껏 이처럼 오랫동안 고통스러웠던 적은 없었다. 나는 실컷 울었다. 아무리 울어도 내 가슴 가장 밑바닥에 고인 슬픔의 침전물들은 사라지지 않았다. 아마도 그 침전물은 영원히 내 안에 남아 있게 되겠지.

집에 돌아오니 식구들이 모두 뜨악한 표정으로 나를 보았다. 엄마가 걱정스럽게 물었다.

"아젠, 너 오늘 시험도 망쳤니? 얼굴이 왜 이렇게 못쓰게 됐어?"

세심한 샤오샤오가 눈을 동그랗게 뜨고 나에게 다가왔다.

"오빠, 오빠 이마에 잔주름이 생긴 거 알아?"

나는 긴 머리카락으로 이마를 가렸다.

"엄마, 나 배고파요."

"돼지갈비 줄까?"

"엄마, 오늘부터 고기는 먹지 않겠어요."

후성과 샤오샤오가 그런 나를 보며 의외라는 듯이 물었다.

"왜 고기를 안 먹겠다는 거야?"

"아젠 오빠, 왜 그런지 말해 줄 수 있어?"

"그냥 고기가 먹고 싶지 않아졌어. 생명이 있는 동물의 고기는 다시는 먹지 않을 거야."

저녁 식사 시간에 식탁에 앉았지만 전혀 식욕이 일지 않았다. 내가 밥을 먹는 둥 마는 둥 하자 엄마는 접시들을 내 앞으로 밀어 놓았다.

"네가 고기를 안 먹겠다고 해서 특별히 두부도 부치고, 시금치도 볶고, 콩나물국도 끓였단다."

"고맙습니다, 엄마."

"홍메이 아젠, 갑자기 왜 그렇게 예의를 차리는 거니?"

"그냥……. 저 이제 그만 먹을래요."

목이 말랐다. 유리컵에 찬물을 따랐다. 그런데 컵이 내 손에서 미끄러져 나가 깨져 버렸다. 쨍그랑 컵이 깨지는 소리에 나는 멍해졌다. 샤오샤오가 걱정스럽게 나를 바라보며 말했다.

"오빠, 유리 조각은 내가 주울 테니까 가서 물 마셔."

나는 마치 허방을 딛는 듯한 기분이었다.

다음 날, 혼돈스럽던 머리가 맑아지기 시작했다. 아침을 먹고 일어나는데 엄마가 내 뒤에서 말했다.

"이렇게 조금 먹으면 어떡하니? 어제 저녁도 안 먹었잖아."

"정말 배가 안 고파서 그래요."

"홍메이 아젠, 몸이 안 좋으면 조퇴하렴! 엄마랑 병원에 가자."

보차이 중학교 교문 앞에 서 있는 교장이 보였다. 날씨가 따뜻해지기 시작했기 때문에 까만 양복에 갈색 넥타이를 맨 산뜻한 차림이었다. 교장의 머리카락은 여전히 정수리에 반듯하게 붙어 있었다. 이른 아침의 햇빛이 그의 머리 위에서 유독 반짝였다. 교장 선생님은 나를 보자 환하게 웃었다.

"홍메이 아젠, 축하한다. 이번 시험에서 네가 전교 1등을 했더구나."

"그건 류웨를 위한 거예요."

"뭐라고?"

"저는 연분홍 지렁이를 위해 시험을 친 거예요."

"무슨 지렁이? 지렁이가 뭐지? 맞아, 너의 답안지에 그려진 걸 봤는데, 그게 지렁이니? 왜 지렁이를 그렸지? 그게 너의 취미니? 천재들에게는 보통 사람이 이해하기 힘든 괴팍한 면이 있다더니 답안지에 지렁이를 그리는 게 너의 괴팍한 면인가?"

지렁이 얘길 꺼내는 교장 선생님의 말이 거슬렸다. 그의 말에 일일이 대답해 줄 기분도 아니었다. 제대로 예의도 갖추지 않은 채 옆을 지나는데, 뒤에서 교장 선생님의 목소리가 들려왔다.

"홍메이 아젠, 너 좀 거만해진 것 같구나."

먀오즈 선생님이 입을 벙긋거리며 나를 칭찬할 때 내 기분은 최악이었다. 류웨가 학교에 오지 않은 것이다.

"선생님, 류웨가 왜 결석을 했나요?"

먀오즈 선생님은 대답하지 않고 한참 동안 망설였다.

"홍메이 아젠, 그 일에 대해선 말하지 않으려 했는데, 어쩔 수 없구나. 넌 이번에 시험을 잘 쳤어. 하지만……."

선생님은 적당한 말을 찾기 위해 애쓰고 있었다. 답답해 견딜 수 없었다.

"중학생이 이성에게 관심을 보이는 건 지극히 당연한 일이지. 하지만……."

"하지만, 뭐예요?"

그때, 황미가 나를 야단쳤다.

"선생님께서 말씀 중이시잖아. 끼어들지 좀 마!"

황미는 선생님에 대한 존경심을 나타내려는 게 아니었다. 그저 선생님이 나를 어떻게 혼낼지에만 관심이 쏠려 있었다. 오늘 같은 날까지 저 귀찮은 녀석은 내 기분을 엉망으로 만들어 놓았다. 어째서 황미의 졸병이 세트로 나서지 않는지 신기할 뿐이었다.

먀오즈 선생님은 황미가 내게 충고하는 모습을 대견하다는 듯이 바라보았다. 그러고 나서 거침없이 나를 비판하기 시작했다.

"홍메이 아젠이 류웨와 같이 있다는 얘기를 여러 번 전해 들었다. 너는 항상 류웨에게 치근거렸어. 그건 중학생의 학습 성적에 큰 영향을 끼칠 수 있지……."

먀오즈 선생님은 여기까지 말하고는 이번 내 성적이 전교 1등이었다는 것을 기억해 냈다.

"너도 그 모든 잡념을 떨쳐 버린다면 더 좋은 성적을 얻을 수 있을 거야."

요점을 알 수 없는 선생님의 얘기를 더 이상 듣고 싶지 않았다. 게다가 반 친구들이 내게 보내는 복잡한 눈길도 견디기 힘들었다.

나는 간신히 수업을 마치고 큰길로 나섰다. 그러고는 도시 전체를 한눈에 볼 수 있는 교통 지도를 한 장 샀다. 지도

를 샅샅이 살펴보았지만 홰나무 거리는 없었다. 그 사실이
믿기지 않았다.

지도에는 큰 상점, 대사관, 공원, 호텔 등은 정확하게 표
시되어 있었다. 그러나 홰나무 거리만 없었다. 나의 상황
은 절망적이었지만 긍정적으로 생각하려고 애썼다. 그 거
리는 굉장히 좁고 작은 골목이라서 지도에 그려 넣을 필요
가 없었을 것이라고. 문득 내가 류웨를 따라가며 거리의
냄새를 기억해 두었던 것이 생각났다. 무뎌지기 시작한 코
로 홰나무 거리를 찾아가기 시작했다. 확신할 수는 없었지
만 지푸라기라도 잡는 심정이었다. 그리고 가까스로 그곳
을 찾아냈을 때 나는 그 앞에서 눈물을 흘렸다.

그곳은 시의 외곽이었다. 고층 빌딩이 보이지 않는 대
신 그 자리를 나무들이 채우고 있었다. 이른 봄의 농작물
에서 폐와 코 속을 촉촉하게 적시는 향긋한 냄새가 물씬
풍겼다.

나는 너무 피곤했다. 식욕이 사라져 식사를 제대로 할
수 없었기 때문에 체력도 밑바닥이었다. 나무 아래 앉아
잠시 등을 기댄다는 것이 그만 잠이 들고 말았다.

잠에서 깨어났을 때 류웨가 내 옆에 앉아 있었다. 그리
고 나는 낯선 여자의 팔에 안긴 채 누워 있었다. 나는 겨우
정신을 차리고 물었다.

"홰나무 거리가 어디 있지?"

류웨가 말했다.

"네가 잠든 곳이 바로 홰나무 거리였어. 용케 잘 찾아왔네."

나를 안고 있는 노쇠한 여인에게 물었다.

"당신은 누구세요?"

주름투성이 얼굴의 여인은 말을 하지 않고 내 머리를 자신의 품 안으로 끌어안았다. 자기의 냄새를 맡으라고 하는 것 같았다. 나는 깜짝 놀라 고개를 들었다.

"누나? 정말 누나야?"

누나가 웃었다. 웃는 얼굴에 주름이 더 많이 패었다.

"류웨, 어째서 우리 누나가 이렇게 빨리 늙은 거야? 왜 저렇게 늙었어?"

류웨는 내 질문에 대답을 하지 않고 누나의 까칠한 머리카락을 어루만지기만 했다.

"언니, 아젠을 너무 오랫동안 안고 있었어요. 가서 쉬세요."

그러나 누나는 차마 나를 내려놓지 못하고 있다가 잠시 뒤에야 류웨의 말대로 옆으로 물러나 앉았다. 거기에 앉아서도 누나는 내게서 눈을 떼지 않았다. 나를 보는 누나의 시선에서 문득 친엄마의 모습이 느껴졌다. 잠시 더 누나의 눈을 들여다보고 싶었다. 누나의 노쇠한 눈과 엄마의 눈이 너무도 닮아 있었다.

나는 류웨에게 진심을 다해 부탁했다.

"이게 꿈이라고 말해 줘."

거짓말이라도 좋았다. 그러나 류웨는 괴로운 얼굴로 고
개를 가로저었다.

"이건 꿈이 아니야."

이른 봄날이지만 갑자기 열이 확 올랐다. 내 얼굴에서
식은땀이 흘러내렸다. 누나가 다가와 옷소매로 나의 땀을
닦아 주었다. 나는 얼른 누나의 손을 잡았다.

"말해 줘, 누나. 대체 어떻게 된 일이야? 무슨 일이 일어
난 거지? 말 좀 해 줘. 누나는 왜…… 갑자기 늙어 버린 거
야?"

누나의 얼굴에 잔잔한 미소가 떠올랐다. 누나가 평화롭
게 웃을 수 있는 건 류웨의 말처럼 누나의 목적이 오직 나
를 만나는 것이기 때문이었다. 그녀는 지금 행복한 것이
다. 누나가 살아 있는 이유 역시 나였다.

갑자기 누나가 피곤해하며 바닥에 쓰러져 잠이 들었다.
그 아름다운 미소만은 잠든 누나의 얼굴에 그대로 남아 있
었다. 류웨가 말했다.

"언니가 정말 많이 늙었어."

"내게 다 말해 줘. 말 돌리지 말고."

"언니는 앞으로 사흘밖에 살지 못해."

류웨의 한마디에 나는 그 자리에서 굳어 버렸다.

"무슨 근거로 그렇게 말하는 거야?"

"훙메이 아젠, 일어나 앉아 봐. 내가 찬찬히 얘기해 줄게."

나는 일어나 앉았다. 그러나 나의 두 다리는 무엇 때문인지는 몰라도 와들와들 떨리고 있었다.

"너희 종족의 생명은 길어야 15년이야. 나는 지렁이니까 상관없지만. 너희가 이 도시로 온 첫날부터 생명이 빠르게 소진되고 있었던 셈이지. 너희 종족에게 한 달은 인간의 하루와 같아."

"지금 뭐라는 거야? 나와 내 작은형, 그리고 누나가 한 달 치 생명을 인간들의 하루와 바꿨단 말이야?"

"그래, 간단한 원리지."

"누가 그런 걸 알려 줬어?"

나는 눈물을 흘렸다.

"그건 분명한 사실이야."

이번에는 바닥에 누운 누나를 끌어안았다. 이 땅에는 봄이 왔는데, 내 가슴에 안긴 누나의 생명은 봄바람 속에 노인의 온기처럼 서서히 사라지고 있었다.

머리 위 홰나무 가지가 바람에 춤추고 있었다. 저 나무가 나를 대신해 뭔가를 알려 주고 있는 것일까? 누나에게 말했다.

"누나, 우리 생명은 너무 값비싼 것 같아."

류웨가 내 말을 듣고는 복잡한 눈빛으로 나를 물끄러미 바라보았다.

류웨를
찾아서

류웨의 예상대로 누나는 사흘 뒤에 세상을 떠났다. 나는 누나의 곁에서 임종을 지켰다. 누나는 마지막 순간에 나를 바라보았고, 그래서 미소를 띤 채 떠날 수 있었다. 누나는 영원히 고독하지 않을 것이다.

누나의 온기를 오랫동안 느끼고 싶어서 누나가 마지막까지 누워 있던 침대에서 잠을 청했다. 그러나 눈을 떴을 때 나는 잔풀도 나지 않은 땅 위에서 자고 있었다.

어제의 일이 마치 아주 오래전에 일어난 일인 것만 같았다. 내가 누나의 침대에서 잠든 게 아니었던가? 류웨의 작은 집은 온데간데없었고, 홰나무만 무성했다. 이제는 홰나무 거리라는 길이 있었는지조차도 확신이 들지 않았다. 그런데 류웨는 어디로 간 거지?

머릿속에 보차이 중학교가 떠올랐다. 지금 류웨는 학교에 있을까? 나는 도시의 크고 작은 길을 지나 보차이 중학교로 뛰기 시작했다. 그때 나의 예지력이 또 무언가를 말해 주고 있었다. 그건 바로 류웨가 내게서 멀리 떠나간다는 느낌이었다.

1학년 12반에 들어서자 나를 발견한 반 아이들이 입을 쩍 벌린 채 다물 줄을 몰랐다. 그들의 벌린 입 사이로 가지런한 이빨들이 보였다. 그중에는 사탕을 너무 먹어 까맣게 썩은 이빨도 있었다. ……그러나 류웨의 자리는 비어 있었다.

"류웨를 본 사람 없니?"

황미가 그제야 나에게 다가왔다.

"누구세요? ……혹시 홍메이 아젠이니?"

"내가 홍메이 아젠이 아니면 누구겠어?"

주잉도 용기를 내서 내게 물었다.

"정말 홍메이 아젠이야?"

그때 잔뜩 불쾌한 표정을 한 먀오즈 선생님이 들어오다가 나를 발견했다.

"누구를 찾으러 오셨나요?"

"저 홍메이 아젠이에요. 류웨를 찾으러 왔어요."

먀오즈 선생님은 들고 있던 책을 떨어뜨렸다. 그녀는 책을 줍지도 않고 아이들을 향해 더듬더듬 말을 이었다.

"이 사람이…… 방금 전에 자기를…… 뭐라고 했니?"

역시나 참견하기를 좋아하는 황미가 대답했다.

"자기가 훙메이 아젠이래요."

"훙메이 아젠? ……너, 너, 어떻게 된 거니? 이렇게 컸어, 변했어……."

내 모습이나 미래에는 관심이 없었다. 나의 관심은 오직 류웨뿐이었다. 선생님의 팔을 잡았다.

"류웨는 어디 있어요? 류웨를 만나야 해요. 선생님은 그 애가 어디 있는지 아세요?"

"류웨는 벌써 며칠째 학교에 나오지 않고 있단다. 어떤 방법으로도 그 애를 찾을 수가 없었어. 류웨의 가정환경에 대해서 아무도 모르는 데다가 집이 어딘지 알 수 없고, 전화번호조차 없어서 말이야. ……아는 게 하나도 없구나."

"선생님! 저 사람은 훙메이 아젠이 아니에요. 사람은 절대로 저렇게 변할 수 없어요. 저 사람을 교장실로 데리고 가서 파출소에 신고하고, 철저히 조사해야 해요!"

황미의 소란에 교실 안이 웅성거리기 시작했다. 혼란을 틈 타 황미가 나를 덮쳤다. 먀오즈 선생님은 경기를 일으킨 작은 새처럼 벌벌 떨면서 눈앞의 몸싸움을 보고만 있었다. 황미를 밀쳐 내려고 해 보았지만 힘이 빠진 두 다리로는 역부족이었다. 주잉이 가세해 황미와 함께 내 두 다리를 내리눌렀다. 정말 죽이 잘 맞는 단짝이었다.

황미와 주잉은 나를 꼭 붙잡고 소리쳤다.

"선생님, 저희가 이 사람을 잡았어요."

나는 목구멍 속에서 터져 나오는 울음을 참으며 황미의 팔을 물었다. 황미가 고통스러워하며 손을 놓자 주잉 역시 투지를 잃고 뒤로 물러섰다.

황미는 내게 물린 곳을 부여잡은 채 바닥에서 데굴데굴 굴렀다. 그러다가 왕 하고 울음을 터뜨렸다. 황미의 고통을 지켜보는 나도 가슴이 아팠다.

"내가 널 물게 될 줄은 몰랐다. 예전 같았으면 네 살점이 내 입 속에 들어왔을 거야. 내가 더 이상 고기를 먹지 않게 된 게 다행인 줄 알아라."

반 아이들은 모두 숨을 죽이고 있었다. 나는 눈물이 그렁그렁한 눈으로 그들을 향해 말했다. 마지막 인사가 될 것을 알고 있었다.

"내가 바로 홍메이 아젠이야. 이 세상에서 홍메이 아젠은 나 하나뿐이지. 내가 보차이 중학교에 온 것은 오로지 류웨를 만나기 위해서였어. 그치만 난…… 이곳을 사랑해."

더 이상 말하고 싶지도 말할 수도 없었다. 어서 이곳을 나가 류웨를 찾아야만 했으니까. 보차이 중학교 1학년 12반 교실을 나오는데 아이들 모두가 일어서서 내가 떠나는 것을 눈으로 배웅해 주었다.

가로등이 어둠을 몰아내는 저녁이 올 때까지 나는 도시를 헤매고 다녔다. 그러나 어디에서도 류웨는 보이지 않았다. 문득 밝은 빛이 그리웠고, 집이 그리웠다.

가볍게 세 번, 대문을 두드렸다. 예전에는 그런 예의를 몰랐지만 이 세계에 와서 노크하는 법도 배웠다. 샤오샤오는 예전에 내가 쾅쾅거리며 문을 두드릴 때마다 엄마에게 무섭다고 말하고는 했었지.

엄마와 샤오샤오, 또즈, 후성이 문 앞에 서 있었다. 그들은 다정한 눈빛으로 나에게 묻고 있었다. '훙메이 아젠, 어디에 갔었니?'라고.

샤오샤오가 내게 매달렸다.

"아젠 오빠, 며칠 동안 어디 갔던 거야?"

그러자 또즈가 덧붙였다.

"정확히 나흘 동안이야."

후성이 볼멘소리로 말했다.

"엄마는 속이 타 죽을 뻔했어."

엄마를 찾으니 밥과 반찬을 가지러 바삐 부엌으로 가고 있었다. 엄마가 부엌에서 옷소매로 눈물을 닦는 모습이 보였다.

식구들은 내가 밥 먹는 모습을 지켜보았다. 나는 먹는 소리를 최대한 작게 내려고 노력했다. 식구들에게 소리 내지 않고 우아하게 밥 먹는 모습을 보여 주고 싶었다.

"아젠 오빠, 편하게 먹어. 배가 많이 고플 거 아니야?"

"고맙다, 샤오샤오."

후성이 고개를 갸웃거렸다.

"집에서 왜 그렇게 예의를 차리는 거야?"

"모두들 내게 너무 잘해 주었어."

또즈가 당연한 말을 한다는 듯이 대꾸했다.

"우린 한 가족이잖아."

엄마는 아무 말도 하지 않고 내 뒤에 서서 빈 밥그릇을 채워 주려고 기다리고 있었다. 내가 밥을 먹는 동안 아무도 내가 어디 갔었는지, 무슨 일이 생겼는지 묻지 않았다. 나는 문득 생각난 듯이 물었다.

"내가 변했어?"

모두들 서로의 얼굴을 잠시 바라보더니 고개를 가로저었다.

"아니."

"거짓말하는 거 아니지? 밥 먹고 나서 거울 볼 거야."

"오빠, 거울을 봐도 변한 건 아무것도 없을걸."

나는 집안의 규칙에 따라 여덟 시에 화장실로 들어가 양치와 목욕을 했다. 그 시간에 가족들은 나를 위해 화장실을 비워 주었다. 옷을 모두 벗고 어디 달라진 데가 없는지 거울에 비친 내 몸을 자세히 관찰했다. 그러다가 갑자기 눈을 크게 떴다. 내 오른팔에 쓰인 연분홍 글씨를 확인하

기 위해서였다. 그 짧은 한 줄을 읽는데 아찔한 현기증이
느껴졌다.

'홍메이 아젠, 내가 너를 데리고 이 도시로 온 거야. 너는
나보다 이곳을 더 사랑했어. 너에게 준 외투 하나로는 부
족한 것 같아서 나의 전부를 주기로 했어. 그러면 너는 인
간 세상에서 청춘의 시간을 온전히 보낼 수 있을 거야. 나
는 영원히 너와 함께 있을게. 세상에서 류웨라고 불렸던
연분홍 지렁이가.'

덜덜 떨리는 손으로 이마의 머리카락을 젖혔다. 이마에
있던 연분홍 외투 모양의 흉터가 더욱 도드라져 있었다.
색깔도 선명하고 광택이 났다.

나는 거울 앞에서 울었다. 내 이마 위에 또 하나의 생명
이 깃들어 있는 것이었다. 나는 두 개의 생명을 지닌 채 이
도시의 거리를 걷고 뛰게 될 것이다. 매일, 매 순간, 그 살
아 있는 생명이 내 이마에서 피곤한 줄도 모르고 춤을 출
것이다.

그러나 내 마음은 여전히 류웨를 찾고 싶었다. 그것이
그리움이라는 것을 나는 잘 알고 있었다.

밤 열두 시 정각에 침대에서 일어나 옷을 갈아입었다.
집을 떠나야 할 때였다. 나는 류웨가 없는 날들을 아무렇
지도 않게 살아갈 자신이 없었다. 반드시 그녀를 찾아야
했다. 이른 봄의 밤기운은 차갑기 그지없었다. 이런 시간

에 그녀를 혼자 둘 수는 없었다.

내가 살며시 대문을 빠져나가려는데 캄캄한 어둠 속에 샤오샤오가 서 있었다.

"어딜 가려고?"

나는 말없이 윤기가 흐르는 그 아이의 머리카락을 쓰다듬어 주었다.

"난 오빠가 떠나려는 걸 알아."

샤오샤오의 눈을 가만히 들여다보았다.

"네 눈 속에 달이 보여."

샤오샤오의 눈 속에 머물고 있던 달이 흐려졌다.

"샤오샤오, 울지 마."

"꼭 가야만 해?"

"세상은 넓으니까."

나는 대문 밖으로 나왔다. 돌아보니 창문에 생긴 빛무리에 샤오샤오가 서 있는 것처럼 보였다. 그 애의 목소리가 마치 그 빛무리에서 들려오는 것 같았다.

"홍메이 아젠 오빠, 어디서 왔는지 이제 말해 줄 수 있어?"

나는 울고 있었다.

"미안, 그건 말할 수 없어."

내가 집을 떠나는 시간은 한밤중이어야 했다. 그 시간이 인간 세상에서 가장 이른 시간이니까. 나는 두 생명을 분신처럼 몸에 지니고 류웨를 찾아 먼 길을 나섰다.

나는 개입니까
變身狗

2017년 7월 3일 1판 1쇄

지은이	창신강
옮긴이	전수정
편집	김태희, 장슬기, 나고은, 김아름
디자인 기획	PaTI(파주타이포그라피학교)
	아트디렉션 오진경, 디자인 오선정, 그림 김경진
제작	박흥기
마케팅	이병규, 양현범, 박은희
인쇄	천일문화사
제책	J&D바이텍

펴낸이	강맑실
펴낸곳	(주)사계절출판사
등록	제406-2003-034호
주소	(10881) 경기도 파주시 회동길 252
전화	031)955-8588, 8558
전송	마케팅부 031)955-8595 편집부 031)955-8596
홈페이지	www.sakyejul.co.kr
전자우편	skj@sakyejul.co.kr
페이스북	facebook.com/sakyejul
인스타그램	www.instagram.com/yoloyolo_book

값은 뒤표지에 적혀 있습니다. 잘못 만든 책은 구입하신 서점에서 바꾸어 드립니다.
사계절출판사는 독자 여러분의 의견에 늘 귀 기울이고 있습니다.

ISBN 979-11-6094-054-1 04820
ISBN 979-11-0694-050-3 (세트)

이 도서의 국립중앙도서관 출판시도서목록(CIP)은 서지정보유통지원시스템 홈페이지
(http://www.nl.go.kr/cip.php)와 국가자료공동목록시스템(http://www.nl.go.kr/kolisnet)에서
이용하실 수 있습니다.(CIP제어번호: CIP2017013574)